大魚讀品
BIG FISH BOOKS

让日常阅读成为砍向我们内心冰封大海的斧头。

沉默的十月

Tavshed
I Oktober

(丹) J.C. 龚达尔 —— 著
苏莹文 —— 译

北京联合出版公司
Beijing United Publishing Co.,Ltd.

1

阿斯特丽德站在扶手前方，以城市为背景。微风吹拂下，一头栗棕色长发飘扬着，仿佛不规则的旗帜。她戴着墨镜，满脸笑容，洁白的牙齿与后方的白色城市和谐辉映着。七年前的一个傍晚，我们在里斯本搭乘小渡船横渡塔霍河，前往卡西利亚什，我在船上拍下了这张照片。夕阳余晖下，屋舍的釉彩瓷砖化作一色，此时置身远处，我才真正明白里斯本为何会被称作“白色城市”。河流对岸，从商业广场到古老的上城区和阿法玛区一带，柔和的光线映照着远方的屋舍。从她离开到现在，已经过去一个月了。音信全无。我只能通过我们联名账户的对账单来了解她的行迹：在巴黎租了辆车，穿过波尔多，接着经过西班牙的圣塞瓦斯蒂安、圣地亚哥-德孔波斯特拉，葡萄牙的波尔图、科英布拉，最后到达里斯本。那年秋天，我们走的正是同样的路线。十月十七日，她在里斯本取了一大笔现金，之后就没再使用信用卡。

我不知道她在哪里，也无从得知。我四十四岁，越来越不懂这个世界。年纪越长，懂得的就越少。年少时，我以为知识会随着岁月流逝而渐趋丰富得如同宇宙一般。日复一日渐次深入的确知事实，将取代难以理解的无常。我当时的确太过乐观。随着时光流逝，我必须承认，我现在的所知跟那时比，并没有太大的不同，甚至可能稍逊，心中更是少了那股信心。我的那些所谓经验，根本算不上是知识。这么说吧，它们更像是瓶中空洞无力的浅薄回声。在我那贫乏的学识周遭，出现了越来越多的空无，仿佛干燥的核桃仁，愚蠢地发出嘈杂的声音。我的经验不过是不学无术的经历，我永远也不可能知道自己有多么无知。

十月初的一个早晨，阿斯特丽德说要离开。她就站在浴室的洗手台前，边倾身看向镜中，边涂着口红。她已经打扮妥当，一如往昔，优雅地穿着一贯的深蓝色。她的优雅中带着一丝保留与谨慎：她钟爱深蓝、黑色和白色，从来不穿高跟鞋。没什么必要。话毕，我们在镜中四目相望，她似乎想知道我会做何反应。阿斯特丽德依旧动人，每当我意识到自己无法猜透她时，她最为动人。她匀称的面容一向令我着迷，这个特色并不常见。大部分人的面孔都有些缺陷：鼻梁不正、有胎记和疤痕，或是两侧线条不同，左右脸不对称。阿斯特丽德的面孔两侧以挺直的鼻梁为界，犹如镜中的倒影，划出完美无瑕的弧度。她鼻子高挺，细长的绿色双眼间距较一般人大，脸颊略宽，尖下巴稍往前勾，颜色极浅的饱满双唇几近肤色，微笑时总会勾勒出叫人难以捉摸的线条，嘴角和眼尾浮现了一些新生的细纹。阿斯特丽德总是带着有意无意的笑容，在绽放的笑靥中，她的肌肤会立即反映出周遭的氛围，以及光线和阴影的温度，仿佛她正置身于自己梦寐以求的场景当中。岁月开始在她的躯体上雕琢出痕迹。即使第二个孩子已经十八岁了，她的体态依然苗条坚挺，并且维持着我们初识时的灵巧轻盈。

如果没有看到银行对账单，我早就会去登记搜寻。但是，我绝对可以了解一件事：她并不想让人发现。我也不打算去找她。当时我问过她准备去哪里。她说还不清楚。她在镜子前停留了一会儿，似乎在等待我的反应。我什么也没说，她就离开了。我听见她在客厅里打电话的声音，却听不清她在说些什么。她的音调中，带着一丝闲散，断断续续的，好像有点沙哑。没过多久，就传出关门的声音。我冲了个澡，看到屋后建筑物上方掠过一架飞机，阳光亮晃晃地映在上头。我得不时擦拭镜子上的水雾，才能看清覆满刮胡泡沫的脸。镜中满脸白色泡沫的男人用一贯怀疑的眼神看着我，似乎要说，他并不是我想象中的那个男人。他神情落寞，好比疲惫的圣诞老人定格在一幅镜面上，镜子周围贴着葡萄牙瓷砖，上面还有上了蓝釉的植物藤蔓装饰图案。那些瓷砖是她在辛特拉附近一处雾气蒙蒙的小村庄找到的。当时我们驾车穿越葡萄牙北部山区蜿蜒的绿色隧道，到那个小村庄。我因为满脚泥泞而出声咒骂，她则挑剔地反复察看着一片片瓷砖上的装饰，好像它们差别很大似的。一名外套沾满稻草的农夫从驴车后方的桶里倒出一杯烈酒请我喝，浓烈的酒精呛得我嘴角发颤。当夜，我们在下榻的蓝色旅社内缠绵，墙上的壁纸印有艳蓝色花瓣、船只和小鸟，她模糊的低吟回荡在墙壁之间。在如谜的音韵下，阿斯特丽德既遥远又亲近。我走出浴室时，她已经离开了。公寓里一片寂静。罗莎半正式地迁入新男友住处，西蒙正在撒丁岛的什么地方骑着摩托旅行。再过不久，阿斯特丽德和我便会真正独处。我们并没有就此详谈，也许是因为两人都无法设想届时的处境。那是一股不一样的沉默，我们小心谨慎地居于其中。以前，孩子们离家，我们总是很享受那种自由。如今，面对眼前的空间，我们既不想放诸脑后，却也不愿任其扩展。

喧嚣的世界归于寂静。他人制造的声响也好，自己发出的声音也罢，数年来，这些主旋律、次旋律、变奏的足音、话语、哭笑和叫喊就萦绕在我的身边。这就如同永不止歇的音乐，不尽相同，却日复一日重现，因为能够入耳并被铭记于心的是旋律，而非乐器；是我们共同筑起的生活，而非个别存在的言语和动静。我们的生活，日复一日地重复着，却也一年年地有所改变：不得安眠的夜晚和刺鼻的尿布气味，三轮车，床边故事，急诊室，孩子们的生日和学校的郊游，圣诞树和湿漉漉的泳衣，情书，足球赛，欢乐和单调，口角之后的和好。最早的几年间，这个喧闹多变的小宇宙不断膨胀，占领了一切，所有的安排、计划和例行工作横亘在我们之间。我们各自站在新世界的一端，许久以来，只能通过闹哄哄的噪声互相挥手致意。到了傍晚，所有繁忙事务告一段落，我们一起瘫坐在电视前看新闻、益智节目和回放的老电影，虽然两人都没敢提起，但我确定她和我一样，偶尔也会怀疑日常的琐碎是否遮蔽了生命本身应有的意义。许久之后我才明白，生命的意义也许不存在于厚重的家庭相册里那些用相机捕捉的特殊时刻，而是扎根在重复的生活轨迹以及琐碎的事务上。然而，日常琐事缠身，筋疲力尽地站在餐桌与洗碗机之间，手上拿着待洗的碗盘，耳边响着孩子的笑闹声，也只有在突然出现的短暂悠闲的时刻，我才会注意到生命的意义。在这些片段的时刻中，我偶尔会想：就是这些夜以继日出现的活动和话语，才能让我完全置身于生命的中心。

在寂静中，在西蒙和罗莎渐渐远离的空虚里，我意识到了这一点。公寓里的声响不再是数种乐器变调的合鸣，而像犹疑不决的信号，沿着寂静的边缘浮现。浴室里，热水汩汩流入排水管，我剃须修脸；厨房里，果汁机隆隆作响，水壶鸣笛，咖啡壶长啸。阿斯特丽德的回答伴着这些声响传入我的耳际。我们终于可以听到彼此的声音，却不知道该说什么。早晨，我在她身边醒来，看着她在睡梦中迎着晨曦、面对我的脸庞。她沉睡的面容毫无表情，五官组合出让我陌生的情绪，让那张面孔几乎也变得陌生起来。我了解她，因为我们共度了数千个日夜。但是她呢？她了解自己吗？过去我们会为了鸡毛蒜皮的事情而争吵，像是谁该做什么，谁做过这个或那个。现在我们却突然变得能够体谅彼此，几乎称得上相敬如宾。即使在床上，两人彼此接近的方式也带着谨慎的温柔。这和孩子们入睡后困倦私密的交欢，或是闷声呻吟迸发的热情截然不同，有点像是一种崭新的探索，我们怀着一丝惊喜发现我们真的还在彼此身边。我们相处超过十八年，刚认识时，西蒙才六岁。我们从未有超过一周的独处时光，唯一的例外就是七年前的十月，当时我们开车穿越法国西南部的朗德区，西班牙的阿斯图里亚斯、加利西亚，来到葡萄牙的山后-上杜罗[①]。

阿斯特丽德隔天便离开了。若不是我从浴室出来后她已离开，我可能就会问下原委。她傍晚后返家，孩子们不在，我们坐在厨房里用餐，这时，一切似乎都太迟了。提问自有适当的时机，有些情况，机会稍纵即逝。当我端出饭菜，为她倒了一杯酒时，即使她尚未收拾行李，也还不确定自己的目的地，这趟行程已是既定事实。这一天下来，想到她打算离开，我心中满是疑问，而其中最沉重的问题便是：她为何选择离开。要开口询问这个问题，在随后的沉默里，势必得问到其他那些让人或困惑或难堪的问题。不知为什么，我心里知道，如果发问，厨房里除了沉默之外，不会有别的回应。我不想让她注意到，她当天早上在收起口红、迅速检视镜里容颜时的随意话语，便让我的文章少了大半页的进度——我早已为这篇在一周前就该动笔、关于画家塞尚的文章想好了结语。我并不想像个沮丧的青少年一样，坐在那里做出一副偏执忌妒的模样。就像大家讲的，毕竟，我们都是成年

① 山后-上杜罗（Trás-os-Montes），葡萄牙历史省份之一，今为其北部大区一部分。

人。也许，我只是夸大了自己的不安。任何人想离开独处一段时间，并非什么新鲜事。再说，我们身上的责任稍有舒缓，甚至可以说是得到解脱，更能让我们把自己交到自己和彼此的手上。

那天下午，她从剪辑室打电话给我，说她会晚归。从听筒里，我听到她在剪辑桌边快速地一幕幕滚动播放着类似动画片的影片，传出含混不清的叽喳声响。挂上话筒之后，我回头细思每一句对话，试图找出她语气中是否有任何变化。但是每个字眼都很正常，她并没有比平时打电话时表现得更疏离，也没有过于热切。我们坐在厨房时，和平日也没有任何不同。我希望她能主动提起旅游计划的话题，但是她似乎忘了这件事。除非，她在等我打消这个念头。她随意聊起当天剪辑的影片，脸上带着惯有的笑容，说起年轻严肃的导演在发现自己最钟爱的一幕惨遭修剪之后，如何沮丧又绝望。从某个角度来说，她的工作是无形的：删去导演手下无关痛痒的情节，通过剪辑，让故事更为紧凑。故事不都是如此吗？我的故事也是一样。我容不下所有的一切，只得从手中的影像中撷取精华，确定先后顺序。因此，即使主题一样，我的故事和她的看法也会不尽相同。她说话时，我观察着她的每个表情。这副面孔和过去并无不同。这么多年了，偶尔，我看到一根过去不曾出现的银发、一条加深的皱纹，但除此之外，注视着我的，依然是与我历尽千帆之后的那双眼眸；和我说话的，依然是与我道尽了千言万语（之后或忘记或记得）的那双嘴唇。

稍后，我躺在床上，清醒地试图回忆过去的几周和几个月。我试图去搜寻任何足以解开谜团的一个表情、一个动作或一句话语。但要么就是没什么迹象，要么便是我完全没有注意。我是否心不在焉？显然如此。我的记忆极差，分不清时日，一片混沌中只看得到天空一次次的倒影。日复一日，千篇一律。她在早晨离开，我则坐在书桌前，看着湖边的一排排树木，看着它们在静谧而明亮的湖面上，一日日地在不知不觉间从绿荫如盖变为枝叶凋零。她回到家，靠在沙发上，而我做饭，之后我们吃饭、看电视或读书、睡觉。唯一的改变，是西蒙离家后出现的宁静，这股静默在罗莎越来越稀罕的来访下持续扩大。每当我们交谈，便会意识到自己打破了这个与以往大相径庭的沉默。不止一次，我在屋里走动时会停下脚步，透过敞开的房门看着她盘腿坐在沙发上读报纸，无意识地用指甲抓着椅套，或是看向湖对岸的房子，似乎在等待着什么。当我这样看着浑然不觉的阿斯特丽德时，她有时会突然放下报纸或转过身子与我四目相望，似乎是感觉到了我的目光。接着，我会赶忙随意说些话，淹没掉那一刻没说出口的疑问。

我躺着聆听她沉稳的呼吸，以及远方的车声。我原以为她在沉睡，却在黑暗中听见她的声音。也许，我在厨房里没提出任何问题，让她感觉惊讶。或者，她期待我试图阻止她离开。她背对着我躺着，音调镇定，就事论事。她可能说了有一阵子。多久？她不知道。我把手放在她羽绒被下的臀部，她没有避开。我拍打她的臀部，以为我将自己的疑问问出了口，仿佛我当真明白她的想法。我问她是否独行，她没有回答。也许她已经入睡了。当我醒来时，她已经穿好大衣，站在卧室门口看着我。我起身走向她，她盯着我看的模样，似乎是在读取我脸上连我自己都不清楚的信息。接着，她提起放在脚边的行李箱。我陪她走到门口，看她下楼。她没有回头。我不了解自己，不明白自己为什么让她不做任何解释便离开。我当然无权要求她回答我怯懦的疑问。在孩子们渐渐不需要我们之后，我们就逐渐失去要求对方的权力。但是，我至少可以开口，让她决定是否要回答。她站在镜子前宣告这项决定的方式如此随意又平淡，语气像是要去看电影或拜访友人，我竟然就让自己随着她自然的语调引导。在床上，当我以为她睡着的时候，她说话的方式却带着疏离，似乎她人已离去，从世界另一端的某个城市与我通电话。她似乎打算借由自己冷淡的宣布来告诉我，不要去打扰她。反过来说，她在黑暗当中的回答似乎也提供了某种可能性，然而我现在才了解，未免也太晚了。有许多次，当她用沉默和超然的态度表达自己的不悦时，我总得逼着她一字一句地把话说明白。这已然成为既定的仪式，我默许她的退缩，并扮演着熟悉的角色——一个宽容自制又谦卑的发问者，深知应采用的语调及态度，有时坐在椅边，有时则倾身面对她背过去的身子，低声请求她的包容。当她站在卧室门口等着我醒来的时候，当她穿着大衣、我穿着睡衣面对彼此站着的那段漫长的时间里，她给我的，也许就是表达抗议的最后机会，阻止她离开，直接说出我的不安和萌芽的妒意。但是，她保留的眼光让我丧失了勇气。毫无来由地，我知道这么做于事无补，她望着我的谨慎眼光，似乎出自难以接近的远处。

我端着咖啡坐在厨房窗口前，一如往常地打量对面墙壁砖块的排列图案，小心翼翼地去触碰昨日刻意避开的念头。她现在可能坐在飞机或火车上，而我却在这里重复审视红砖的图案。我强迫自己去想，她是否独自搭机或乘车旅行，是否坐在某个我不认识的驾驶员身边，驶向城南的高速公路。我向自己保证，如果她另有爱人（我们两人对这个字眼都会微笑以对），一定会告诉我。如果不是如此，她的离开一定有个令人信服的原因。据我所知，她从未对我不忠，不管怎么说，我也不曾忌妒——当然，除了让人自满之外，这一点着实无法做何保证。但是，如果在我们相处的这十八年之间，她有任何外遇，那么她的冷血细腻绝对超乎我的想象。不管当我试图找出问题时，她的沉默多么高深莫测，她再怎么说也不能完全隐藏自己的情绪。尽管如此，一想到她在我们共同的生活之外可能另有秘密，我不仅感到受到威胁，同时也很好奇。因为我一向相信，所有的一切都摊开在阳光之下。

由于工作的关系，我一年通常会离家数次。事实上，她大有机会开始一两段感情。每次重聚时，她所表现的如同初识时的热切交缠和欢愉，也许不完全是想弥补；也有可能是出于良心的不安，而想重燃心底的欲望，好用来掩饰什么。我试着想象她和别的男人上床的景象：泛红的脸孔两侧摆动，一具陌生的躯体覆盖在她的上方，镶在她的双腿之间；甚至那处陌生的房间，都似乎历历在目。许多年前，就在我们住在一起之后没多久，她说，假若我对她不忠，她会让我见识在我们床上不曾出现的场景——我相信这条规则同样也适用于她。但是，如同我提过的，我从未设想过这种情况当真会出现。我脑海中的阿斯特丽德躺在陌生的房间里，我想象出室内的家具、墙上的装饰，以及紧闭的百叶窗外城市另一端的街景，但是我描绘不出陌生男子的脸孔。我随后突然意识到，这个忌妒的行为无疑是个陷阱。无论如何，我们共度的漫长时光，不至于因为不确定的外遇而动摇，她也绝不可能没有思考与他人上床的可能。这个想法似乎太过荒唐，如果她真的有外遇，只要不改变我们两人之间的关系，我就无权过问。但是前一日，在浴室里让我心神不宁的正是这个念头——在昏暗的卧室中，以及几个小时之前，当她拿起行李，沉默地站在门口看着我时，这股不安的情绪也在逐渐扩大。她这趟突然又让人无法理解的行程，不管是否有爱人同行，都将会影响到我们的生活。

我将用过的杯子放入洗碗机，走进书房，告诉自己：我必须与这些没有解答的问题共处，怀着不确定的心情活下去——至少眼前的确如此，但是我不可以用悲惨的幻想来填补心里的空缺。我只知道，这个状况会持续一阵子，而她也的确这么表示过。到现在，几个星期过去了，她的这些话不再像是警告，反而成为一种确认。当她那么说的时候，一定已经有了什么打算，也许她说那些话，只是为了让我不至于惊慌失措，报警寻人。她究竟在做什么？我要如何去理解这种不确定的心情？我胡乱翻阅自己的笔记，看着水鸭在明镜般的水面画出楔形图案，以及湖岸苍郁树林后忽隐忽现的动物身影。我忽然觉得，我对于塞尚已无感言。毕竟，就算没有我，世人也可能早就知晓了一切。我本来打算在前往纽约之前交稿，但是距离启程已经不到一周，文章却只写了不到半篇。计划中的这趟纽约之行，将为期数周之久。近几年来，我针对美国画坛发表了几篇论文，此外，惠特尼艺术博物馆也将举办不容错过的爱德华·霍普回顾展。然而，我现在却不知是否应当成行。阿斯特丽德的突然离开，让我没了头绪。我满脑子全是她令人难解的决定，以及她站在卧室门口看着我时脸上同样神秘的刚毅表情。我穿着皱睡衣，带着睡意，哑口无言地站在那里，却无法得知她透视的目光中究竟看见了什么，更无法理解她的凝视。她的凝视探索我的内心，毫不费力地看清我埋藏多时的深处，在那一刻，也许她对我的了解更甚于我自己。我仍然不知如何形容这个难以解释的目光，聆听着她踏下阶梯的步伐时，我就明白自己的思绪将会不断地回到我们在卧室门口沉默以对、互相凝视的这一刻。然而我同样也知道，她不会因为我在家等待就急忙赶回来。不管我在屋子里踱步打转，还是前去曼哈顿，她在门口的凝视都会陪伴着我。

我强自振作，将精神集中在塞尚身上，手边东拼西凑的笔记突然失去了意义。其中有一条笔记是关于如何探索塞尚笔下纯净美学冥想的纷乱心理层面，这是我在几年前记下的一项观察，一直不知道要如何处理。这个笔记出自塞尚笔下的浴女们，这些女子根本就不是在沐浴，而是来到河边，赤裸地或站或躺在草地上，充满感官色彩，撩人的躯体安然自得，观赏者难以转移的视线游移在浴女的肉体和四周枝丫横生的绿荫之间。女子的皮肤、枝叶、水面和水面倒影调配出流畅的色调，透过浴女后方作为对照的、层次分明的空地，可以看见河流和远方的河岸。塞尚在这幅画作的中央——河对岸——画了两个渺小的身影，在朦胧的色彩中几乎难以辨认，那是个男人站在岸边，脚边还有一只狗。他的位置太远，看不见脸孔，但是观赏者绝对不会错过他。男人看向宽广河流的对岸，欣赏眼前的景象，他和狗的注目焦点当然是那群出浴的女子，以及她们泰然自若地裸露的躯体。远处男子小小的身影反映出观赏者的视线，站在一片寂静中、在美术馆观赏的某个人，感受到一种模糊和无法解释的羞愧，他那已分辨不出肉体和植物的凝视游移在抽象色彩间，他那被动超然的凝视仿佛成了一只手，轻抚那些不知情女子的丰胸美腿。

电话声响，我以为是阿斯特丽德，结果却是罗莎，问起他们应当在几点钟过来。上个星期，我们邀请罗莎和她的新男友来家中共进晚餐。我根本忘了这回事。罗莎在电话里的语气听起来教养良好，像个彬彬有礼的晚宴宾客，而不是当初被我用酸奶酪、香肠和自创印度尼西亚菜喂养，颐指气使又没耐心的孩子。我一方面试着写下塞尚画中低调的窥视者，同时也思忖着要如何解释阿斯特丽德的缺席。但是，她早已想到了这一点：晚餐时，罗莎眯着眼睛开起玩笑，说起阿斯特丽德现在可能和葛妮拉同游瑞典北方的海岸线。这话将我撕扯开来，就像是她晚餐时灵巧处理下的龙虾。罗莎的眼睛和她母亲很像，细长又逗人，微笑时嘴角弯曲的线条也和阿斯特丽德一样十分性感，有时带着戏谑。她正是带着嘲笑的意味看着我怯懦的表情。我开口致歉，表明应当拿螯虾当开胃菜的，结果她几乎笑出来，还宽宏大量地戳了戳我的脸颊安慰我。葛妮拉是个在斯德哥尔摩执业的儿童精神科医生，也是个女同性恋，顶着染成红铜色的头发。我一向不喜欢她，对她那些宽松的绢丝罩袍毫无兴趣，更别提她位于北海小岛的住处、屋外的厕所、油灯，或是那些大如鹅卵石的琥珀。也许原因就在于阿斯特丽德嫁给西蒙的父亲时，就认识了葛妮拉。罗莎和男友离开后，我查出葛妮拉在斯德哥尔摩的电话号码。也许阿斯特丽德真的北上去找老友，她知道我受不了葛妮拉，可能正因如此才没告诉我她的去处。我无法确定自己究竟是否比较安心，但是听到葛妮拉在电话里的惊讶反应，我反而松了一口气，甚至还感觉到一丝略带恶意的喜悦。尽管她们每周至少通两次长于一小时的电话，显然，她不知道阿斯特丽德离家。

罗莎的新男友至少比她年长五岁，在晚餐时几乎没有说话。在此之前，我们只见过一次面，但是我仍然无法确定他的沉默和过于简短的语句是出于害羞还是深不可测的藐视。他是那种穿黑衣剃光头的年轻人，像有些革新分子似的，热衷于加速西方世界的陨灭，以摆脱所有过时的文化垃圾。这股对于文化的厌恶，在他身上发展为对于所有事物的厌恶，唯一的例外可能就是罗莎。他不时以那种分明像是勒颈的动作抚摸她，一边还用如豆的小眼睛盯着我看。但是，就我的观察，除了我女儿，我精心料理的西班牙蔬菜凉汤也颇得他的好评。在用餐之前，罗莎带他参观了公寓，甚至还以一个备受宠爱的女儿那种漫不经心的态度，不见外地拉着他进到我的书房。而他竟嘲弄起我收藏的一系列阿尔贝托·贾科梅蒂[①]的蚀刻画，以及摊在桌上的塞尚专文。罗莎告诉过我，他是个艺术家，对于他眼中的热切光芒，我不知是喜是忧。我只探问出他主要从事装置艺术工作，并且曾经在幕后策划过一场展出，这场展出之所以会引起回响，是因为活动中将保存下来的人类胚胎放入一个红色的袋子，然后砸在一面显示墙上——当时正慢镜头播放着泰国女童主演的一部德国色情电影。罗莎一边帮我将用过的餐具放入洗碗机，一边责怪我不够热情，还用受伤的语气告诉我，她男友读过我对杰克逊·波洛克[②]发表的评论，一直期待能与我讨论。我还没来得及为自己辩护，电话铃就响了，她回头去找那位把自己安置在客厅的装置艺术家。尽管厨房的走廊并不短，我还是能听见他们在客厅里亲吻的声音。接下来，我母亲连珠炮似的兴奋话语便将他们逐出我的脑海。

我的母亲是一般人眼中所谓的生气勃勃的女人。她的一切全

① 阿尔贝托·贾科梅蒂（Alberto Giacometti，1901—1966），瑞士超存在主义雕塑家、油画家，代表作品有《超现实主义者表》等。——译注，后同。
② 杰克逊·波洛克（Jackson Pollock，1912—1956），美国画家，抽象表现主义绘画大师。

都丰富多彩，甚至有些过于丰富了。她问能不能和我那迷人的妻子说话。她十八年来一直这么称呼阿斯特丽德，从来就讲不腻。我告诉她，阿斯特丽德北上去斯德哥尔摩探望友人了。她则问起西边这里是否一切安好。她的措辞永远如此，我老是禁不住要怀疑，她年轻的时候说话是否也如此装模作样。相处了这么漫长的时光，她仍然会让我惊讶，不单是因为她过人的嗅觉，即对她所谓的“厨房里的烟”的感知，更因为她会令人生畏地不在意礼貌，越界并讨好地探头窥视我最神圣的内心深处。我相信，如果我当真开口邀她前来我们的床脚搭帐篷露营，我爱打探的母亲一定难以抗拒。虽然看似不可思议，但是阿斯特丽德却认为她个性甜美，这位永不厌倦的婆婆在外地旅行时寄来潮水般的明信片和信件，还会令她发笑。她对于沟通的索求可以说是贪得无厌，在耗尽旅馆房内的便笺之前，永不罢休。当然，信里提到的全是她自己，以及在透过崭新眼光探索世界的变化中她的心理状况。这个过程至少每两个月就会出现一次。她是个演员，尽管年纪老到无法演出莎翁《王子复仇记》剧中的奥菲丽亚，但仍然不放弃扮演惹人怜爱的猫咪角色。她打电话来，是提醒我们别忘了那场她已经开口邀请了七次的首演，一名年轻的剧作家特别为她写了这出剧。她希望我们两人都能出席。她的语气不容置疑，说她已经看到了整个状况。我发现，自己颇希望她能说出究竟看见了些什么，但是她却将注意力转移到她的长期“心灵伴侣”身上去了：所谓的歌剧导演，一个前列腺有毛病、脖子上还总系着条丝巾的老头子。阿斯特丽德竟然能忍耐她，实在令我惊讶。她能够扮演我“迷人的妻子”，脸上挂着笑容，仿佛冠着这个名号的其实是他人。整体来说，阿斯特丽德十分宽容，对于耳边的蠢话微笑以对，心里却另有想法。

一如往常，终于挂掉电话之后，我发烫的耳朵已经肿胀难耐。罗莎和装置艺术家没多留，我本来欢欢喜喜地打算继续谈话，毕竟我们很久没见了。她从稚嫩笨拙的小女孩蜕变为优雅的年轻女子，我们之间旧有的亲密也逐渐淡去。过去她无所不问，而我有问必答；在她还没能把问题说清楚之前，我便开始滔滔不绝地解释。但是十岁之后，她便成为主讲人，完全不容许任何人打断她的话。她向我叙述她眼中的世界，似乎可以借由重复述说自己日益广博的知识来确保自己不会将它们遗忘。我们依然可以促膝长谈，但是渐渐地，我的问题被放在一处陌生地点的入口，而我也不得其门而入。我想到我的母亲，想到她不留余地且毫无分寸的探问，于是只好保持缄默。每当我试着去告诉罗莎，教育她有关成人生活的陷阱时，她便微笑着，耐心地听我说完。我对自己以保持距离的方式来观察她感到十分高兴，私底下还有些感动，对于她自负又脆弱的无瑕之美，则是既高兴又哀伤。有时候——当她和朋友谈笑，突然发现我在身边，抬头对我微笑时，那双眼睛和嘴巴同时呈现出她自己和阿斯特丽德的缩影，我几乎认不出她来。我必须承认，我越来越不清楚她绿色眼眸后方的思绪。我想起一名年长友人在孩子们离家之后所说的话：孩子们对父母的认识，比父母对孩子们的了解还深。

我再次落单，漫无目的地在公寓里走动，不知公寓是否比平时来得大。收拾好餐桌之后，很快，沉默再次袭来——这和我与阿斯特丽德两人间，那种任何一方都可以主动打破的沉默不同。这是一种压抑的寂静，紧随在我发出的所有声响，以及路过湖边的车声之后。我想着读读书，但也只是想想而已，没什么心思读。我放了约翰·克特兰[1]的音乐，阿斯特丽德一向不喜欢他，但不论是克特兰瀑布般的乐音或是麦考伊·泰纳[2]如雷的弦音，全都像是太多年前，在曼哈顿录音室里某个下午的呆板回音，破碎不堪，空洞乏味。我在公寓里踱步，听着自己踏在地板上的脚步声，甚至还一度穿上大衣，打算出门散步或去小酌一番，好逃离无声的公寓，以及受到禁锢的感觉。但是后来，我发现忘了带烟。站在走向厨房的走廊上，我才突然想到阿斯特丽德可能会打电话来，于是又决定哪里也不去。我坐在沙发上，整理手边毫无意义的影片，拿着遥控器切换频道，观看谈话节目、高尔夫球赛、赛车，以及动物频道，接下来又重新开始踱步，电视仍然开着，如此我才不至于成为家具之间唯一走动并且发出声音的人。十八年来，我第一次不知道阿斯特丽德大约会在何时，或究竟会不会回家。我们当然也会争吵，但通常只是为了琐事，不会持续太久，我们

---

① 约翰·克特兰（John Coltrane，1926—1967），美国萨克斯管演奏家，爵士乐历史上最伟大的萨克斯管演奏家之一。

② 麦考伊·泰纳（McCoy Tyner，1938— ），爵士钢琴家，被誉为“30年来最具影响力的爵士钢琴家”。

从来就不曾带着怒意上床，也不会让公寓成为婚姻战场——从未超过一个小时——比方说，一个人背对着窗户，另一个则坐在前方假意阅读报纸。在我们一起生活的这些年里，现在也是一样，两人虽然时而烦躁，时而平静，但总是编织着流畅的离合：在闹哄哄的早晨送孩子们上学，在忙碌的傍晚准备晚餐，假如这一切像是重复同一出优雅芭蕾舞剧的变奏版本，我们光靠直觉也可以得知彼此的舞步。在两人有越来越多的时间独处之后，即使是换灯泡，或是在杯子落地之前伸手拾起的这种琐事，我们仍然知悉彼此的举动，相辅相成。对彼此身体里里外外的熟悉，让我们走在街上时踏出相同的节奏，上床时搭配着同样的旋律。即使在睡梦中，我们也在对方屈膝弯肘时调整到完美的角度。

我放眼看着室内的家具和物品，大多数都是她挑选的，装潢风格也都是由她秉持着难以预测但又可靠的品位来决定的。她经常令我惊奇，带回来一盏灯、一个茶壶或一只花瓶，但是这些稀奇古怪的新发现很快便在我们私密的世界组合出一套逻辑。这些家具不只是我们共同生活的骨架，同时也透露出她一时兴起的念头，正如她独具特色的声音，以及她以热切小女生的方式迈开长腿的步伐。屋内的每一样摆设都在固定的老位置上，但在我看来却十分刺眼。我们在伊斯坦布尔买回来的深红色地毯，突然变成老旧的毯子；那个日式木版风景画里，冰蓝色大海尽头的富士山也不再是白日梦中熟悉的景色，而是异国世界毫无意义的一瞥；还有那张蜂蜜色桃花心木书桌，是阿斯特丽德从她阿姨那里继承来的，尽管它的轮廓和抛光的年轮纹就如同阿斯特丽德的眉眼一样镌刻在我的记忆中，但在我看来，它丑陋不堪。屋里的所有事物都显示出她可能会在任何时刻走进家门，拿份报纸坐在沙发上阅读。我知道她会在哪个角落怎么坐下，盘起腿，微昂的头略略倾斜，一边读报纸，一边用手掌轻拍后颈。我流连在卧室门口，那天早晨，她就站在这里看着我。在我裹成一团的羽绒被旁边，她的被子平整滑顺；我的枕头挤在墙边，她的却蓬松没有一丝褶皱，也没有通常会出现的凹痕。她费心去整理属于她的那一侧床铺，似乎想先抹灭自己的痕迹，然后才整装站在门口，看着我毫无戒心的睡脸。但是，她忘了关上衣橱的门。她没带太多东西，几乎所有的衣服都还挂在衣架上，眼前毫无生气的衬衫让我感到一阵刺痛，仿佛她已经死去，留下的只有这些衣物。梳妆台上的梳子还在原处，上面缠着几丝栗棕色的头发，中国风的黑漆珠宝盒镶嵌了镀金的鹭鸶。几排鞋子，旧鞋上留下脚踝摩擦的痕迹。虽然她的衣物显示出独特的品位，但是如今被留置在卧室里，却显得黯然失色，对于她的离去，也只能哑口无言。我以为，我越是知道有关她的一切，就越会了解她。但现在，我想一切也有可能不是这么回事。我只知道，还有更多的事情可以去了解，这个念头深不可测。我不记得从什么时候开始，我不再探索她的秘密和不为人知的一面，我太过习惯于陪伴在孩子和我身旁的阿斯特丽德。我不知道她是否有秘密，或是有连她自己也不认识的一面。也许，她成了我想象中的人。

多年来，我第一次拿出厚重的相簿，那些年我一直往里面粘照片，我们生活里的那些照片。最早期的照片已经褪色泛黄，影像也变得模糊。阿斯特丽德给脸颊胖乎乎的小罗莎喂母乳。一个夏日的海边，罗莎摇摇晃晃的身影。钓鱼归来的西蒙拿着条几乎比他还大的鳕鱼。戴着皮帽的阿斯特丽德和孩子们一起在歪斜忧郁的雪人旁边摆出姿势。七年前的秋日午后，背倚葡萄牙北部山区的金黄色山谷，阿斯特丽德靠在渡船栏杆前方沐浴着塔霍河的阳光，牙齿洁白，长发轻扬，墨镜映着阳光，后方里斯本阿法玛区和上城区林立的房屋绚烂耀眼。照片里很少有我，因为大部分都是我拍摄的。我猛然意识到，就某个层面来说，我拍下的是自己的缺席，就像是在搭乘飞机时，去想象他们在家中的举动一样。海边草地上的罗莎，在阳光下裸着身子，小肚子圆凸，睁大双眼带着野性，手指头压住一条水管，水花在她身边洒落，现出缤纷的彩虹，仿佛孔雀的尾翼，西蒙的脸颊贴着地板，全神贯注于玩具汽车的小宇宙，像个做白日梦的孤单巨人，想在迷你汽车的前座找到自己的容身之地。时间过得这么快，生活的脚步似乎无法赶上孩子成长的速度，即使是照片，也无法让时光暂停。相反，它们显示出从前西蒙玩车和罗莎泼水的日子距离现在有多么遥远。尽管我老是觉得手拿照相机蹲着拍照十分笨拙，但心里依然高兴自己拍下了这些照片。这是值得珍藏的感觉，像是闯入了他们专注的世界，触碰他们发自心底的快乐。有些照片中，孩子们完全不知道有人在拍摄；在另一些照片中，他们则面对镜头露出笑容，与我的视线交会。我不知道自己比较喜爱哪一种。就前者来说，我似乎根本不存在；但就后者而言，他们根本就不是冲着我，而是对着我手上愚蠢的相机在笑。有时候，人们拍下照片却视而不见，忘了自己心中那股想捕捉某个片刻的热切之情。人们不会出现在自己拍摄的相片当中，不只是因为身为摄影者，同时也因为自己背叛了想要永留的时光：在调整焦距的那一刻，原有的情境早已不再。阿斯特丽德几乎不拍照，不但把这项工作交给我，甚至还鼓励我，这让我感觉像个局外人。她置身于相簿之中，无视于时光的流转，就如同罗莎压在本子中的花朵。看罗莎全身埋在沙中，只探出个小脑袋；还有在节日里满脸涂抹着线条、扮演印第安人的西蒙——我透过镜头窥视这些我们共同生活当中的片段时光，像个满怀爱意的侦探。

在一张照片中，阿斯特丽德在夏日晨曦中独自站在阳台上，屋子仍然昏暗。她靠在墙边，墙面与她下方的一排树木在远处相接。她并没有看向镜头，我不知道她看到了什么，但似乎有所迟疑，举棋不定。阿斯特丽德像是处在沉静的冥想当中；随着转眼间就消逝的这么多个年头，她的生命也许就如此逐渐成形——这一切，仿佛就发生在这样一个全神贯注地看着鸟儿飞翔、云朵变换姿态、风儿吹皱湖水或是叶片翻转着迎向光线的沉思之间。如果她当时的感受是失望，也未曾有任何表示——尽管她的快乐似乎是一种隐约的背叛，尽管她无法也无心断定究竟是生活背叛了自己，抑或是自己背叛了这个生活。“生活”就是这么称呼吗？纯粹就是她自己的生活吗？在她的生活中，还有其他生命存在：一双儿女，以及她的男人。历经这些年头，他们也同样在她的眼中出现，犹如面对镜中的自己。他们是她的，她也是他们的。这一切是机缘巧合还是命中注定？又是从什么时候开始的？从什么时候开始，她不再去区分两者了呢？又是从什么时候开始，要她扪心自问是否真爱那个透过摄影机快门看着她的男人会突然变得如此简单又困难，太过笼统且实际上毫无意义呢？恰如最小的孩子问及生命的尽头在哪里时，让人难以回答。

我坐在窗边望向湖面，没有点亮书桌上的灯。树梢、如镜的湖水，以及对岸一排屋舍，全在黑暗中化作一色，只见树丛中露出点点的灯火，如同或拉长或不等边的碎片，形成了一个马赛克图案。在那黑暗的远处，纵横交错的枝干不时地遮蔽了窗口，使得那灯火中也有了裂缝，像是每一个马赛克拼块也碎裂了。我坐在椅子上，看看透着光亮的窗户，一时间，实在很难想象那边黑色娃娃屋般的一排排房子里，生活着陌生的人们。其中也许有些人正在观看相同的影片，有些人也许就在同一个时刻拿起咖啡杯，也许还有几个人就在此刻站在厨房水槽边，看着灯光下肥皂水中闪烁紫光的餐盘——一切循着日常琐事的步调同步进行。有多少人会去想：他们的小小世界，这些重复出现的琐事和喜怒哀乐，不过是巨大的马赛克拼图中的一小片？湖对岸是否也有个人坐在窗口，转着和我一样的念头？我们是否都想到了这些门窗，以及可能发生的事物？许多年前，就在我刚搬来、踏入这个世界没有多久的时候，我会在傍晚边骑车绕着湖岸，边想着许多机会之门将为我敞开。我沿湖在树荫下骑车，经过一扇又一扇的门，一心渴望找到为我敞开的门，期望发现门后的一切。

阿斯特丽德在巴黎的福煦大街附近租了辆汽车，一路南下。我手上的银行对账单上，有她使用信用卡的记录。她在快傍晚的时候抵达波尔多，入住当地旅馆。她沿河驾车，汇入在被废气熏黑的房子前方的车流。当我和罗莎及其男友共进晚餐时，独自旅行的阿斯特丽德就坐在波尔多的餐馆里，看着眼前的客人，听着他们的谈话。她顺着以往走过的路线，穿过法国西南部的朗德区，在绵绵细雨中来到松林密布的西班牙边界。朦胧的灰色片段串起这段时光，她坐在驾驶座上，置身于高速公路的脉络之上，不为所动地前进。也许她知道，在沿路的加油站或是任何地点使用信用卡都会留下踪迹，也知道我必定会发现时间的先后顺序。这段旅程就发生在和我们当年旅行相同的月份，此时欧洲沿路的景象退入一片金棕暗绿，郊区、工厂、发电厂、高速公路都浸没在移动的车灯之中。也许她打算通过这些地点捎给我一个迟来的信息，让我记得这一切。她在圣塞瓦斯蒂安去了一处名为“弯弧”的酒吧。我想象着细雨蒙蒙的圣塞瓦斯蒂安，站在旅馆楼下的走廊上望向玉米色的沙滩，碧绿的海面远处有几艘拖网渔船，消失在比斯开湾的雾气当中。在我的想象当中，她就坐在嘈杂的酒吧里啜饮浓烈的咖啡，看着海边步道上的伞花木，或是盯着吧台上方电视上那不甚清晰的影像，正讲述着遥远国度里，大胡子民兵之间的一场叫人难以理喻的战争，这场战争单纯出于令人难解的憎恨，在白种人毫无价值的混沌当中，互相只为砍断对方的颈项。在这些孤单一人的秋天傍晚，我在湖边的公寓里，看着相同的电视影像；等到了纽约，我也会在列克星敦大道看到一样的镜头，同样独自一人，心中只有被时光抽离的麻木感受。

我们曾经一起走在海滨步道，也曾漫步在潮湿的沙滩上。即使在这个时节，仍然有少数游兴不减的迟来泳客，他们跑着穿过沙滩，弯腰暖身，冻僵麻木的四肢仿佛在宣告他们对于夏日时光的无所知觉。阿斯特丽德跳着躲避卷上沙滩的浪花，几个小时的车程之后，她发出愉快的笑声，在潮湿的空气中，发丝微卷，冰凉的双颊沾着海盐。我告诉她，“弯弧”既是半圆的弧度，又意指女人的私处。她大笑不已，一把将我推开，浪花随着她的动作拍上我的鞋子。我们并不是感觉到自己年轻起来，也不觉得自己又找回了过去那种嬉闹的心情。在这变迁迅速的日子里，我们并没有改变。罗莎当时十一岁，西蒙十七岁。我稍早也提过，那是我们首次离开孩子超过一个星期。我们显然没变，只是互相以好奇、搜索，并且略带焦急的眼光看待着彼此。我们当时依然年轻，但是心里也明白，不会年轻多久了。那段日子，我们在午后缠绵，享受数年来不曾领略的愉悦；我们马不停蹄地南下，一路上慢慢将自己交给对方，自己却越来越孤单。我躺在她的腿上，感受她的小腹随呼吸起伏，耳边听着雨水拍打“弯弧”酒吧遮阳罩。她则轻轻抚摸我，问我是否能听到大海的声音。她大可开口问些别的事，却没有这么做。出发前的几个星期，我才从纽约回来。这趟旅程是我的提议，在她来机场接我的时候，我一上车就向她提起。她当时虽然惊讶，但依然笑意盈盈。我们第一次不必考虑孩子们，可以享受一段不受干扰的相处。我感受到前进的动力——至少我是如此，沿路分析我俩是否还是原来的自己。我们继续顺着比斯开湾，沿海绕山前行，没有停顿，仿佛在赶路。我们只停下用餐休憩，毕尔巴鄂和桑坦德这些观光重镇，不过是雨中的城市名称。

2

我修学位的最后一年冬天，在晚上兼职开出租车。那个冬天，我二十七岁。只要人们说个地方，或是女调度员透过无线电以略显不耐烦的语气发出通知，我就在城里四处跑。对乘客而言，这段路程不过是人生中某个特定夜里从出发地到目的地的必要路程，但对我而言，这些路线更像是遍布城市的机会网，我载着一位又一位乘客到达目的地。通过后座的谈话，我瞥见一段段毫不相关的故事，猜测搭乘的是个销售员，是一对欢度银婚纪念日的夫妻，或是个一如往常正要去与他那穿着皮草的情人约会的生意人。我穿梭在陌生又日新月异的故事当中，不动声色地开着车，跑遍城南城北。一月的某个傍晚，我接到派遣，到北边郊区去接客人。我把车停在路边等待，随后一名高瘦的女子牵着个小男孩从屋里出来，她的另一只手拎着一只大袋子。两人正要上车时，一个穿着短袖上衣的男人小跑步追了上来，嘴里不停地重复说着“你不可以就这么离开，哪儿都不能去”。但是，她看起来去意已决。男人斑白的头发很长，看来至少比她大二十五岁，如果不是脸上带着威胁哀伤的扭曲表情，还可以称得上帅气。他试图伸手拉她，但是她猛力反击，于是男人只好往后退。女子甩上车门，大声叫我开车，男孩开始放声哭泣，女人低声镇定地对他说话。我从后视镜里看见男孩怀抱着大玩具熊，蜷曲在角落里，边啜泣还边打嗝。女人先告诉我城里去处的街名，接着低声安抚男孩，他渐渐安静下来。她不断以同样的语气低声说话，我从后视镜里看到她俯向男孩，街上的光线划过她苍白的脸颊和细窄的明眸。

我们抵达目的地，我按下计费表，这时灰发男子就站在人行道上等着我们，身上仍然是那件短袖上衣，脸上依然挂着惊吓哀怆的表情。对自己没料到他会抄近路，先我们一步到达，我感到十分恼火，因我自认对这个城市了如指掌。他绝对以疯狂的速度飙了车。男人拉着锁上的出租车门把，透过紧闭的车窗说话，语气已经较为缓和，甚至还有些亲密，并且用郁闷沮丧的眼神望向她。接着一名年轻女子走出屋外，他突然转过身去。这个女人只穿着T恤，在寒冷的天气里用手环住自己的身子，神色警觉地看着男人，后者则指着她怒吼些我听不见的话。男孩又开始哭，我的女乘客摇下窗户，对年轻女子说：“稍后再打电话来。”接着就让我继续往前开。人行道上的年轻女子朝我们靠过来，但是男人一把抓住她的手臂，于是我发动车子离开。两人瞪着我们离开，一动不动，接着男人松开了手，两人渐渐消失在后视镜里。我开口询问：“现在该去哪里？”她没有回答，只顾安抚受惊发抖的男孩。经过几个路口后，我在红灯前停车，再次开口询问，她不耐烦地让我只管往前开。我随着车流前进，装作车上没有乘客，一边随性驾驶，一边听着她抚慰的低语。我不禁想到，如果她不想出个去处，我们可能整晚都会开着车闲荡，于是我瞄了眼跳动的计费表。孩子在我们第四次经过市政厅广场的时候终于入睡了。而此时，车费也几近五百克朗[①]。

我沿着海湾开车，一经过小船码头，就按掉了计费表，然后停下车，回头问她接下来做何打算。男孩在她腿上沉睡，她看着大海，不知该如何是好，声音破碎无力。我转过头，看着走出码头涌向人行道的行人。人潮散尽，灯光下的候船室空无一人，我再次转身问她，是否无处可去。她躬身坐着，深色的头发遮住了脸庞，抬起头时，双颊满是泪痕，却没有发出声响。见她擤鼻子，我找出一卷平常用来擦拭挡风玻璃的纸巾递给她，提议她去一间我熟悉的、便宜但还不错的旅馆。她揉皱纸巾，带着近乎轻蔑的微笑说，她甚至连车费都付不起。“那么，你的朋友呢？他现在应该已经离开了吧。”对于自己竟然如此自然地说出“朋友”和“他”这些字眼，我也感到惊讶，这个说法听起来仿佛我对整个情况有所掌握似的。她说：“如果有需要，他会整晚守在

---

① 丹麦货币单位。1丹麦克朗约为人民币1元。

她的门口。”“你难道没有别的去处吗？”我递烟给她，也给自己点上一根。“没有。”我看着镜中女子的侧影，她坐着对窗外吐出烟雾，看着海湾墨色水面的倒影，沉浸在自己的思绪当中，似乎全然忘记置身何处。我问她，那个男人是不是她的丈夫，她冷冷地在后视镜里看着我：“这与你何干？”我耸耸肩，移开视线。我不知自己应当怎么说，但是我实在很难想象自己要怎么和一名陌生女子以及她的儿子在码头边，从傍晚坐到深夜，于是提出我的想法。刚开始，她看着我的样子似乎指控我的建议见不得人，但是我带着最值得信赖的自然微笑告诉她：“我得整夜开车，早上才会回家。明天你应该就可以找到去处，但是在此之前，你可以好好休息。”她眯起细长的双眼，久久地瞪着我看，既惊讶又犹豫，似乎想看清这个拉她跳出泥沼的陌生司机究竟会是个什么样的人。最后，她终于挤出微笑，害羞起来，却看不出带着感激的意味。再次驾车穿越城里的时候，我避开了后视镜里她的目光。我将熟睡的男孩抱上我的床铺，他没有醒来，只是呢喃几句，接着蜷起身子继续安睡。我的公寓里只有两个房间，她在另一个房间里端详我的书架。我将备用钥匙交给她，让她在离开的时候，将钥匙丢进信箱。我心中有股突发的冲动促使我立刻离开，也许这是因为我有些微感受到自己的心动。看她站在那里，我意识到，如果不是过于苍白的脸色和哭红的双眼，她一定是很美的。她再次微笑起来，问我的名字。我就这么遇见了阿斯特丽德。

我整夜开车，乘客越来越少之后，甚至又接着开了约莫一个小时。对自己将床铺让给一个陌生女子和她的儿子，我不免感到有些懊恼。回到家中，我一躺上沙发就呼呼大睡。一觉醒来，太阳已经高挂在对街的屋顶上方。一瞬间，我不知道是否应该起身，这种感觉就像在自己家中做客一般。随后，我蹑手蹑脚地走近卧室，拉开一道门缝，却发现床上空无一人。于是我脱了衣服，如同往常一般，睡了一整个上午。如果这时候有人说，我将会和前一天晚上我从困境中拯救出来的陌生人共同生活，我绝对会微笑以对，这就好比某个友人对你诉说荒诞不经的幻想时，你会投以宽容轻忽的笑容，然后在洒满啤酒的吧台上，将手上的烟蒂摁熄在塞满烟屁股的烟灰缸里一样。但是，谁会来对我这么说呢？未来遥不可及，人们最远也只能说到明年夏天的计划。醒来时，我几乎已经忘了她的长相。以我的年纪，我当然可以了解人们的相遇有多么偶然，却无法明白这些机缘并非无穷无尽。倘若某个路过的美女与我四目相视，我依然可以自娱，把生命当作一株足以萌发无限可能的树木。然而，这不过是个想法罢了。因为我清楚地知道，就像人们讲的：树木不会凭空而生；除非决定方向，否则人不可能前进。

我遇见阿斯特丽德的时候，年纪尚轻，没有什么人生历练，会贪恋街头的美女，对未来只有粗略的概念，但是绝非那种会让自己晕头转向的人，即使置身在充满机会的赌场，我也从未陷入迷乱。当时的我，已逐渐厌倦在霓虹灯中摆弄身姿的人们和那股温热的气味，在那里，我是谁并不重要。我也许会在犹如愤怒儿童猛力弹跳的音乐间歇声中，俯身聆听陌生女孩用嘶哑的嗓音倾吐旅游计划或世俗的人生目标，如果接下来，这个陌生女孩当真在我的床上过夜，充其量不过是另一种夜间冲动，而我也只能约略记得她空白脸孔上所投射出的欲望。她睡眼惺忪，惊讶地四处观看，但我却猜不出她看见了什么，也不知道她是否会费心留意我吐露的简单信息。她看起来那样陌生，有点习惯性地，我倾身靠近她，毕竟她就在我的身边，一夜好睡让她暖乎乎的，我不禁想到，如此靠近的两个人竟然可以这么陌生。我看着她赤裸的身躯，不在乎她是否美丽，只注意到她的胸形和皮肤上的疤痕和胎记。这不过是另一具身躯，今夜这位娇贵的公主，不过是郊区哪个玻璃工，或某个职员和妻子的基因传承。我将她的发丝拨到耳后，假意端详这张陌生脸孔，她则舒服地蜷在我的身旁，心不在焉地触摸着我。这种触摸毫无内涵，就像是幻想中的言辞，不带有任何意义，只是永恒当中一个稍纵即逝的甜美片段。

那天，我在中午左右醒来，背部有种奇怪的湿冷感觉。男孩尿在了我的床上，可能是由于前一夜那场父母的婚姻闹剧给他的影响。而如今，西蒙骑着他的川崎摩托车（绝对没戴安全帽），穿越撒丁岛重重的岩石、橡树和羊群，他不会想到打电话回家。许多年来，我已经渐渐习惯称他“我的儿子”。那一天，男孩和母亲留下的唯一痕迹是床单上潮湿的深色印迹，后来我发现，她似乎带走了我的钥匙。我拉下床单，拿进浴室，嗅到男孩的尿臊，以及母亲的香水气味。这么说，她在离开灰发男人之前，还有时间喷一些香水。前一天晚上，我竟然毫不考虑便将家中钥匙交给了她。恍然间，我甚至希望她是那种在街上游荡的女子。但很快，我便收起这个念头，继续沉浸在自己的痛苦情绪中。我抬起床垫，在床架上看到原来钉在床头的一幅炭笔素描。大概是在夜里掉落的吧。这张画着鸟儿颅骨的素描是艾妮送给我的——收到这幅素描的许久之后，我站在窗边望着她踏上人行道离去，那是我最后一次看着她的身影消失在纷飞的雪花里。几年前的某个傍晚，我和阿斯特丽德在电影院里再次见到她，我们的视线穿过人群交会，和彼此点头、微笑致意。阿斯特丽德问我那是什么人，我告诉她，那是在我俩相遇前的一位旧识。事实也的确如此。我当然向阿斯特丽德提过艾妮，当时我们仍然有倾吐不完的故事，但是我没说出电影院的女人就是我提过的艾妮，而是和任何男人一样，在向女伴提起前任女友时，都是含糊地一带而过。我其实也说不出这是什么道理，难道是担心艾妮藏在我心底深处的身影，会因为我们再次见面，而出现在梦境中折磨我吗？她仍然明艳照人，带着中东风韵的美丽。但是，当我回头答复阿斯特丽德好奇（或是质询）的问题时，我已经感受不到过去的痛苦。艾妮曾经是我深爱的女子，而现在，我有了别的梦想，伤口已经痊愈。

我拾起素描，四处寻找挂钉。这幅素描尚未完成，我在鸟头轮廓粗略的线条上留下指痕。我揉搓指头，擦去黑渍。一年半前，在一个炎热的夏日午后，我去参观嘉士伯艺术博物馆，其实，只是为了贪图馆内的凉爽。当时，我以为自己是唯一的参观者，但是在一个展示罗马雕像的阴暗角落里，我注意到她。她背对着我，一动也不动，黑色的长发随意绾在细长的颈后。一开始，我望向明亮的门廊，她不过是远方展览室里一个反射在抛光石砖地板上的影子。尽管连续三个月艳阳高照，她依然苍白。我停下脚步，她显然没有注意到我。她身穿黑色长连衣裙，没穿袜子，踏着一双粗跟黑鞋，脚踝处系着细带子，老旧的朴实款式让我想起战前在阿根廷妓院里的探戈舞者。她苍白的脸色有一抹蜂蜜般的色调，我当下就知道，我会去抚摸她，去感受她苍白却奇妙的、有种吸引力、会与我的双手和嘴唇完美契合的肌肤。她站在罗马皇帝，或者应该说残缺的帝王头像前方，雕像脸部嘴唇紧闭，没有吐露出任何情感，时光毁坏了面容，铁柱支撑起看似被斩去的首级。雕像的五官几乎完全腐蚀，鼻子和嘴唇都已不复存在，石材的纹理和细孔显露无遗。这张脸孔，就像历经数个世纪的一帧照片，缓缓地褪为永恒却不具名的大理石块。我这么对她说。她回头用镇定的黑眸看着我，这个表情就好像她认识我，即使我们从未谋面。

经过这么多年，她的脸孔依然鲜明，随着日常生活点滴出现，就像从我手中滑落的钱币上的人像，珍贵，但并非无可取代。有些日子里，我看不到她的存在；其他时间里，她则会和其他脸孔变幻莫测地短暂出现，诉说一些我不了解的事。对我而言，她的双眼已然失去致命的吸引力，如同晦暗的铜像，饱受时光的摧残，然而她偶尔还会再一次看着我，远远地，带着探寻的目光和越来越模糊难解的问题，而这个问题，年复一年，已越来越不着边际和难以回答。我们一起离开博物馆，并肩走在昏暗的光线中，兀自发烫的墙壁在广场火热的人行道上投射出长长的影子。我们无所不谈，对于自己的一切，完全没有界限。沿着港口，穿过公园，这段漫步仿佛没有止境，落日余晖逐渐消逝在屋舍的窗台、圆石、草地和静静拍打的海水之间，直到朦胧的夜色蹿了出来。踏着蜿蜒的路径，我们终于来到她在小路上的住处，街道对面就是个犹太墓园。我们都知道，接下去的情节不过是时间早晚的问题，但是我们刻意延长这一刻，静静交谈，或是停顿话语，彼此凝视，直到无法按捺为止——最后，我们进到她的房里互相抚摸。窗外，只有一片拥挤的坟土，以及镌刻神秘文字的歪斜墓碑。

艾妮这个人，说话的方式有点老派，这不只是口音的问题。她似乎来自另一个年代，就好像她是从一艘早已沉没或解体、烟囱高耸的远洋渡轮上下来上了岸。艾妮有个担任外交官的法国籍父亲，母亲则是波斯女子。在父母前往德黑兰、新德里和委内瑞拉之后，她只身留在哥本哈根。她说她喜欢绘画，但我从不知道，画画是否只是目前她在做的事情，而除此之外，她还在等待着做别的事。不管怎么问，我就是摸不透她还做别的什么，只知道她从来不缺钱。她的公寓装潢简朴，一如修女的陋室，而且三餐看起来仅以现成的冷冻食品果腹。但是，她的出租车费多得吓人，甚至她过多的鞋子，在我所见过的女人之中也是无人能及，而这些昂贵奢侈、造型特殊的鞋子，穿不了几次便安息于衣橱下方。她曾经将自己描绘头颅和骨架的素描展示给我观赏，但对于她以偏执狂热的快捷线条来描绘死亡啃噬过后的景象，我实在无法置评。她的黑眸和黑暗的素描仿佛开启了一个不为人知的阴暗世界，我感到畏缩恐惧，怯于入内探索。她甚至会突然恐惧地瞪着我，仿佛我发出了意外的声响，吓着了她。这样的状况相当频繁，每一次，她都处于绝对震惊的状态中。甚至，我们某次相偕走在市区，也发生了这种状况。她身材瘦长，几乎称得上纤弱，胸部娇小，筋骨突出的双脚又长又窄，像是飞鸟羽翼下的细骨。她的五官从来没有出现任何的欲望或懒散，然而她永不罢休的双手和嘴唇却散发出难以饱足的饥饿。与艾妮交欢，就像永无止境的战斗，或是无法控制的无情发泄，她会用身躯紧锁着我，似乎想将我拉到深渊边，体验自由落体。我们对彼此毫无保留，一切是这么美好，但接下来，她却突然要求我放手。

我们的恋情大约维持了一年，就在雪又开始飘下的时候结束——如果这些困惑的紧拥、爆发的怒意、泰然自若的越轨行径，以及少见的安静平和都能算恋情的话。我们缠绵的时候，谈话的主题通常都围绕着艺术，讨论早期的艺术家，比如伦勃朗、埃尔·格列柯[①]、戈雅[②]，还会讨论达·芬奇的素描，以及他让艾妮

① 埃尔·格列柯（El Greco，1541—1614），西班牙文艺复兴时期著名的幻想风格主义画家。

② 弗朗西斯科·何塞·德·戈雅 - 卢西恩特斯（Francisco José de Goya Lucientes，1746—1828），西班牙浪漫主义画派画家。

极度着迷、既精确又大无畏的解剖研究。二十世纪的艺术家中，只有贾科梅蒂和培根[1]得到她的青睐。她对现代艺术兴趣不高，一如对政治的冷漠。想到她的出生背景，我不禁感到惊讶。有一次，我以过去式时态说起戴高乐，她毫不掩饰自己的惊讶，因为她根本不知道戴高乐早已过世。我从来没见过她阅读报纸，她家中不但没有电视，也没有收音机，只有一座老式唱盘和少量风格各异的唱片，包括拉絮斯[2]、福莱[3]、塞吉·甘斯布[4]，甚至还有皮亚佐拉[5]。不论印度的考古学、波斯的禁欲神秘主义，还是哥特主义的色彩理论，只要是她感兴趣的，她精辟的见解和所关注到的细节每每让我印象深刻。如果说，我曾经成功地就某位画家提出优于他人的见解，这都要追溯到我和艾妮浑身汗水、上气不接下气地躺在床上抽烟时，她那些抱着质疑态度直言阐述并出人意表的见解。她是我所见过最有文化素养的人，她的知识并非来自苦读，而是出于直觉和好奇的探索，勤于出入古书店、图书馆和博物馆，不受学派规范限制。

她唯一不打算仔细探究的，只有我们之间的关系，不管是眼前的情况，还是未来的发展，她一概不探究。她说，这未免太傻

① 弗朗西斯·培根（Francis Bacon，1902—1992），英国新现实主义画家。
② 奥兰多·德·拉絮斯（Orlande de Lassus，1532—1594），文艺复兴晚期作曲家。
③ 加布里埃尔·福莱（Gabriel Fauré，1845—1924），法国作曲家、管风琴家、钢琴家。
④ 塞吉·甘斯布（Serge Gainsbourg，1928—1991），法国当代作曲家、歌手、诗人。
⑤ 阿斯托尔·皮亚佐拉（Astor Piazzolla，1921—1992），阿根廷新探戈风格作曲家、班多纽手风琴（Bandoneon）独奏家。

了。在一次温柔的缠绵之后，我对她低语，提起是否应当怀个孩子，她却对着我泛红的脸颊和羞赧的双眼一边嘶哑地笑起来，一边打开摆在床边地板上的白兰地。艾妮边笑，边就着瓶口饮酒，我还得轻拍她瘦弱的肩头，她才不至于呛到。她背对着我跨坐着，看着天花板上镜中自己兴奋的躯体，她的肩胛骨让我想到巨鸟收起的双翅。我们通常在我家，或是在犹太墓园的街上碰面，但是她坚持我必须在去找她前先打电话。我随时可以打电话，但是如果没有事先告知，她决不会让我进门，即使窗口有光，人在家中也不例外。反之，她却可以随时无预警地出现，在任何时刻，而且总是蓄势待发，期待立即得到宣泄，甚至往往在一进门后就会爆发。第一次见面过后，我们鲜少一起出门，如果同行，也总是在夜里前往酒吧或郊区小酒馆，从来不到可能会遇见熟人的市中心。这是艾妮的意思，她希望我们的关系保持低调神秘，用她的说法就是与世隔绝。我很快便明白，其实我不是她唯一的男人。她并没有告诉我其他人的任何事，但是在我终于鼓起勇气开口询问时，她也没有否认。一开始，她对我的反应感到有趣，并且以人类学家研究原住民的方式，保持距离来观察。她知道我为之痛苦，却听之任之，显然她不知道只有她才能解除我的痛苦。之后，她逐渐厌倦了我的疑问和赌气似的沉默。

阿斯特丽德和西蒙在我家过夜的隔天早晨，我依然挂念着艾妮。我的生活空虚，没有目标，在无事可做的时候，我总是会想到她。夜里开车若有空闲，我的脑海里总是会浮现她的面容，并且担心会遇见她。知道她就和我处在同一个城市里，让这个地方成为险境，一方面看不见她，另一方面又害怕突然见到她，就像是暗暗被人掐住内脏一样，有种难以控制的痛楚。那天早上的状况相同，有好几次，我拿起话筒，几乎就要直接拨电话给她。我在沙发上躺了好几个小时，吞云吐雾，听着音乐，一直到昏灰的冬阳落入深蓝的天空后，我决定出门透气。我走在拎着手提箱或购物袋的人们之间，漫无目的地在街上游荡，当我走回家门口时，听到公寓里传出西蒙稚嫩的声音。我进门后，他就突然安静下来，在沙发上靠向阿斯特丽德，仿佛把我当成闯入地盘的陌生人。正在读漫画的阿斯特丽德抬起头，脸上挂着不确定的笑容。"我们可以再暂住一夜吗？"我说："应该没问题吧。"毕竟，当初是我开口邀请，而且我也不介意有人相伴，这可以分散我内心的惊恐。对于西蒙尿湿了床垫，她说实在抱歉，而我轻言带过，说自己到了高中时期还会尿床。尽管我没刻意说笑，但她仍然露出礼貌性的笑容。我认出她的香水味。她今天看起来有些不同，头发扎成了马尾辫，我还注意到她涂了睫毛膏，似乎想留下好印象。也许，并不是为了我，而只是一个女人，在生活支离破碎之时，想通过化妆来自我防卫。浓黑色调的眼妆充满挑衅，与她毫无来由微笑时淘气灵巧的上扬嘴角十分不协调。也许她的微笑是出自困窘，或者是满怀信任地让我知悉她的讶异——没想到自己带着孩子无处可去，出现在陌生男人的家中，还意想不到获得对方殷勤响应，这让她很讶异。

她稍早已经出门购物，于是动手准备晚餐。我坐下，读书给小男孩听，其实，这是因为我不知道还有什么事可以做。我开始读着漫画中住在菌伞下方、头戴白色妖精小帽的蓝色小人的对话，他放弃原本猜疑的态度，向我靠来，最后还让我用手环住他的小肩膀。阿斯特丽德在厨房里微笑地看着我们，而低头看漫画书里蓝色小人的我突然感到羞涩，因为我很难去承认，一个出租车司机读着书给一个饱受父母离异之苦、可怜的小男孩听，这画面其实算得上温馨感人。炖着食物的平底锅吱吱作响，散发出罗勒和蒜的香气，一出和乐的家庭剧上演，而我则暂时取代那名众人避之犹恐不及的愤怒的灰发男子。我很久没有下厨，通常是在深夜开车经过外卖店时，才会去买晚餐。我瞥向厨房里的阿斯特丽德，我跟她说不必见外。对于这个空洞的句子，我有些不好意思。现在想想，空洞的句子通常都是在决定性的那一刻脱口而出，但当时我并不明白，只是在解释漫画中的对话给小男孩听的空当，不着痕迹地看着她。穿着外出短裙搭配黑丝袜的阿斯特丽德，身高与艾妮相当，但是小腿的线条较为柔和。阿斯特丽德并不符合我欲念中任何女人的形象。在遇见艾妮之后，我不曾如此注意任何女子，现在之所以会暗中瞄着阿斯特丽德，也只是因为她背对着我站在厨房里切菜。比起我失去的旧爱，阿斯特丽德的一举一动都显得和缓镇静，甚至说话时的慵懒都与艾妮的急促不耐形成对比。显然，阿斯特丽德不仅时间充裕，似乎还将自己托付给自然的节奏，并且没有疏漏。她处理事情不疾不徐，态度泰然自若，近乎享受，就像她让手中的刀刃没入西红柿紧绷的表皮，无须使力，饱含汁水的果肉和绿色的籽便会自动地呈现在她眼前。

一同用餐时，我没有再想起艾妮。我们像陌生人一样谈天说地，聊着自己的工作，默契地避免提到前一天晚上发生的状况。和大多数人一样，我问起电影制片，她说起欣赏的导演，如特吕弗、侯麦，以及卡萨维兹[①]。我的话题围绕着抽象表现主义画家，如德·库宁[②]和杰克逊·波洛克。西蒙不时会以童言童语的见解打断谈话，惹得我们开怀大笑。整个晚上气氛和乐愉快，任何人都不可能猜出她才刚离开丈夫，而我也才被情人离弃。我每天傍晚都会顺着前往机场的路开车，这天坐在车里，我几乎愧疚地发现：几个星期以来，这是我第一次感到放松。一路穿过市中心，经过了码头之后，我才惊觉，我没像往常一样憋住呼吸，以龟速行进，绕道前往犹太墓园。曾经有好几个夜晚，我几乎没有车费收入，只因为我离不开艾妮住处一带，一心只想见到她。在我们相处的后期，我的质询越来越危及两人的关系，艾妮曾经以少见的同情表示，除了我之外，她并没有固定与别的男人会面，对于其他爱人的感觉也没胜过我，她试着借此安抚我。按她的想法，光是提起这些爱人就应该足以缓和我那股毫无意义又不合时宜的妒火。事实上，包括我在内的这些情人数量众多，这原本应该要

① 约翰·卡萨维兹（John Cassavetes，1929—1989），美国导演、编剧、制片人、演员。

② 威廉·德·库宁（Willem de Kooning，1904—1997），荷兰籍美国画家、抽象表现主义的灵魂人物之一、新行动画派的大师之一。

让我们觉得，是她背着我们去与其他男人偷情。我常在脑中描绘她在陌生男子的住处，或是在我再熟悉不过、窗外就是犹太墓园的卧房里献身。我无法忍受自己只是她会去拜访或开门相迎的男人当中的一人。当她对我表示，我们这些男人的差异、躯体、脸孔和故事让她迷恋不已，我同样无法从中得到慰藉。我试图分辨，她是否对我们都同样漠视，或是说，在每个情人面前，她都会展示不同的面貌——我实在不知道哪个可能性更残酷。当她还未脱去外套就已经跨坐在我身上时，这股猛烈的情绪并没有不同；当她躺在床上任我予取予求时，眼神也同样疏离。在那些她禁止我到访，或是不愿接听电话的夜里，我会开着出租车，或把车停在路边，着魔地守着她的门。我知道整件事既荒唐又可耻，但仍然无法抗拒这个诱惑，我因此更感卑微。

我们在一个阴凉幽暗的展厅首次相遇，当时正展出着那些受虐待的罗马人像。她回首望入我眼底的那一刻，一切彻底颠覆。然而回想当时的情景，我却无法确定是她迎向我的视线，抑或是我以目光响应她的疑问。在与某个人四目交望之后随后消失，并非难事，也许就是厌恶了这种没有意义的相会，才会让我爱上艾妮。我宁愿相信，这是一项抉择，而不是只为她寻常的一瞥，就让我脱离沉闷的生活常轨。或者在见到我之后，她就不曾费心深入探索，也许我就如同其他人一样，不过是个跳动的影像，存在于视线交流的莫测变化之中。我曾经双手捧起她的脸，试图再次找出那种让我一窥真我的表情，但最终还是放弃了。她远远地看着我，眼神时而炽热，时而蔑视，时而专注。在我试图缠着她的时候，她就从我身边逃离了，不是从我的双手中挣脱，就是将我拉得很近，让我无法再看清她。我们所经历的一切完全无迹可寻，我的话语一经出口便被沉默吞噬。每个午后、每个夜晚，我们似乎都在重复上一次的约会、给彼此相同的拥抱、说着同样的话。我们一直不停地走动，却始终在原地踏步。这段感情不会有任何未来，它是一条错误的轨道，一条偏离时间、脱离我们掌控的轨道。

尽管罕见，但偶尔她的态度也会变得温和，表明我绝非她生命中一连串男人中的随便一个。有时候，她也会来与我同住几天，我为她下厨，她则安坐绘画；当我早晨回到家中，她依然留在我的住处。欲念饱足之后，她会蜷在我的怀里，零星地诉说她孤独地在混乱的伦敦、华沙和开罗漂泊的童年时光。一个初春的早晨——其实我们仅仅共度过一个春季，外头下着雨，我们躺在床上翻阅弗美尔[1]的画册。我们的耳边都是雨声，卧室浸润在柔和明亮的光线之中，弗美尔画笔下的女子坐着阅读书简，或是站立着倒出陶瓶里的牛奶。艾妮说，她从未去过阿姆斯特丹，接着突然露出神秘的微笑下床。我听见她在隔壁房间里打电话，稍后又回到卧室，扯掉我身上的毯子。一小时之后，有列火车直达阿姆斯特丹，她已经订好了车票。看到我慢吞吞的惊讶反应，她大笑出声，表示她将十分乐意付车费。我那时才发现，艾妮走到哪里都

① 约翰内斯·弗美尔（Johannes Vermeer，1632—1675），荷兰巴洛克时期优秀的画家，被视为“荷兰小画派”的代表画家，代表作有《戴珍珠耳环的少女》。

随身携带护照。在乘车前往车站之前，她甚至不需要回家，只在银行稍停了一下。她唯一的行李，就是一个装着杂货的塑料袋，那些杂货是我们上车前在车站里买的。我们就像外出露营的孩童般快活。尽管我知道事实并非如此，但在我的记忆中，运河并非环形流动，而像是一个漩涡般，艾妮和我，像通常那样冷静地冒险卷入，伴随着她轻快的笑声，同时被卷入的还有沿河的建筑及其宽大的白框窗户。她似乎年轻起来——这样说有些不合理，因为她只有二十多岁，但是从一开始，我就当她是个更成熟的女子。这种年纪上的误读来自她认识的所有男人，但是在阿姆斯特丹，我与她独处，她看起来的确是暂时遗忘了其他人的存在。这段时间，她似乎脱离了原有的生活，停止扮演带来邪恶爱欲、驱使成熟男子对月长号的黑色天使。在我们并肩行走时，她甚至允许我揽着她的肩，而在家乡，她是绝对不会允许的。

阿姆斯特丹建筑物多半没有窗帘，你可以直接透过窗户看到对面的人，似乎人们都没什么需要隐藏的，或者说，不希望自己有任何需要避开他人视线的行径——而这是唯一一次，我感觉我和艾妮正是处在这种情况下。我们在运河边漫步，她紧紧地靠着我，偶尔突然停下脚步，在人行道上拥着我亲吻。我们坐在幽暗的小酒馆里喝啤酒、抽香烟。荷兰的香烟一包有二十五支，对于这究竟是节俭还是浪费，我们争辩不休。伴着一圈圈蓝色的烟雾和深绿色的污浊河水，我们谈天说笑，似乎蜿蜒地朝着某个目的地前进，但事实上，只能说是绕着圈圈走。所有的旅馆都客满了，我们最后只得栖身在一艘旧船上。在整日漫步之后，我们筋疲力尽地躺在舱房内窄小的铺位上，我幻想我们其实身处在大海之上，环游世界。我这么对她说，她像对待孩子似的，带着宽容的笑意看着我，轻戳我的脸颊。这种我从未见过的和缓、留恋与温存，让我既快乐又哀伤。

阿姆斯特丹之旅，不过是这段感情走到尽头之前的暂停键，我莽撞地朝终点前进。很快地，当我问她去了哪里、要做什么时，她要么逃避，要么很生气。我越是逼迫，她就越不乐意回答。她不接电话的夜里，我再次在夜里前去她的住处打转，一方面充满期待，一方面又害怕看到她的秘密生活。一天傍晚，我看到她出门，便沿路开车尾随。监视她，就好像坐在出租车后座观察自己一样，我对自己的行径感到羞愧，却又没有退路。在能够将自己抽离之前，我显然彻底糟蹋了自己。她走进一家二十四小时营业的小店铺，带着一罐牛奶和一小袋咖啡出来。她显然沉浸在自己的思绪当中，没注意外界，低着头又顺着街道走回去。当天稍早，我在离开她家之后，便一直暗中监视。这一次，我确认她的确是自己一人。尽管如此，我还是把车停在离她家门口有段距离之外，这样当她从窗口往外看时，就不会被发现。我愚蠢又虎视眈眈地坐在车内监视，像个私家侦探。不知过了多久，突然有个男人在她家门口停下脚步。他身穿一件驼毛大衣，脚踏一双锃亮的黑色皮鞋。虽然我的视线没有离开街道，但仍然没有发现他从何处出现。过度专注让我愣神，一定是在我冥想、接听无线对讲机，或是盯着一楼店铺的水槽、热水器或水龙头发呆的某个时刻，他出现在我的视线范围之内。有人开门让他入内，我在门关上之前，赶紧跟了进去。我假想，他一定是个有钱的生意人，趁妻子到瑞士滑雪度假时来拜访艾妮，趁她洗澡时，在枕头下塞入一沓钞票。他踏上楼梯的脚步声依稀可闻，停住之后，一扇门开了又关。我三步并作两步跑上楼，也许是不想留下足以让自己后悔的时间。然后我按下门铃——这时已经不能回头了。

公寓内，乐声流窜，我听出皮亚佐拉忧郁又让人沉醉的手风琴演奏，这是我们在做爱后最爱听的曲子。我们会伸展身子，躺下来抽烟，一边做白日梦，一边聆听探戈曲调从甜蜜的放纵转变为致命的激情。我一次次地按电铃，她终于打开门，睡意使得她脸色泛红，发丝松松地垂在日式浴衣的领际，她环手拉紧衣襟。我想做什么？其实我也不知道。我从她身边走过，穿过起居室，走进卧房，里面空无一人。我转身，她就站在我身后，交叉着手臂抱在胸前，头歪向一边，一副怜悯不屑的表情。一切就在转眼之间发生。我一把攫住她往床上扔，她松软跌落，双手摊开，身上的浴衣敞开来。她跌躺在床上镇定地看着我，仿佛等待事情发生。她让我为所欲为，完全被动承受，沉溺在我绝望的怒意中。而这时，我注意到自己面无表情，头脑脱离了盲目愤怒的身体。我们两人一起目睹了我的堕落，我深埋在她的双腿之间，而她深棕色的眼眸直盯着我。我在她体内翻搅，将自己的无助发泄在她身上。她必定感到痛楚，但是脸上的表情却没有任何变化。事后，我拉上拉链走进隔壁房间，她仍然躺在床上，没有移动。我坐在窗口，看着教堂的围墙，街道上空无一人，微风吹动街灯的光线，在围墙上摇摆出紫色的影子。我坐了约莫一刻钟，接着，她穿着一袭我从未见过的优雅晚礼服走过来，苍白的脸上扑了粉，涂过口红，精心地将头发绾在脑后。艾妮看起来十分耀眼，有种毁灭性的美艳。她拿着大衣，打算出门，我提议送她前去。她耸耸肩，没有异议。我们没有交谈，她坐在后座看向窗外，就像是寻常乘客。我送她到了使馆特区，目送她走进一栋华丽壮观、嵌着桃花心木镶板的大理石建筑里。几天之后，她来找我，将我借给她的丢勒[1]雕刻选集还给我。她连外套都没脱。我表达歉意，她没做任何响应。她留下书的那一刻，外面开始下雪，我就站在窗前，看着她消失在闪亮飞舞的雪花之间。

两个月之后，我遇见阿斯特丽德，但我完全不知道在我们第一次共进晚餐的那个傍晚，或是我开着出租车接送乘客四处跑的那个夜里，自己正朝着生命的转折点逼近。我没有任何打算，也不想结识任何人。城里四处都有意想不到的偶遇，但是对我而言，这些巧合也只是如同桌上的台球般不可预测。疲惫之余，我偶尔会去酒吧坐上一两个小时。一个轻击，发亮沉重的球互相撞击，在绿色的桌面上散开，有时朝同一个方向滚，有时则四散滚开，直到最后，一颗颗球落袋，游戏结束。我可以是任何人，也

① 阿尔布雷希特·丢勒（Albrecht Dürer，1471—1528），德国画家、版画家及木版画设计家。

可能会巧遇任何人。每个巧遇或会面都可能改变一切，然而不管是陌生美丽脸孔下暗藏的秘密，还是我自己的阐释方式，都不会造成影响。但我心知肚明，或许我正期待某些事发生，且对那些事也有自己的诠释。当时，我也许仍然认为自己和艾妮之间的情感绝非俗事，与之前经历的任何感情都不同，否则，我也不至于如此受伤。我当时也知道，我最终还是会忘记这段让人困惑和绝望的感情。我坐在驾驶座上，开着车在郊区与闹市间来来去去，一如台球，被动、无所言语，但心中却还牵挂着自己破碎的美梦。她是我失去的挚爱，比起有她相伴，眼前这个世界更显可悲。当艾妮看着我，我会觉得自己没有任何应当隐藏的事物，因为在她的目光之下，一切清晰可辨。如果这纯粹出于我的妄想，那么我的过度追求的确会带来毁灭。倘若我曾经深爱的艾妮只是我捧在手心的、她那让人备感陌生的脸庞的化身，那么这只会残酷又可笑地证明：我亵渎了自己那珍贵的热情。

我不再吃饭、睡觉，像个麻风病人似的避开他人。我会坐在车里，或在黑暗中坐在沙发上，看着眼前瞬生瞬灭的香烟烟雾，望向窗外郁闷忧伤的景象。在夜里无人的街道上驾驶出租车，经过窗里亮着灯火的建筑，真是再适合我不过了。我无法忍受在自己家中度过夜晚，更不想出门，以免碰见任何熟人。在陌生人的世界中巡行，置身于一切之外，正合我意。我身处可悲的孤寂之中，深信自己再也不会以爱恋艾妮的方式来爱其他人。就某个层面来说，这并没有错，这是个我完全没有料想到的层面。阿斯特丽德和我之间，是另外一种爱情，没有那么炽热浓烈，也不会令人盲目——我花了很久，才发现这段温柔和缓的爱情。我当时深陷在歇斯底里的闹剧之中，它从内在吞噬着我，让我逐渐成为一个空洞荒谬的男人，而阿斯特丽德解放了我。她毫不自觉，却诱使我脱离那个过度膨胀、自我消耗的内在。我当时并不那么认为。一开始，我并没有多想，而是选择将自己禁锢在受创的情绪中孤寂度日，近乎疯狂。阿斯特丽德呢，对她而言，一切都轻松自若，万物依循自己的韵律运行。那天晚上，我们在我家门口道别，仿佛我俩已经同住。我是否已经有了这个念头？我是否把她当作了突然出现的机会、意料之外的赦免？还是说，我只觉得她是个吸引人的甜蜜女子，带着孩子逃家，结果刚好有个心碎的夜班出租车司机为她提供栖身之地？当时，我脑子里尽是艾妮在雪花中的身影，以及当我又羞又恨地强暴她时，她那毫无表情的双眼。而那个晚上也一样，我也想到那个夏日午后，那些缺了四肢的大理石雕像。此时，我几乎可以看到十八年前的自己，漫无目的地前行，但是我无法重复当时那种难以察觉的改变，将自己从一个故事转到下一个故事。

艾妮会再度出现在我的脑中，是因为我正在回想自己和阿斯特丽德的巧遇，但是我难以分辨自己当时和现在的想法。我想厘清的这些故事，却反而越理越乱。我寻思着那个节点，以了解阿斯特丽德为何选择消失，但不确定是否能找出来。我循着蛛丝马迹寻找，可是由于不知道症结所在，最后仍是一无所获。因此，我心存怀疑地重组所有线索。我知道，同样的线索会让我说出不同的故事，但我要如何辨别这些故事当中何者最真？也许这不会有区别，因为这些故事可能都不够扎实，无法成立。尽管如此，我仍然继续尝试，我越试，就越了解自己的记忆有许多缺口。我明白自己很难成功，知道这不过是压缩过后的空想或遗漏，一种粗略的大纲，但是我只能尽力。我必须发掘一切可能被自己掩盖的片段。在思考的同时，我发现，生命中竟然有那么多没有说出口的阴影存在。这究竟是如何形成的？在何时出现？转折处在哪里？为什么会发展出如此不同的版本？我瞪视眼前的黑暗，但反被黑暗环绕；一发现光亮便为之眼花，而光点也随即褪为眼底的余烬，因为一切发生的时间都太久远了。不过我依然搜寻着，即便我知道真实就存在于每处停顿、每句话语之间。到最后，我的这些叙述只能算是试图弥补时间缺口的尝试，有时是难以回答的问题，有时却是那些没能问出口的问题的一个犹豫的答案。

那一夜，市中心十分安静，我回家比平常早。我脱掉鞋子，蹑手蹑脚地走进屋子。阿斯特丽德已找出备用床单铺好在沙发上，羽绒被也在那里，显然阿斯特丽德觉得应该轮到她来用毛毯——想到这里，我心底一阵温暖。我到浴室刷牙，听到卧室地板的嘎吱声响，接着就看到镜中面带歉意微笑的阿斯特丽德。她睡不着，我也不特别累。我猛然想到，自己满口牙膏泡沫站在浴室里，一定很傻。我一向不喜欢别人看我刷牙，她当然不可能知道。我漱掉牙膏。她靠在门边，睡衣外面套了件毛衣，素颜、乱发，眯起的双眼有着倦意，整个人却是十分甜美。大多数女人的素颜都更吸引人，当然了，女人绝对不相信这句话，她们同样也不知道自己在困倦时最为可人。也许是因为在这种时候，她们过于疲惫，忘记去想到自己的外表，或是累到不在乎他人的观点。疲倦的女人让我毫无防备，她们放松的脸庞展现出真实的自我，忘了身旁的人，忘了去在意，温柔就像一层纱，让她们的眼光蒙眬，不知究竟是看向深沉的内心，还是远方的某处。当时等在门边的阿斯特丽德就是如此，似乎滑入了不知名的梦境。这是我第一次惊觉，她不单只是吸引人而已。我提议我们分享晚餐时剩下的半瓶红酒。接着我们就坐在黑暗中的起居室里，就着走廊昏暗的光线抽烟。我还清楚地记得，刚刷过牙后，入口的红酒苦涩难咽。她以独特的细碎拖拉语调轻声说话，近乎亲昵，仿佛我们彼此熟识许久。她表示，没有人知道她的去处，她有许久没有享受这种放下一切、置身于隐秘之处的感觉了——就在那一刻，我了解到这种情况十分适合她。我说：“如果你想，多留几天也无妨。”“你的女朋友会怎么想？”她提起我的女友让我着实吓了一跳，随即便想到艾妮留在浴室里的用品，我的这位客人一定马上注意到了。我留下艾妮的用品，多少有些怀念的意味。尽管光线昏暗，阿斯特丽德仍然看出我的脸色，并且意会到自己的失言，于是没等我回答，便继续说话。她的直率令我讶异。她移开困倦的双眼继续说话，偶尔望着我，观察我的反应，却并非寻求慰藉。她几乎没问我任何问题，似乎看着我听她说话，就是一种认识我的方式。

阿斯特丽德在二十一岁那年，遇见了四十四岁的他，那个站在傍晚寒风中叫嚣的男人。一开始，她只是他的情人。她在世上没有亲人，小时候父母就已过世，唯一的亲人是一名年长的阿姨。他当时已婚，有个年龄与她相仿的女儿。他是个知名导演，个性安静。但是，当他袖口飘动着站在出租车外面时，我没认出他来。她曾经担任过他某部影片的剪辑助理，这段情就这么开始：偷偷摸摸地在剪辑室或旅馆内拥吻，以及热情地缠绵。男人热切的凝视、口口声声的保证和低沉镇定的嗓音打动了女孩。她迷恋他成熟的欲念，乐于成为名人希冀的年轻女子。和他在一起，每件事情都会有不同的面貌，过去她交往或分手的年轻男人无法带给她这种感受；然而，事情并没有想象中的顺利。现在谈起这段情，她仍然无法理解，自己为何会和他生了个孩子，并且还以为可以天长地久。但是她也说，不但是对他，她对自己也感到惊讶。一次，他要到斯德哥尔摩与制作人见面，带着她同行。某个下午，她就躺在旅馆床上等他，却突然纳闷不解：自己怎么会去那里？她还记得墙上鸟儿金黄色的轮廓，是蓝雀或知更鸟吧，娇小的鸟儿歪着头往下看向她。无辜的鸟儿几乎吓着她。她是有妇之夫的情人。这样来看自己，她觉得颇为有趣。然而，她不得不在一群小鸟面前隐藏这么一个重大的秘密。她看着镜中当时依然坚挺的胸部，简直就像荷兰小木鞋上翘的鞋尖。但是这能作为什么答案？她说她曾经目睹男人带着妻子出席影片的首映典礼。阿斯特丽德看不出她有什么不好，她的地位为何会被别人取代。一切都是欲念。这个字眼逗得她发笑。我想，她在小岛那艘小汽船上的栏杆前，被水面反射的阳光刺得目眩之时，露出的也是同样的笑容吧。男人开会时，阿斯特丽德搭乘汽船出海游玩。这个灰发、下巴上有道凹槽、浑身散发男性气概的男人回到她身边宠爱她，她的顺从臣服连她自己都感到意外。接下来，她任由他谈论未来，直到他终于累了，在啁啾鸟儿的视线下瘫躺下来，求助地望着她，似乎等她拉他一把，脱离他自己的这一番企盼。让她真正惊讶的是，看到他斩断退路，带着两只行囊出现在她家门口。他显然没有食言，于是她再次屈服。她将惊讶抛在脑后，很快就怀了孩子。看着孩子成长，她开始相信他们的未来不过是空幻的辞藻。孩子越大，她就越如此相信。在我遇见她的那个傍晚，她恰好发现导演又找到了更年轻甜美、更有未来的出口。

隔天我醒来时，她和西蒙已经离开我的住处。她稍早出去买了面包，和保温杯里的咖啡一起放在桌上。盘子上摆了个牛角包，餐刀下面还垫了纸巾，有如旅馆的风格。我不习惯在早晨吃牛角包。公寓里随处可见我这两位客人的物品。西蒙的玩具兵在窗台上的书本和电话簿中间列队，蓄势待发；两人的衣物堆在卧室的椅子上；衣柜里，我吊挂的衬衫间甚至还夹杂一件连衣裙；浴室镜子下方的架子上摆了一整排女人瓶瓶罐罐的用品。看来，她当真搬进来与我同住。白天和夜里我仍然独自在家，只有傍晚他们回家后，而我尚未出门时，我们才会碰面。我们轮流下厨，在狭小的公寓里以礼共处，互相调适。这种意料之外的凑合同住，让我们每当眼神有所交会，就会忍俊不禁。对于整个过程顺利的程度，我感到有些讶异。我们像陌生人一般彼此相对而坐，有时会无言以对，然而即使是沉默，也不至于令人难过，丝毫不显沉重。我在与人相处时，若是无话可说，常会感到窘迫，她是第一个让我没有这种感觉的人。她有许多让我惊讶的特质，比如在陌生人家中可以安然入睡，或是在说完要说的话之后马上保持安静，丝毫不受我俩之间的无声影响。其实，我们并没有太多话题，没有共同生活，她不过是个住在我家中的陌生人。虽然如此，我还是不时想到西蒙的童言童语和她嘴角扬起的笑容。不管是帮西蒙修理玩具，还是给他朗诵我在某个没事做的下午前去图书馆借来的童书，我都可以感觉到阿斯特丽德偶尔投向我的眼光。我并没有特别去注意她怀疑的眼神，而是把全部注意力放在塑料小人偶或是穿着衣裳说故事的动物身上。男孩似乎习惯了我的存在，泰然自若地与我相处，就好像我们已经熟识了许久。到了周日，她问我是否愿意和他们一起去动物园。我上次去动物园时，约莫与西蒙同年，在我看来，那些发亮的海豹以及肮脏的北极熊并没有什么改变。西蒙非常失望，因为北极熊的颜色没有他想象中的那么洁白。那个阴天，我们漫步在兽笼和洞穴之间，看着眼前无精打采的忧郁动物，我竟然无法在脑中完整地勾勒出艾妮，这种情况前所未有。阿斯特丽德逗弄西蒙让他开心发笑，我暗自不解，她究竟如何在这么短的时间之内，在西蒙周遭营造出这个和谐正常的氛围。她安抚他受创惊恐心情的方式其实十分简单：将他的图画挂在墙上；或是在他大哭时，把我的茶壶保温罩戴在头上，自己扮演茶壶，在公寓里发出咻咻的声音四处疾行。看到我的注视，她的脸颊浮上红晕，但是头上的茶壶保温罩依然没有拿下来。虽然她的心情一定很糟糕，但是她完全没有显露任何迹象，也许扮演小丑逗西蒙开心，也可以让她纾解压力。当西蒙一直哭闹不止时，我会在她眼中看到复杂的情绪，其中不只有西蒙，还有她自己的思绪，这让我想到她那天牵着西蒙的手冲到人行道上，不顾身后试图阻止她的丈夫，跳上出租车，以坚毅的语调跟我说：开车，只管往前开。

有天傍晚，她告诉我，当她去接西蒙的时候，看到导演就等在托儿所外。他情绪激动，既后悔又自怜。我问她是否打算回到他身边。她回答说，如果我感到厌烦，不想让他们母子继续住在我家，应该直接说出来。我摇头，因为那并非我发问的本意。她看向我身后沙发上的西蒙，电视中的卡通影片极为催眠，他已经入睡。不回，她已经下定决心。她开始整理桌面，暗示对话结束，接着开始清洗杯盘。我坐下，瞪着屏幕里互设陷阱的动物，卡通片里热闹的配乐轰隆作响，活像痉挛的旋转木马。我关掉电视，在西蒙身上盖了条毯子。我坐着看了他一会儿，然后走进厨房，打算帮忙擦干杯盘。她就安静地站在水槽边，凝视眼前的一片阴影。我一走到她旁边，她便转过身来——我记得，我们就在狭窄的厨房里互相凝望，她的双眼眯得更细了些，而且眼里满怀着期待，但我尤其记得，这不过是仅仅几秒钟的时间。

她是等着我采取主动吗？是出于她还是我，或者，这无关乎我们两人，我们两双眼睛毫无预警地相对，事情就在这段意外的停顿之间顺势发生？我没料到这个发展，也实在没办法说自己抱有期待。我无法解释这股突发的冲动，它说不清道不明却至关重要，我抬起手，抚过她的脸颊。她轻轻移动脸庞，靠向我的掌心。我将手放在她马尾辫的下方，她的前额依着我的肩膀。她的皮肤干燥温热，我的手顺着她的后颈往下滑，想象自己抚摸她的脊椎，想象她会有什么感受。从艾妮消失在雪花中的那天下午起，我就没有碰触过任何人。阿斯特丽德的颈子和我的手，她抵着我肩膀的额头，这些感受远超乎我的想象，毫不造作，却又奇特。我的手轻触她的肌肤，嘴唇贴着她的头，她的发丝带着不熟悉的气味，搔着我的鼻子，一切都如此自然。两个陌生、彼此分离的世界突然跨越藩篱，撞击着彼此。她的手落到我的腰际，接着再次抬头看我，我不知道她究竟看见了什么。她闭上双眼，也许是诧异吧，我们探索、亲吻，从头学习熟知的一切。我初次亲吻阿斯特丽德的时候，无法控制自己不去想艾妮，她在雪花当中的身影越来越模糊，接着消失。我想，我已经进入了另一个阶段，重新出发。阿斯特丽德的嘴唇带来新的感受，我觉得自己也有了一种说不出的变化。人们亲吻，是因为不知道该做些什么其他的事；在世界改变的同时，除了傻气的嘴唇和双手之外，只剩下相同的大胆表达。我们继续发展，西蒙依然在沙发上呼呼大睡，那天晚上，我们没有搬动他。她住进我公寓的第一个星期，没有人知道她的行踪，我当时对她的认识也极为有限。同样地，我现在仍然不知她的下落，她是否还在里斯本，或是继续旅行？她离开的方式就和她出现时的相仿，毫无预警，消失在冬天的傍晚之中。我想象她孤孤单单的样子，一如当初带着孩子跳上我的出租车，再次抛开一切。我想，她也许就坐在窗口看向陌生的街道，外面的孩童用她听不懂的语言开着玩笑，电车轰隆隆从壁面贴着瓷砖的建筑物前方驶过。也许她正在想，当初为什么会躲进一名陌生男子的家，然后就这么一起度过了许多年。我现在的举动，一定就和当年的灰发导演相同，独自在家中，意识到她当真离开，想象她去了城里某个不知名的地方。也许，到了傍晚，她会在里斯本的老城区漫步，身边的老旧电车隆隆作响，炭烤栗子香味诱人，人们随意地闲逛。她会想：原来，改变方向如此容易，完全不费工夫。她也可能会沿河散步，看着远处河口的夕阳余晖，大桥映着红光，后方的渡轮轮廓渐渐模糊，似乎就要消失；河边漫步的人们和一切景物都成了朦胧的剪影。

3

阿斯特丽德离家的五天之后，我动身前往纽约。我当时根本不知道她人在葡萄牙的波尔图，她完全销声匿迹。我本来差点取消行程，搭上飞机起飞后，却又后悔成行。我试着告诉自己，她对我启程和返家的时间了如指掌，但是这种自我安慰根本不起作用。坐在飞机里，我才了解，在她提着行李下楼、脚步声渐行渐远之后，我之所以会如此无措，不只是因为焦虑和那些得不到答案的问题，坦白说，我想念她。日子一天天过去，却没有收到她的只言片语，这种失落的感觉日益强烈。以前，如果她有事必须离开几天，我们都会开玩笑地表示：给彼此放个一两天假还真好。事实上，在西蒙和罗莎上床睡觉之后，我还颇能享受独处的时光；再说，她不在家，我得做双人份的家务，颇为忙碌。我很喜欢一个人带孩子，不管是辅导他们的课业，还是出门用餐（我实在懒得购物做菜），都让我觉得和他们更亲近。那种时候，我不会有闲暇去猜想阿斯特丽德在做些什么。然而现在，我却可以全心全意地去想。我说不上原因，更没有确切的佐证，但是在她离开的这几天，我越来越深信自己将会失去她。过去我当然设想过不幸的状况，比方说她生病，甚或是移情别恋，但是这些念头只是一些推断性的假设，很容易摆脱。她人就在我身边，烦恼很快就能得到纾解，我可以像任何人读到保险公司对于人们存活下去会遭遇多少危险的多余忧虑一样，一笑置之。但是，如同人们不相信自己会发生不测，我也无法想象与我相伴的阿斯特丽德会有所变化。她不只存在于我的意念当中，更成为我的一部分。我现在的感觉就像是大梦初醒，发现自己所面对的世界虽然似曾相识，但不是原来熟悉的天地。我早晨醒来，看到身边她原封不动的羽绒被，我们的家顿时变得陌生，与外在世界顿失界限。这个我们分享多年的公寓，如今沉默空洞，好比进入一个曾经为家的处所，但“家”的温暖却已消逝。我上次到纽约是在七年前，但是这个城市似乎没有多大改变，乘坐出租车穿越皇后区大桥时，眼前仍是东河对岸的灰色高楼。我再度站在街角光影交映的阴暗处，疲惫困惑，头重脚轻，身边的行人川流不息。一进旅馆房间，我立刻上床，却无法入眠。我躺在床上看向窗外，对街玻璃帷幕大楼上方的天色越来越暗。半睡半醒了一段时间，再次往外看时，玻璃上原本深蓝色的单调天色已经消失，取而代之的是一群穿着白衬衫的人，不是俯身靠向自己泛蓝的计算机屏幕，就是在朦胧光线下犹如鬼魅般地走动。此时的欧洲应该是夜晚了。

我回想起阿斯特丽德离开后那些空洞又没有目标的日子。每次电话响起，我总是紧张地抓起话筒，报上自己的名字。某次，一个朋友打来电话邀请我们共进晚餐，我十分紧张，但刻意以惯常的语调说话，表示阿斯特丽德到斯德哥尔摩探访老友去了。我实在无心应酬，但是如果回绝，会比独自前往更为奇怪。如果有正当理由，我绝对会立刻拒绝，而不是唠叨解释阿斯特丽德不能出席的理由。在表示乐于前往后，我对自己发了一整天的脾气。可是也在这么不经意间，我突然发现，打来找她的电话不多，但是平常打来的电话，找她的却多过于找我的。显然，她一定也是拿斯德哥尔摩当作借口，来告知那些可能会打电话找她的人，与她告诉罗莎的理由相同。如果真是如此，那么，对于这次旅程，她一定已经计划了一段时间，但她也绝对清楚，过了一个星期之后，斯德哥尔摩这个借口就会站不住脚。一个人不会无限期地住在友人家，整个故事的可信度很快就会被好奇或担忧取代。我猜，她撒下无伤大雅的谎言，只是为了尽可能地顺利离开。一旦离开，她就没什么好在乎的了。我可以了解她为何不拿斯德哥尔摩当作面对我的借口，因为我可能会打电话给葛妮拉（事实上，我也真的打了这个电话）。她大概不想让我担心，但是换个角度来看，阿斯特丽德不可能不知道她的离开会给我带来什么影响。也许我当时没有坚持要她解释，也没有试图阻止她，这让她感到惊讶。或者，她觉得松了一口气，注意到我对她的尊重，要不然就是我的反应让她确认了自己离开的理由。我坐在书房原本是在研究关于塞尚的笔记，而这些猜测让我思绪混乱。那天下午，我一次次重写同一个段落，傍晚乘车前往城北郊区赴晚餐之约时，着实期待能享受意大利美酒和平缓的闲聊。

这个晚餐，与近几年来我们所参加过的晚宴并无不同，宾客多半是同一群人。偶尔会碰到某对夫妻离婚，其中一个就此消失，接着过了段时间之后，留下来的一个会介绍新人让大家认识，但总体来说，这群保持距离或十分亲密的友人，大都是熟面孔，人数变化也不大。其中有些人是我年轻时就认识的朋友，包括当晚的主人——男人是知名的建筑师，女人在结婚之前，曾经是我为期甚短的女朋友，那是在艾妮和阿斯特丽德之前的事了。她开了一家店，贩卖印度和巴厘岛的手工艺品。聊天时，她总爱把手放在我的膝上，像是要不经意提起我们那段年少的记忆。如果加上阿斯特丽德，我们总共会有八个人。幸好，没有人质疑她缺席的原因，当我对最后一对夫妻复述阿斯特丽德缺席的理由时，也只是简单带过。我背对夕阳坐在友人的花园里，啜饮手上的马天尼，全身心地表现出放松的姿态，和一般暂时处于独居状况的男子没有什么两样。我端详室内风格优雅、显然价格不菲的时髦家具，主人小心避开浮夸风格的家饰，摆设得宜，整个屋子显得优美，近乎素净。如果不是阿斯特丽德偏好拿严谨的古董与风格迥异的小玩意儿互相搭配，我会希望家中的装潢也能如此。我像个局外人，像是新近加入这个小团体的人，这种感觉前所未有。只有在旁人针对我发问时，我才开口说话，也没有仔细聆听他们的对话。他们聊的都是琐事。我惊讶地发现，就算大家每次见面时都有新话题，讲的话仍是大同小异，这不只因为我猜得出每个人会说些什么话，还因为大伙儿的表达方式让不同的话题没有多大的差异性。大家以相同的冷嘲热讽来看待新的事件，暮光下，在别墅里围着炉火，氛围浓烈独特，似乎我们是一群精挑细选的精英人士，歪着头评判这个社会的可笑行径。

我环顾身边的脸孔。我们彼此一直互为依靠，见证了彼此的生命，由于相识时间长久，几乎没有注意到时光的流动。大家年龄相仿，生活多少已经定型，年纪虽然不小，但眼前的未来却尚称长久。事实上，要走到生命的尽头还很遥远，这就像扬帆于海面，远处的地平线似乎不会移动。我们大多数都有孩子，有的早些，有的晚些；我们都在自己的行业里做了很长时间，无须再向谁证明自己，但是只要达到目标，就会去设定新的计划。对我们这些人来说，任何事物都不会再改变，只是还无法接受事实：过去发生的故事越来越多，未来相对就会缩短。我们从别人那里取得今日的地位也有一段时日了。尽管仍然有些资深人物不肯放手，但是我们依旧是社会的主流。只是我们还没发现，再过没多久，我们也得心甘情愿地给紧追在后的年轻人让出位置。我实在很难想象，那些不自觉地就会展露浮夸和强势的后生晚辈会有自鸣得意、相互忍让着闲聊的一天。当然，我们无法回答所有问题，我们仍旧可以提出疑问。我们认为，我们不会像我们所取代的那些老家伙一样，因为自己的成就而自负，喝酒喝到眼睛充血。我们会嘲笑许多急于维护名声的老家伙，活像用长满老年斑的颤抖的双手惊恐地拉开抽屉，担心里头的金子被用人给偷了去。我们并非没有顾忌，但仍满怀理想，仍然可以引人注目或发表隽永的言论。我们知道自己在下台鞠躬的那一刻，会记得曾经拥有的华丽舞台，也不会忘记处于高位的孤冷，尽管此时正值巅峰时刻，有时很难想象那一刻到来时自己的心境，但现在看看那些追在身后的年轻人，我们着实无法理解，他们为何要带着恨意，急急忙忙地冲向不胜寒的高处，再等一下也无妨吧？毕竟我们也经历过相同的等待。后继者究竟会如何去感受这个舞台呢？其实，掌声永远相同。

晚餐中的一名宾客是美术馆馆长，他长篇大论地表达他对前一阵子一场展览的看法。和平常一样，他的发言冗长又热切。他的外形和斯特拉文斯基[①]有些神似，而他自己也知道。打从我们一起修艺术史的时候起，他就开始谢顶，他现在急切、近乎追根究底的语气，与当年彻夜讨论马塞尔·杜尚[②]不可思议地放弃艺术、以下棋来度过晚年时如出一辙。他一点都没变，只是老了些，说话时依然常常会因为突然发笑而停顿，就像在那些恭敬的听众面前玩弄自己的理念，这些听众自以为尊重他专精的说明，事实上却屈服在他的这番享受之下，既窘迫又不被尊重。我本来心不在焉，后来才渐渐明白，他这番独白的批评对象正是罗莎的男友，

① 伊戈尔·菲德洛维奇·斯特拉文斯基（Igor Fedorovitch Stravinsky，1882—1971），美籍俄国作曲家、指挥家，西方现代派音乐的重要人物。

② 马塞尔·杜尚（Marcel Duchamp，1887—1968），法国艺术家，20世纪实验艺术的先锋，达达主义及超现实主义的代表人物和创始人之一。

那位装置艺术家。在这位美术馆馆长的眼中，抛掷胚胎的动作与以慢动作播放儿童色情影片，无疑是宣告前卫艺术死亡的拙劣手法，因为面对抗争，倘若传统艺术不再具有权威，那么“前卫”这个字眼只是个借口，完全不具实质意义，也没有任何理念，纯粹只是某个自称艺术家的人物用来遮蔽野心的障眼法。说到最后，罗莎的男朋友不过是另一个年轻的机会主义者，伪装起见不得人的恋母情结，活像是从艺术史中跳出来的弑父者，自以为是名人录里的精英。我这位秃头友人所吐出的每个字眼我也都能说，事实上，听到他让一伙人取笑这个有可能成为我女婿（我暗自气恼）的黑衣年轻人，我本应感到高兴才是。然而，我也不知道出于什么理由，觉得自己应当要为罗莎那倔强无情的爱人辩护，于是我开始发表当晚的首篇评论。美术馆馆长透过金框眼镜饶有兴致地看着我，我停下来抽口烟，完全不知道要怎么继续下去。他说，顺道一提，他曾经目睹我们这位傲气十足的反偶像崇拜艺术家，公然用舌头舔我女儿的喉咙。他用镜框下细窄的双眼在我脸上搜索，想找出任何无法控制的抽动扭曲，但是在短暂的沉默当中，我仍旧不动声色。我认为，如果阿斯特丽德在场，他绝对不会说这些话。我放弃了，其他人也爆出哄堂大笑，足以吓跑任何因此产生的困窘。一切无事，在他们面前，我也可以安心大笑，这不过是友谊仪式的重演——在得到他人对你的尊重之前，你必须以自尊作为抵押。毕竟，在这个小团体当中，每个人都有相同的分量。

进屋用餐之前，我上楼到浴室稍微独处。我呆坐在浴缸边，瞪着女主人的香水瓶，浴室里挂着一束干花，上面还打上薰衣草蓝的蝴蝶结，为白色的卫浴设备添加了女性的巧思。加入这个家庭才五年的“新家伙”在浴缸的水里放了一只黄色塑料小鸭，鸭子在水中用蓝色的大眼睛鼓励地看着我，意图散播幽默感。我有种想去掐住鸭脖子的冲动，纯真无辜的蓝色眼睛透露出毫不造作的天真，简直不像是人造的塑料制品。然而，这个念头立刻让我感到一阵羞赧，总不能因为塑料小鸭天真无邪就动手惩罚它吧。我经常和阿斯特丽德到这座房子里来，和这群应当可以说是亲近的友人相处。突然间，这座房子里的一切看起来似乎都扭曲了，就像通过水来看这一切。我为何而来？来这里做什么？坐在那儿唠叨着千篇一律的评语，以为借此便可以美化内在的贪婪野心，既懒散、自负、自满又脑残的学院派中产阶级代表人物，怎么会变成我亲近的友人？经过几趟意大利的人文美食之旅，这些人就忘了自己其实来自郊区的黄砖公寓，每天下午定时五点，家中还会飘出烹煮血肠的气味。在这些偏僻荒凉的郊区住宅里，自来水是灰色的，没有就业的简朴家庭主妇负责在家打扫，心里只期望生活能有所改善。这群所谓的友人以为有了超脱俗世的高尚品位和摆在床头桌上的诗集，就可以隐藏自己的出身，极少——或是根本不愿意——前去探访怀胎生下他们的老母亲，而看到她们满头俗丽的卷发和不入流的衣着，还会感到有些抬不起头。这些腰酸背痛、只能靠养老金过活的女人，坐在披挂防水布的公寓里，卷烟抽、翻阅着时尚杂志——偶尔，还能在里面看到自己消失在炫目虚荣世界里的子女。

我怎么会成为当中的一分子？我怎么会虚长到这把年纪，和众人一起嘲笑一名年轻的愤怒艺术家，只是因为他依然沉迷于青少年的愤怒中，而我们则是安稳端坐在富足的熟龄层？他想改变世界的伟大梦想十分扭曲，我们之所以嘲笑他，只因为我们同样扭曲的野心比他高尚可行？这个恐怖丑陋的艺术表现让我们嗤之以鼻，是不是因为我们早已俯首称臣，自甘成为群体生活的社会动物？这名担任美术馆馆长的友人尖苛批评年轻的前卫艺术家，这究竟是否只是某种防卫心理，为了掩饰自己长久以来奉迎文化部官员、猛拍金主和主流艺术家马屁，才得以坐在现在职位的无耻行径？这股怒意让我自己都感到讶异。严格来说，美术馆馆长和其他人并没有伤害到我。我坐在这里对他们一阵谩骂，难道只为舒缓我对自己越来越深的厌恶？或者，我现在看到的才是这群人的真面目？我再次想着美术馆馆长，以及他在众人哄堂大笑之前的表情。他看着我的方式，仿佛对我想隐藏的心事了如指掌。我当时只能确定，如果阿斯特丽德在场，一定会为罗莎的装置艺术家全力辩护。她不见得比我喜爱那个年轻人，但是罗莎爱他，所以阿斯特丽德会跟着接受，并且在女儿面前尽量隐藏自己的喜好。孩子还小的时候，她就教过我，不要用自己的喜好去影响子女。我们少有争吵，但是孩子的教育却是其中一项：我不满她盲目的信任，似乎只要孩子安静，就一切没事；她则指出我不该以自己追求完美的方式去控制或塑造孩子。我得承认，她是对的，无论如何，我都无法管束孩子。西蒙和罗莎就和他们的母亲一样，灵巧又有自信，如果我不喜欢罗莎的这个装置艺术家，那是我的问题——除非我笨到去提出质疑。有阿斯特丽德出席的场合，整个谈话的氛围都会有所不同，她对于周遭的人会产生一种极大的影响，她自己可能并不知情。在其他人眼中，她出生和成长的环境让她将一切视为理所当然，而他们却得奋斗许久才能达到。他们对她有些害怕，因为他们必须随时警觉，才得以展现正确的餐桌礼仪，而她却处之泰然。她来自一个我们所谓的“望族世家”，尽管在她十五岁的时候，父母便驾着捷豹轿车坠崖意外过世，但是他们遗留给她的这种泰然处事的态度，绝对是传承数个世纪的文化教育。她从来不会窘迫，也毫不焦急，更不会势利对待他人，她和任何人都可以交谈，所到之处，人们也会以自然的态度相待。阿斯特丽德离开寄宿学校之后，便脱离了备受呵护的优渥环境。在我们相遇时，她的生活圈与一般人无异，但是举止之间仍然有种自然流露的体面，就算用餐时轻挠鼻子，动作也极为优雅。

阿斯特丽德有种不容侵犯的特质。我不知看过多少次了，自吹自擂或轻佻不端的不经事男女，以最为挑衅冒犯的言语向她挑战较劲，但是一遇上她嘴角微扬的微笑和眯起的双眼，也得落入夹着尾巴逃跑的窘境。她掌握最终权力，决定何时缩小防卫网来接近周遭人事。做决定时，她可以极其慷慨，也能绝对严苛，但是从来没有人猜得出她究竟如何去思考。如果她今天也在，那么在回程的路上，她一定会逗得我乐不可支。她的观察和阐述毫无恶意，但带着绝不留情的好奇，这全是因为她对于人们善变的心理、摇摆不定的情绪和时有变化的社会价值感到有趣。前不久，我们参加了一个餐会，在回家的路上，她分析了每对夫妻的特色，并且点出了所有我没注意到的小动作、某句脱口而出的评语，以及闪烁不定的眼神。在剪辑室工作的经验让她在这方面训练有素，在她的专业眼光下，根据不同的剧本、场景和对话，刻意表现的态度和脸上不经意的抽动，都有不同的含义。我虽然忍不住提醒她，这些朋友一定以同样的方式来剖析我们，但仍然十分佩服她的敏锐。我表示，团体里的每个人就如同她一样，以为自己的剖析最为精准，因为他们自认为是小宇宙的中心，我们这些人不过是环绕在旁的月亮、星星，以他们良好的本能、恐惧或希冀作为运行的方向。她只是耸耸肩，但是我继续坚持己见，表示一个人绝对无法知道自己是否可以看穿他人深不可测的表情，因为面孔之下绝对会隐藏某些晦涩难解的知识。她脸上闪过一抹微笑，似乎觉得这个想法有趣，然而双眼却直视车头灯前方的马路分隔线。

当天她开车，我有些醉了。车速很快，事实上，她开车相当讲求速度，但驾驶技术和她掌握刀刃一样，游刃有余。我注视她专心聆听并且露出神秘微笑的侧脸，以及她盯着马路的双眼，同时坚称着自己模糊又缺乏信心的论调。我问她有没有发现，当我们在讨论某个人的时候，这位主角总是会被缩小，仿佛将这个被讨论的对象的尺寸缩小，才能将其塞进我们的看法当中。难道这还不足以让我们怀疑自己的判断力吗？如果每个人都以自己有限又各有差异的观点来审视他人，那么什么人可以保证自己的正确性？如果多数人持反对意见，而且能提出相当正确的论调，那么我们不过是他人眼中扭曲、变形，并且片段的影像，不合时宜又充满矛盾。当时我也提起了那位美术馆馆长。我们知道他和自己的下属有染，但是他的妻子却被蒙在鼓里。反过来说，她可能知道自己的丈夫会打呼或患有痔疮，而那些尚在艺术学院就读的小女友却完全不知情。我们知道他是借由诋毁同事才得到今天的位置，但是他自诩为立场坚定的艺术保护者、绝对的精英人士；我们更无法得知他是否私下大肆嘲弄我发表的艺术评论，接着又在我面前表示这些文章有多么杰出。但是话说回来，我们可能也是唯一的证人，目睹他在婚前和我们一同在希腊度假时，因为罗莎坚持要带上船一同出海的小狗落水了，便义无反顾地跃入大海拯救它。阿斯特丽德露出一抹难以理解的神秘笑容，换挡后将车子驶入超车道。她期待似的笑容鼓舞了我，我继续说着。其一，我说，我们对彼此的了解实在太少了。其二，我们究竟有多了解自己呢。如果一个人无法真正评估自己，永远有盲点，无法认清自我，那么不管如何严以待己，都无法自知，也许原因正是过于严苛或宽松的自我看待。倘若我们没发现身边有人正在高深莫测地观察，那么我们是否会依照从未在陌生人面前展示的真正自我来行事？我停了下来，说了一大串话之后，感到口干舌燥，接着她突然大笑起来。我不知道她究竟是为了我刚刚说的话而笑，还是其他想法让她发笑。她笑个不停，但是完全没有恶意，可以说是打从心底发出笑声。她的双眼没有离开路面，那个模样，仿佛车灯前方出现了什么逗她开心的事物。城区灯火映入了眼帘，我往后倒，疲惫地靠向椅背。

也许她只是在笑我说的话。是阿斯特丽德，教会我嘲笑自己的。对她而言，言辞并非认清事实的最好方法，反而是一种阻碍。她佩服我华丽的修辞技巧，但对内容却不置可否。修辞，或是滑水、腾空翻转松饼，不过是技巧罢了。她觉得言辞是一种装饰，一如漫画中圈起来的人物对白。她聆听话语的时候，会注意说话的人是谁，即使对我也不例外。比方说，如果我们要出门赴约，而她在镜子前面换上第五套衣服，就算我称赞她迷人亮眼，也不会让她改变自己的想法。她会带着微笑说“那是‘你自己’的想法”，然后继续审视镜中的自己。我们两个人都很清楚，人们的说法与事实之间存在着难以臆测的差距。我以扭曲的想法和长篇大论来表达心中的怀疑，而阿斯特丽德的推论方式却有所不同。她宁愿保持沉默，让言辞自行消失，似乎借由沉默才能一窥事实的真相。当我对她说“我爱你，你是唯一能让我快乐共度数小时的女人”时，她会带着微笑，害羞地拨开我额头上的头发，把我的话看作过于夸张的花束。阿斯特丽德对于话语的节制，使得她说出的每句话都分量十足，她会突然从我身后环住我，轻声说她爱我。有一回，我开口问她原因，她只是笑着说“因为……”。因为什么呢？她看着我，仿佛我的问题让她讶异。“因为你真是蠢。”她回答道，然后亲吻我的眉宇。就她的想法而言，并非每件事都必须有原因和理由，她的微笑里似乎透着些失望，因为我没有她那么确定。虽然她与众人相处时冷静少言，与我独处时却可以轻松放开自己。她以顽皮开朗的方式，毫不犹疑地将自己交付给我，毫无顾忌且无所保留地展现温柔；她的爱抚并非由文字架构而成，而是她本人毫无吝惜的延伸，无须等待回应。她有时会用温暖柔软的嘴唇亲吻我的眼皮，让我看不到她。这种时候，她的爱几乎令我晕眩迷乱。但是那天晚上，离开同一群友人的晚餐聚会，她在回家路上的笑声，似乎不只是为了我再次迷失在自己的话语当中，也许她还觉得我是庸人自扰。人们在张牙舞爪或虚张声势的社交活动中，从他人的贪欲和妒忌中看到自己，这虽然让她觉得有趣，但是她似乎不在乎他人的看法。尽管她会花上不短的时间审视镜中的自己，直到外貌达到某种满意程度为止，但是我认为，对她而言，那不过是游戏，换下连衣裙套上衬衫，就像许久之前为洋娃娃更衣一样。她在众人面前自然流露出自信，人后的这个小秘密只有我看得到，也只有我知道，她外出时的平和心情，与在家中冲过澡、浑身滴水、只套件外袍在公寓里走来走去的心境没有两样。

我打开冷水，弯腰凑上脸孔，听到谨慎的敲门声。泼洒在脸上的小水珠使我的皮肤收缩，在镜子反射的光线下，倒像是闪亮的汗水。我不该在这里出现，万事皆错，我早该随便找个借口不来。我应该坐在家中书桌前，仔细思考塞尚，要不干脆就是瞪着窗外，看向一片黑暗的湖面，或是对岸屋舍亮着灯光的窗口，以及窗子后方陌生人的生活。这一刻，我只想在家中独处，坐在书房里往外看。阿斯特丽德可能会打电话来，而我却无法知道，也许每件事都与我的想法不同。但是，我究竟有什么想法？我是否认为一切都结束了呢？难道她和别人走了？我再也见不到她了？或是说，她发生了什么意外？她会不会结束自己的生命？我就像伸手探向前方的盲人，什么都抓不到。但是，我为什么没有最坏的打算？敲门声再次传来，我听到女主人焦急的声音——许久之前的某个夏天，她曾经是我的女友，我们共度了一些无所事事的时日。如果命运之神重新洗牌，我可能成为和她分享这间浴室的人。如果真是如此，我岂不早就成了另外一个人——某个无法忍受丁花和巴厘岛风格的人，或是那个看到蓝色缎带蝴蝶结和东方设计就反胃的人？这个人也许在某天走在街上，与陌生的艾妮或阿斯特丽德擦肩而过，阿斯特丽德就沉溺在自己的思绪当中边走边笑，迷失在白日梦之中，朝着相反的方向回家了。我看着镜子，脸上的小水珠让我看起来像是在发烧。我想起阿斯特丽德离开的那天早晨，她就站在门口，以奇特疏离却又坚定犀利的眼神看着我。我擦干脸，打开门，尽可能露出自然的笑容。没事，没问题的，只是胃有点不舒服，绝对是因为白天空腹喝下了太多的黑咖啡。其他人已经进入餐厅，我们两人下楼去，她转身问我："阿斯特丽德会离家多久？”脸上仍带着仿佛忘了拭去的忧虑。我回答“她下星期就回家”，心中却暗自纳闷，不知道我的脸色透露出多少消息，她也许猜出一切根本难以收拾。

用餐时，我假装没注意到其他人好奇的目光。大伙儿正在讨论刚开幕的蒙德里安[①]作品展，我表示蒙德里安并不是像众人想象的，先有构图才创作，而是完全相反，随着直觉发挥，在他未完成的画作中可以看出这一点：炭笔线条涂涂抹抹的，最后他才找出正确的相对位置。换句话说，他的艺术表现让人联想起抽象表现主义画家，后者在作品完成之前，经常会在同一幅画作上重复描绘。这也就是说，刻意去区分结构主义与表现主义，其实十分肤浅。我知道一切顺利，我的语调镇定并且自信，没有说教意味，甚至连美术馆馆长在眼镜后方的表情都十分仁慈，似乎要说他知道绝对可以信得过我。女主人，我曾经的夏日甜心，近乎温柔地看着我，仿佛我大病初愈。我坐在这里阐述自己对蒙德里安的看法，重整旗鼓加入这群人。我环顾众人，自问在他们眼中我究竟会是什么样子。对其中一些人来说，我是个事业有成，甚是令人害怕的画评人；对其他人来说，我是个可以征服像阿斯特丽德这样女子的男人；还有一两个人可能当我是个傲慢冷漠、只懂得关心自己的知识分子，连换个灯泡都会遭到电击；而我们的美术馆馆长和摆放干花的女主人，则认为我从一个热情笨拙的早熟

① 皮特·科内利斯·蒙德里安（Piet Cornelis Mondrian，1872—1944），荷兰画家，风格派运动幕后艺术家和非具象绘画的创始者之一。

年轻人变成了拥有上述所有特质的人，并且曾经将十八个月的年轻岁月浪费在任何人都知道我不可能掌控的异国浪荡女身上。

其实，有许多他们从来没发现也不可能知道的事。某些变化，在发生的当时我并没有注意到；而对于某些我意识到的改变，则早已不复记忆，也许我早已遗忘，或是我已不再是当时的自己。现在的我和遇见阿斯特丽德时的我已经有所不同，从几张我也在镜头里的相片中就可以看出差别。有我的相片不多，因为相片通常由我拍摄，但是只要在镜头中，我总显得不自在，觉得自己毫无遮掩，这通常是因为我竭力想在拍照的一刻挤出自然的笑脸，结果却更僵硬。无论何时，只要有人拿起相机对准我，我就会紧张，而且突然会有种感觉：照片中的主角不是我，而是某个假装成我的人。照片中，我的五官越来越鲜明，不知究竟是真实面孔逐渐从稚嫩的年轻肌肤中凸显出来，还是岁月在我的脸上刻画出清晰可见的痕迹。我端详生活照里带着惯有质疑表情的自己，照片上的男人似乎也在回望，并且自问：这真的是你吗？尽管这个念头不会天天出现，但是阿斯特丽德也许有相同的感受。同样的道理，阿斯特丽德也不再是那年冬天傍晚跳上出租车后座、轻声安抚小儿子、将一切抛在身后的同一个女人。当她看着旧照中的自己，迎向自己跨越时光的注视，一定也有相同的疑问。这双眼睛曾经响应灰发导演坚定的凝视，似乎在其中看到了未来的自己。我们并肩历经许多变化，因而没有注意到改变——只有当孩子们在海滩上朝我们飞奔而来，以及我们在窗口目送他们上学的时候，我们才会猛然惊觉他们的成长。在我们和孩子的生命历程中，每个新阶段的出现都会抹去之前的时光。尽管一切不再相同，只有偶尔透过照片和我们不甚清晰的回忆，或者面对新事件时，我们才会意识到这些通过时光流转加诸我们身上的改变，以及我们随之失落的一切。

我几乎不记得与阿斯特丽德认识前的自己是何种模样。去想象年轻时候的自己，就像是去怀想一双早就被抛弃的旧鞋；说起过去的自己，就像提起一双旧鞋。但是严格来说，这双鞋曾经崭新，老去的，其实是主人。那个年代的照片没有几张，我只有一张艾妮的照片，在阿姆斯特丹拍的，我从来没有机会将这张照片拿给阿斯特丽德看，就算她看过，也没有告诉我。事实上，如果她说出来，就表示她搜查过我的书房。这张照片夹在弗美尔的画册中，旁边的图片就是著名的《戴珍珠耳环的少女》，独处的女孩围着蓝色头巾，双唇微启，从黑暗当中转过身子，腼腆的双眸带着期待之情，迎向画家犀利的眼光。我也出现在照片当中，与一群日本和美国观光客一同搭船游览阿姆斯特丹运河，坐在艾妮身旁，手臂环着她的肩头。所有人都抬头往上看，其中有些人还对着摄影师挥手。这位不知名的摄影师拍下无数相同的场景。许久之前的这个春天，在团团围绕的观光客之中，我几乎找不出我们两人的身影。机缘让这群人一同出现，半个小时之后，大伙儿便各奔东西，到现在，我相信有些人必定已经去世。我们的表情愉悦，也许是因为我们在阿姆斯特丹，或者是因为阳光终于出现，在绿水、湿雨衣和折起的雨伞上闪着银光。遥远的镜头中，我们五官模糊，我得用放大镜才能看清楚，艾妮的头发湿漉漉的，头向我靠过来。她如此甜美，一点也不像是个会让男人对月长号的浪荡女。我们小小的眼睛就像黑色的尘埃，细小的颗粒化入照片中的发丝、皮肤、大衣、游船和河水的一片色彩当中。我们的眼睛不过是微不足道的渺小黑孔，穿入了一片色彩和倒影之间，进入过去，走出未来，跨越渺茫的边界与瞬逝的希望。

我完全不记得搭船游运河的所见所闻，如果没有这张照片——坐在艾妮身边，面带微笑抬头往上看——恐怕我根本无法想起任何早已遗忘的事物。我怀疑，我和艾妮比肩而坐的照片是否遮蔽了当时的其他景物。艾妮靠着我，温柔娇美，不知是为了拍照才特地摆出姿势，还是她想留下一张照片，让人见识她甜美的一面。我记得她馨香的气味，虽然我们没有一起去过西班牙，但是檀香皂这个名称就是会让人想到这个国家。艾妮手上拿着一个信封纸袋，我知道里面装的是之前在博物馆买来的明信片，我还记得那是画风严谨的作品，一只吊起来的死雉鸡，眼神呆滞。然而我不记得当艾妮把头靠向我时，我脑袋中转着什么念头，我只明白这个动作的意义——或者应该说，我所希望的意义，但是现在，这些都不重要了。我在照片中的双眼仿佛遥远模糊的针孔，在春日阳光下，我看不清楚自己那张年轻面孔下的想法。我知道自己当时深爱艾妮，却不记得感受，只知道爱情让我刻骨铭心，对于其间感受到的痛楚或欢愉却记忆模糊。我可以告诉自己，折磨我的其实不是艾妮，我爱的不过是自己带有剧毒的迷思，一心想将她塑造成幻想中的模样。当时那段年少轻狂的爱情不会有任何前景，不过是个幻影，而我当时无法明白。关于她的这段记忆，我已经没有特别的感受，也不再感到痛苦。伤口已经结痂愈合，也没有任何病变。

我一边谈论蒙德里安，一边环顾四周，对众人解释为何不该将画家原始鲜丽的色彩和直横两向的线条当作反形而上学的理性主义象征，蒙德里安画作中清晰可辨的具体抽象手法，应当被视为其神秘主义思想的发挥，是一种古老东方思想中的宇宙和谐。我引导大家将注意力集中在画家年轻时，以微光下阴暗的森林和镜面般的湖面作主题的风景画，主张蒙德里安事实上是个无可救药的浪漫主义者。大家聚精会神，满心尊崇，我们的美术馆馆长甚至还点头赞许。突然间，我觉得他像个夸张的漫画人物，主角正是他本人，他发亮的头颅、闪烁的镜片，以及撒旦般的阴险笑容，全都道出太阳底下没有任何足以使他惊讶的新鲜事。况且，他对蒙德里安的精神倾向了如指掌，仿佛我们讨论的是他的亲人。我瞥向女主人，她露出娇媚的微笑，脸上的浓妆几乎要崩落。她显然对蒙德里安有极大的兴趣，睁大那双似乎比耳朵更具聆听功能、精心涂抹、装饰得犹如镀金松果的眼睛。她也像个漫画人物，那个和我在草堆中打滚的疯孩子，她甚至大方地略略倾身，邀我欣赏领口下的风光。她将乳房硬是塞入尺寸至少小了一号的胸罩内，这应当是打算怀想当年羡煞众人的宏伟景象。而我呢？这个坐在这里吹嘘自己对蒙德里安看法的人，当真是我吗？这个可笑而优雅的艺术评论家，用精心挑选的词汇和有趣的言语来解说已逝著名画家，他会是我吗？我对着前女友展开迷人的笑脸，脑子里想的是多年前她如何在海滨小屋里诱惑我的情节，依稀记得自己臀部靠上椰草席，以及她那对从泳衣中弹跃而出的乳房。用餐时，她象征性地对我调情，我微笑以对，年少时的经验，无疑足以成为日后相处的基调。她比我年长了一两岁，当时正是积累性经验的好时机，而我勉强只称得上初尝性事。年少时，我总觉得自己并非那个被她呵护在羽翼之下、略显笨拙的羞涩男孩。我经常幻想，总有一天，我会摆脱心中的犹疑，变得无畏沉着，并且期待那天的来到。我当年太容易受到惊吓，微不足道的言辞也会让我存疑；每当有人瞥向我，我便会看见自己焦虑的影像。我现在坐在这里，对她露出淘气的微笑，但这真的是我吗？这个白发初现、面容带着光阴痕迹、吹嘘自己对蒙德里安的了解的男人？这个外在的面孔难道就是我对于自己坚定看法和判断力的代价？这副面孔下是否还隐藏着不为人知的陌生人？

我叙述蒙德里安将四方构图斜放，只因为他觉得对角线“生气蓬勃”，他从此背离严谨的水平线条与垂直线条，脱离风格派团体，因此得罪了凡·杜斯堡[①]，这个故事赢得满堂笑声。当大家对这个狂热严谨、遵循学派原则的范例报以笑声的同时，我心

---

① 特奥·凡·杜斯堡（Theo van Doesburg，1883—1931），荷兰画家、艺术理论家，风格派核心人物。

里想：区分蒙德里安这种艺术家及一群自满又谨遵原则的文化势利鬼的，正是这种慎重又没脾气的笑声。但是事实上，我根本不在乎蒙德里安，对塞尚的热情也随着阿斯特丽德的离开消失。生平第一次，我失去写作的意愿，不再期待流畅词句带来的兴奋感受，以及文字从笔尖滑出、渗入纸张时的震颤。认识阿斯特丽德之后，我开始动手写作，在罗莎小时候，我开始仰赖写作维生。如果不能写作，日常琐事一定会使我窒息。但是换个角度来看，我也只能在沉默静止的画作世界中生存。这个独特的宇宙让我避开真实世界的喧嚣混乱，对我倾吐，也要我响应。当我置身于其中一个世界的时候，另一处便会开口呼唤，我的成人生命便由每日奔波的旅程构成。有时候，我人在储藏柜找寻鳀鱼罐头，看到眼前的空瓶，思绪便跌入乔治·莫兰迪[①]简朴却歪曲的静物画当中。同样地，看到布朗库西[②]的大理石蛋，我无法不想到晨曦透过百叶窗映入房中时，抚触的阿斯特丽德白皙的腰臀。我所掌握的是一种不稳定、变幻莫测的平衡。我无法想象自己如果被弃置在两个世界中的任何一个时，会出现何种情景——然而，阿斯特丽德离家之后，公寓一片停滞沉默，犹如维尔姆·哈默肖伊[③]笔下空荡的灰色房间，白门之后是一片空洞，我无法添加任何变化，却也无处可去。

---

① 乔治·莫兰迪（Giorgio Morandi，1890—1964），意大利著名的版画家、油画家。
② 康斯坦丁·布朗库西（Constantin Brancuşi，1876—1957），罗马尼亚雕塑家，被公认为“20世纪最具原创性的重要雕塑家”。
③ 维尔姆·哈默肖伊（Vilhelm Hammershoi，1864—1916），丹麦画家、诗人。

我和阿斯特丽德成为共同生活体。提到我的脸孔和名字，人们不仅会想到我那些令人喜爱或厌恶的文章、怪僻、反应和习性，还会加上我与阿斯特丽德两人的共处。有人说，一个人给他人的第一印象最是根深蒂固，并且还会决定未来逐渐形成的影像，影响到所有的明暗细节。如果这个论点属实，那么，这么多年来，我已经成为那名在许久以前，在某个冬夜送阿斯特丽德和西蒙进城的无名出租车司机；也是在几天之后，用手捧起她的脸、触碰她的双颊，让阿斯特丽德毫不犹豫直视他眼睛的那个男人。不管怎么说，这是我眼中和艾妮一起坐船游阿姆斯特丹的阴郁年轻人身上发生的变化。这个阴郁年轻人和阿斯特丽德看到的出租车司机年龄相仿，却不是同一个人，我和她同步，逐渐认识他。阿斯特丽德先看到出租车司机，于是将我从阿姆斯特丹那个年轻男子的严苛渴望中释放出来。她对我一无所知，在她眼中，我可能是个完全不同的人，而不是拼命拿自己脑袋去撞击同一面墙，因忌妒、羞愧和自尊受创而疯狂且得不到报偿的年轻人。阿斯特丽德在毫不知情的情况下解放了我。世界再度向我打开大门，我不再感觉自己像个遭到驱逐、只能躲在门外观望的怪物，爱情不再是一场败仗，我发誓不再白费爱情，绝不重蹈覆辙，不会将赤裸裸的心提在手上，像个从无名战场回乡的老兵，向众人展示得来的勋章。这一回的进展虽然迅速，却是一种步调和缓、随性又精致的爱情，与炽热、贪得无厌、用泛白指节敲打大门的那种爱情迥然不同。一开始，这种轻快的调性让我难以适应，感到晕眩。和阿斯特丽德的相处充满了可能性，说话不必字斟句酌，也不用以悲怆的宣言或焦虑的问题来陪衬每次爱抚。彼此的认识虽然极为粗浅，但阿斯特丽德和西蒙与我同住让我感觉十分自在。没有课的时候，我便在白天开出租车，这样傍晚回家就可以看见他们母子。晚上先将西蒙安放在沙发改造的睡床上，随后我们俩才进卧室休息。接下来，我们很快就开始分工合作，轮流在早上送西蒙去托儿所。

某个早晨，我带着西蒙走在人行道上，一名拿着什么东西的年长妇人突然从后面追上来。她带着微笑说我儿子掉了一只手套，并将手套交给我。我完全没看到他掉手套，甚至没发现阿斯特丽德为他戴上手套。我慌张地微笑表达谢意，一时感到很惭愧，似乎自己从孩子母亲手中拐来孩子，毫不负责，也不在意。如果这名妇人有儿女，他们一定早已长大离家。她脸上慈爱的微笑似乎不只因为西蒙，同时也是因为我——对她来说，我是个年轻恍惚的父亲，还没能适应所有的责任。当我牵着西蒙的手继续往前走，回答他各种突发的问题时，心中有一种甜蜜的感受。西蒙的问题千奇百怪，我突然意识到，对他来说，我无疑是永无止境的知识宝库。我的角色不只是瞒过年长妇人的替代父亲，还用独断的回答来欺骗他，比如，我们离太阳有多远，或人们死后的遭遇。一如古埃及图书馆，万事在我心中的定律和意义早已化作灰烬，但是这个小家伙相信我说的每句话，坚定地信任我的判断力。我将走累的西蒙举到肩膀上，他紧紧抓住我的头发。他十分轻盈，我突然了解，在这个交通拥挤的早晨，我掌握了他的一切，然而我不过是个陌生人，只是抓住了时机亲吻他的母亲。我想起那个冬夜，灰发导演穿着短袖衬衫，对出租车里的阿斯特丽德吼叫。她曾经以为自己的生命将有他为伴，我肩膀上的孩子便是最好的证明。西蒙拉扯我的头发和耳朵，问我问题，我一面回答一面想：这个紧抓着我，穿着羽绒服、雪地靴的小男孩便是阿斯特丽德破碎梦想的唯一证明。他蹒跚走出历史，一如当初来到世上时，奋力挣脱她的身躯。他陪着她走过一段历程，踏入我们都没有预期到的下一个故事。我永远都不会是西蒙的父亲，而是另一个男人，另一个故事。我们手牵手走在寒风呼啸的早晨，路上车流拥挤，匆匆路过的行人呼出白色的烟雾，眼前是一片空白的新页面。你可以成为任何人，成就任何事。

一开始，当阿斯特丽德在我的床上醒来，慵懒地与我彼此探索时，想必也有相同的感觉：她离开没有出路的死巷时，究竟抛下多少事物和感情？这个在床上触碰另一个男人的女子，是不是真正的自己？我们的相逢纯属巧遇，最初几个星期，阿斯特丽德和我避开俗世，没有人知道她身在何处，也没有人知道我不再独自躺在床上，我们十分享受这段时光。我打心底感到轻松，终于重获自由，可以再次开心大笑。几个月之后，我们才开始一同外出，与彼此的友人见面。阿斯特丽德与导演离婚后，我们在春天时找到一处较宽敞的公寓，两人的故事就此展开，生活与步调已然成形——冬夜的出租车巧遇，仿佛爱情神话的诞生。经过不断重述，这段巧遇逐渐成为命运的安排，我们相遇之前的岁月成了远古荒径，沿路充满失败的实验和未完成的作品。重述这个故事，更让我相信机缘。我突然有种轻飘飘的感觉，仿佛挣脱禁锢，进入了另一个世界。我不再是那个迷恋艾妮、得了失心疯的男子。在入睡前短暂的梦与醒之间，我不禁要想，自己如此轻易地爱上阿斯特丽德，是因为我终于理解爱情的真谛，还是因为我学到不要爱得太深？在西蒙与他父亲相聚的晚上，我们会一起进城：阿斯特丽德喜欢跳舞，我看着她闭起双眼，伴着音乐的节奏站在炫目的灯光下，犹如喧闹人影当中的一座小岛，我心甘情愿涌去她的身边。在身为导演夫人的那段时间，她并没有太多机会跳舞，他不喜欢，于是她也放弃。他让她比实际年纪老成，阿斯特丽德遇见我之后，似乎重拾青春。她说她像在时间隧道中转错路口后回到了起点，接着却不知所措地发现自己已为人母。她和西蒙在床上翻滚互相搔痒的时候，看起来的确非常年轻，更像是个嬉闹好玩的大姐姐。站在跳舞的人们当中拥抱她有些奇怪，因为在过去的许多夜里，我曾经如此站着拥抱不知名的女郎。尽管奇怪，但是因缘际会相遇的这对年轻人，早已将心互许。

我和美术馆馆长夫妻共乘一辆出租车回城。当我表示要离开聚会的时候，他们已经叫了车，这让我很难拒绝。我和女主人吻别，她亲密直视我的双眼，手搭在我胸前，指尖轻触我在衬衫缝隙下的皮肤，然后说：“好好照顾自己。”我傻笑道：“当然会。”她究竟在想什么？趁阿斯特丽德缺席，自己的丈夫又只顾张望出租车踪影的时候，看在旧日情分上与我小小调情一番？我是否应当带着欲念，向她保证她依然如往昔一般迷人？或是说，她只想提醒我，她对我有种权力，因为她先阿斯特丽德一步和我发生关系？我到底要照顾些什么？照顾好自己，不受她鲜红的指甲荼毒？她究竟在我脸上读到了什么呢？参加晚宴的这群人当中，是否只有她一人观察到我竭力隐藏的秘密？这个想法让我烦躁不安。天开始下雨，我们跑向等在外头的出租车。这有些荒谬，似乎只要跑得够快，就能躲开雨滴。美术馆馆长坐进前座，我和他丰腴的短发妻子同在后座。年轻时，他像个酒神一样狂扫派对和酒吧，从不放过任何貌美女子，最后却娶了一个温和腼腆又不引人注意的女子，为此感到惊讶的人绝对不止我一个。一开始，我以为他打算洗心革面——因为他用一种无法形容的慈爱语气说起养育小孩，但是这对夫妇并没有孩子，而且很快地，他又像重返鸡舍的狐狸一般，开始为所欲为。老狐狸了，却没有忘怀自己对青春的癖好。我实在不了解，那些年轻女郎——和她们现在已是熟女的前辈一样，为什么会慑服于美术馆馆长的秃顶，以及瘦弱又不特别具有男性气概的躯体。我们有个共同的诗人朋友曾经这么解释：年轻女人喜欢往上攀交。美术馆馆长也许肌肉松软，但是他的金框眼镜却散发出叫人难以抗拒的魅力。

除了毫不存疑的软弱妻子之外，他从不在他人面前掩饰自己的不忠，显然是仰赖自己的友人来为她挡去苦涩的真相。我对此相当不满，并且直言不讳，但是阿斯特丽德却丝毫不受他这种荒唐欺瞒的影响。我问过她，如果我和我们这位朋友一样寻花问柳，她会做何反应，然而她只是轻吻我的额头，表示我没有这种胆子。她对他的出轨不置可否，总是保持距离，仿佛这种行径不值得评论。也许阿斯特丽德是对的，对于她能够区别对待美术馆馆长的好与坏，我十分佩服。她对尖酸刻薄的讽世之徒以及他们无情的黑色幽默特别宽容，美术馆馆长经常能让她笑出眼泪。晚餐时，我和他的妻子隔了些距离，因此没能多聊，她现在显然是刻意表达善意，毫无心机地问起阿斯特丽德以及她手上的剪辑工作。我回答她的问题，一路愉快地聊进城。我一向能让害羞的人放下心防，这有时会是负担，但是在这种同在出租车后座、不得不相处的时刻，则非常有用。最后，她感伤起来，让我原谅她丈夫稍早对我女儿的不礼貌批评。我轻轻带过，告诉她，其实受到批评的是罗莎的男友，而美术馆馆长立刻抓住我的托词。他说："没错，不完全是罗莎的原因，但是怎么会把她牵扯进来？和老朋友一起，当然可以畅言。"他的妻子说："总要谨守界限，年轻人总归是年轻人，如果做父亲的刚好就喜欢这个好男孩呢？"美术馆馆长对她口中的"好男孩"嗤之以鼻，再次严苛批评这个荒唐可笑的装置艺术家。我试图调解，结果很快就做出选择，与他妻子站在同一阵线。

他们沿路争执不休，最后她让司机在路边停车，她要去书报摊买包烟。我们坐在车里等，因为一句话也没说的出租车司机在场，所以沉默中还有种不自在的感觉，接着他突然转过身来，脸上的表情近乎绝望。他认为我非常幸运。这话是什么意思？对，幸运，因为我有阿斯特丽德相伴。我不知该如何回应，看到他在昏暗光线下的烦乱脸色，我努力保持表情平和。远在出租车后座的角落里，我都闻得到他的酒气。他有些话想对我说。阿斯特丽德有没有提过，有次我出国时，他有意诱惑她。显然他一点都不在意司机在场，后者无精打采瞪视滴落在挡风玻璃上的闪烁雨点，面无表情地听进我们的每一句对话。我用不着担心，那是很久以前的事了，至少有五年。反正，她开口拒绝，难不成他以为会有其他答案？霓虹灯在他的镜片上闪烁不停，像是恶意的快感扭曲了他的严肃表情，仿佛戏剧效果十足的双面面具。他继续忏悔。那是类似今晚的晚餐聚会，他的妻子不舒服，所以他独自出席。当晚他开车送阿斯特丽德回家，车内就只有他们两个人。他觉得当天两人相处甚欢，似乎有种特殊的心灵相通，而且，他也不知道阿斯特丽德和我的关系是否没问题。他们什么都聊，和阿斯特丽德在一起就是如此。我真怀疑是否有别人听说过他正在叙述的这件事。反正，他们开着车，在偶然的机会下，他将手放在阿斯特丽德的膝头，她没有抗议。雨刷在挡风玻璃上挥动，像是透明的扇子。他的妻子将全身重量放在一只脚上，在书报摊前排队，全神贯注看着柜台上方的汉堡和热狗图片。霓虹灯下，她的脸色显得苍白，双眼无神。也许阿斯特丽德根本就没注意到那只手，她稍有酒意，但是没推开他的手，而且整个气氛就像他口中说的：心灵相通。所以，他没有把手拿开。到达我的住处后，他试图亲吻她，但是她将脸转开，笑了出来，在他还没机会开口说话之前，阿斯特丽德就先道晚安，然后走出去，一把关上车门。此后，他们都没再提这段插曲。她真的没对你提过吗？我看着美术馆馆长的妻子踏出书报摊的光线范围，突然只剩下昏暗的轮廓。美术馆馆长露出安抚的笑容。不过，至少我现在知道我的朋友是哪种货色了。

虽然已经是凌晨两点，但我仍然无法定下心上床睡觉，于是又坐到书房里，看着一望无际的阴暗湖面。至少，我看得出雨停了。烟头的红光映在窗台上，在我吸烟时明灭的火光像是唯一的生物。对岸，房舍窗口的灯光都已熄灭，唯有街灯和闹区的灯火发出的微光，这总会让我想到博斯[①]令人毛骨悚然的画作《审判日》（*Judgment Day*）中的火光。街灯只照亮建筑物的一小部分，在漆黑的砖墙上投射出昏暗的光圈。砖墙的其他部分退入黑暗，与湖面相同，对岸湿亮的柏油路因而更为亮眼，犹如模糊建筑物下方的一道缎带，延伸进入难以看清的暗处。眼前的景象让我想到马格里特[②]的《光之国度》（*L'empiredeslumi è res*）：阴郁的房屋矗立在阴暗的湖边，四周的树林同样漆黑，唯一的光线来自一盏神秘不祥的街灯，然而上方的蓝天却是一片清朗，还飘着白云。换作其他时刻，我一定会试着去了解眼前的景象为什

① 耶罗尼米斯·博斯（Hieronymus Bosch，1450—1516），文艺复兴时期的荷兰画家，被认为是“20世纪的超现实主义的启发者之一”。
② 勒内·马格里特（René Magritte，1898—1967），比利时超现实主义画家，画风带有明显的符号语言。

么会让我想到这幅画，以及矗立在几乎被人遗忘的门口的特定街灯，然而此时突来的念头却闪烁即逝。随着时间流逝，我的记忆转变成一幅幅画作，与曾经看过的作品融合为一体，我再也无法分辨两者的差别，因为记忆和画作同样散漫变形。马格里特或《光之国度》根本就不重要，我呆坐着瞪着暗处，因为我知道自己无法入眠。再说，我一向认为马格里特是个浅薄的庸俗画家。

我自问，如果美术馆馆长的妻子不是在他一说完忏悔之词后就坐回出租车后座，我会做何回应。就算她晚个一两分钟回来，可能也不会有任何差别。他的话让我无法动弹，只能僵在后座，他一定知道我毫无反击能力。他为什么要在这天告诉我这件事？为什么阿斯特丽德从来没提起？这是他的谎言吗？但是他又何必冒着失去朋友的危险，编造这种低劣的谎言？阿斯特丽德为什么绝口不提？如果她说出这段小插曲，不是更足以展现她的忠诚与坚贞？如果她用开玩笑的方式告诉我这段小插曲，我可能会直接去找美术馆馆长理论，然而他的说法却是她有意无意地让他将手放在她的膝头。也许，她在晚餐时起了玩心，想知道与美术馆馆长上床会是什么感觉。但是她想归想，没有付诸行动，因为这对她而言十分可耻，近乎犯罪。我又想到，阿斯特丽德对他和女学生偷情总是以令人惊讶的容忍态度看待。她会如此，是否因为也想和他来个私下小聚？在某次餐会结束回家的路上，我提出自己的看法，阐述人与人之间的相互了解时，就是拿美术馆馆长来当作取笑的对象，而她曾经报以大笑。惹她发笑的是他、是我，还是她自己，或是某个我从未听说的故事？

这个故事的真假并不重要。不管怎么说，只要接下来没有其他发展就没问题。放在我妻子膝头的手，可以轻易地归类为误会一桩。毕竟，任何事都可能发生。如果美术馆馆长所说的“无法征服的阿斯特丽德，在他的诱惑力之下曾有所动摇”纯属虚构，那么，这只会让我更加相信，他不只是借此吹嘘，更是想确定稍早他在叙述装置艺术家如何在公共场所对我女儿上下其手时，他确实在我镇定的表面下看到了一道裂痕。也许他虚构这个小故事，是为了让我知道他发现——或是感觉到“事有蹊跷”“刀锋出鞘”，或“厨房里有烟”等我母亲在电话里暗示的状况。但是，他何必关心我和阿斯特丽德的关系？也许，当他沉闷的妻子去买烟的时候，他说“你很幸运”这句话的确是出自一片诚心。或者，不管他那些惹人怜爱的女学生有多么顺从，那仍然只是一种极度肉欲的表现，而非真正的升华。也许是因为他得不到阿斯特丽德，于是在得知我将失去他无法接近的女人之后，感到无比欢欣。我试着回忆许久之前的那趟希腊之旅，以及他多么英勇地拯救罗莎的落水小狗，却找不到任何足以燃起心中怀疑的火花。那个假期早就成了斑驳的老旧影片，里面只有晃动的热气，竹编凉棚下方的希腊美酒、绯红的龙虾、孩子晒伤的肩膀、浸泡海水后带着沙子的头发、水波荡漾的蓝色海水，以及午后在幽暗卧房内等着我的阿斯特丽德。

一觉醒来，我完全不知道自己身在何处。周遭一片黑暗，一束昏黄的光线从天花板直落地面，像极了从墙壁裂缝中蹿出的莫名光线将黑暗划作两半。我翻过身子，看见窄窄的阳光透过昨夜入睡前没拉好的窗帘照进房间。我在床边眩晕又困惑地坐了好一会儿，随后才起身走到窗边。对面大楼里的白衬衫不再移动，办公室里空无一人，却依然灯火通明。即使在晚间，窗外列克星敦大道的车流依然忙碌，两侧的人行道上，无法辨识脸孔的人群彼此擦肩而过。再过不久，等冲澡更衣后，我就会坐电梯下楼，加入楼下的人群，走在发亮的玻璃帷幕大楼之间。我将化身为小小的分子，加入眼前脚下波动的分子群。每个分子都各有方向，却流动在同一条无法阻拦又没有目标的潮流当中。

4

一觉醒来，对街房子上映着明晃晃的阳光，过午的光线早已打亮湖对岸的屋舍。我突然发现，从阿斯特丽德离家后，这是我第一次不觉得惊讶。我从未如此不抱希望，完全不期待听到她在浴室或厨房里发出的声响，没有水声，没有餐具敲碰的叮当声。我适应了独处，阿斯特丽德不在，整个空间属于我一人。以往大床有一半属于她，现在我则睡在正中央。我将烟蒂丢入马桶，恢复阿斯特丽德在很久之前让我戒除的旧习；家中也开始出现阿斯特丽德不欣赏的爵士音乐；我甚至拿三明治当晚餐——过去十八年来，不管多疲惫，我们每晚都会准备热腾腾的晚餐。短短一个星期，我开始习惯独处，然而思绪却无法离开阿斯特丽德。我开始想象没有阿斯特丽德的日子，却无法看到任何前景。我漫无目的，不是打着赤脚在公寓里走来走去，就是坐在书桌前望着湖边越伸越长的树影。我突然意识到，无论情况多么特殊，都很快会变得平淡无奇。尽管目前情况特殊，且阿斯特丽德神秘离家的原因依旧难解，我还是决定按原定计划前去纽约。我只知道，不论是阿斯特丽德本人，还是我们两人的关系，都出现了某种我不明白的变化。有些时候我会感到委屈，但很快又会放下这个念头而开始自责，因为我放任她离开，而且不敢思考她这么做的原因。我相信这是我的错，但同时也得自问：这是否真的全是我一个人的责任？我很难跳脱自恋的情绪，也经常做些于事无补的臆测，这些缺点就像众星拱月一样，环绕着顽固的自我运行——莫非这也是起因之一？也许，寻找理由没有任何意义，可能连她自己都没有答案。

那天下午，我再次盯着自己那篇塞尚艺评，心想：不如放弃。就算塞尚画笔下的苹果就此烂光，我也不在乎。如果我过去的生活即将溃散，我至少可以全心全意关注，不受他人的野心和前途所左右。我打电话给编辑，结果却出乎意料，尽管我根本不打算解释，他却完全谅解。接下来，换成我为几天来徒劳无功的努力懊恼不已。若非塞尚无足轻重，那就是我在电话中毫不客气的语调让这位编辑放弃抗议。我一向注意礼貌，因此对自己在电话中唐突、几近不友善的语气也十分讶异。挂掉电话之后，我心情轻快，但这也可能是因为阳光照进公寓，室内明亮又温暖。既然责任已经摆脱，我决定去散步透气，我好久没有这般闲逛，既漫无目标，又不必赶着去见某人。有了阿斯特丽德和孩子们之后，这些年来，城市变成一幕背景，衬托着规划详尽的诸多活动。有些街道我每天都要经过，而有些地方则根本没有理由去探访。我曾经带着年轻的期盼和好奇去探索这个充满机会的花花世界，但那已经是许久之前的事了。尽管我知道这里不过是世界上几百万个城市中的一个，由市民的记忆、日常活动、幻灭或达成的愿望架构而成，但是这个地方已经成了我们——我和阿斯特丽德、孩子们的小世界，就像是公寓里的房间和家具一样熟悉，我闭着眼睛也能毫不犹豫地行走。那天下午，我四处闲逛，发现这个曾经熟悉的城市再次成了陌生的迷宫，尽管我认得每处路口，但仍然有种迷路的感觉。这天是星期五，闹市区人流如潮。周末将近，人们带着惯有的期待心情，等待放纵娱乐、冒险或是计划脱逃。我走在散落于建筑物之间的阳光当中，不时瞥向巴士车窗或是橱窗玻璃，看着自己的影像，和前一天晚餐时一样自问：这个夹杂在行人、巴士乘客和橱窗模特儿之间，与半透明影像并行的男人，真的是我吗？有些时候，我在橱窗里寻找自己的身影，却只看到身边行人毫无意义的躯体和面孔，似乎我只是介于光线和自己眼底之间随机出现的片段影片。

我坐在咖啡厅里读报纸，却无法集中精神，连标题都无法看懂。国际大事对我来说太过渺小，阿斯特丽德不在我的视野中，这让午后来来往往的人群出现一个巨大突兀的空洞。我坐在咖啡厅里观看行人，这种没有归属的感觉，和坐在陌生城市里，看着过往人群用无法理解的语言交谈没有两样。天气虽凉，店主仍然在室外的阳光下摆上桌椅，里外的客人一般多。最远的桌边坐着一个女孩，年龄与罗莎相仿，随性的穿着也十分相似：宽松的高领针织毛衣，搭配一条显然是从救世军商店找到的格纹男裤。她身上的毛衣和裤子显然都大了好几号，如果不是优雅的叠腿坐姿，加上抽象脱俗的抽烟姿势，她的五官会十分滑稽。她抽着烟，透过窄框墨镜盯着广场，看着喷泉溅起的水花和突然四散飞去的鸽子。她用一支铅笔将红铜色的长发盘在脑后，瘦长的脸上长着雀斑。我突然很想知道，像她这样外表高傲冷漠的女孩会等待什么样的年轻恋人。我点了第二杯咖啡，陪啜饮热茶的女孩一起等待。她突然直起身子，以期待的眼神盯着广场上的某个对象，一待对方察觉到她的视线，便挥动纤细的手，并露出微笑。我循着她的视线望去，想知道她究竟在向哪个年轻人招手，却看到一名女子从人群中走出来。我一眼就认出那是罗莎，她走向桌边拥抱红发女郎。

我迅速摊开报纸，似乎就在这一瞬间，完全沉迷于中国南部经济增长的报道中，随后却对自己感到恼怒，因为这样藏身在报纸后方的突兀行径仿佛是做了什么亏心事。困窘之下，我不禁自问：坐在这里偷窥红发女郎，难道不像个心藏猥亵念头的老色鬼？我完全称不上老，当上罗莎爸爸时，年纪也不比那个年轻叛逆的装置艺术家大。我何不坐着等她看见我，欢欢喜喜打个招呼，然后让她决定是要离开，还是来找我聊聊？要不然也可以喝完咖啡，走出咖啡店，假装惊喜地去亲吻她的脸颊，然后与她们道别。如果我继续躲在报纸后面，时间越久，被发现时就会越尴尬。但是我没有勇气直视罗莎的双眼，无法忍受再次聆听她提起阿斯特丽德前去斯德哥尔摩拜访葛妮拉这个谎言，更没办法放下心防，揭露内心澎湃的混乱情绪。所以，我藏在报纸后方，继续观望。红发女郎这时已经完全收起傲慢的态度，她将墨镜往上推，不再假扮成拒人于千里之外、特立独行的女孩。她聆听罗莎说话，边点头边笑。听到她们的笑声，我不禁想起从前当罗莎有女伴来访时，她们也总是关在房里如此开怀大笑，她们待在门后的梦想世界中，闷声嬉闹。罗莎年纪稍长之后，我们父女间的亲密无间逐渐有了变化，她只愿意与阿斯特丽德分享秘密。所以，我实在猜不到这两个女孩究竟为什么凑着脑袋密谈，然后又放声大笑。罗莎和我仍然亲近，但是上次来访与我道别时稍有躲避的吻别却让我有种感觉：除了她和阿斯特丽德之间越来越少的交谈之外，我们之间也只剩下洗衣机和某些实用建议，以及劝她善用金钱的忠告。其他一切她在别处都找得到，有些来自红发上插着铅笔的女郎，有些来自她的装置艺术家，其余的我则还没见识到。

红发女郎走进咖啡店地下室的洗手间，罗莎若有所思地看着阳光下人来人往的拥挤广场。我大可起身走向她，可以假装才刚看见她，但是我却坐着没动。我不知道该对她说些什么。我们分别坐在玻璃窗的两侧，眼睛看着同一处广场，我猛然惊觉，过去父女借以沟通内心秘密的渠道早已消逝。其实这并不难，我只消开口问她一声“近来如何”，但是我不确定自己能否拿捏得好，既要亲密又要保持距离，既要温柔又要客套。事实上，对于罗莎不再需要我的这个事实，虽然我有时仍会报以希望，但其实却颇为乐见。但是我绝对不可能让她发现我需要她，只因为我正处于失落、天旋地转的状况。我觉得罗莎之所以能在她的新世界里展现无比的自信，是因为她认为我稳如泰山、安于自我，不论她是否需要我，一切都不会有所改变。我无法忍受罗莎因为我的见识不如她，或甚至比她脆弱困惑而感到惊讶，甚或恐惧。她喜欢取笑我，她这么做，是因为她知道我不致因此受到伤害。事实上，就是因为她对此毫不怀疑，知道自己绝对无法成功地打击到我，她才会拿我开玩笑。如果她当时回头找她的朋友，那么一定会发现我，但是她直视前方，抽着烟想心事。罗莎双眼微闭，香烟叼在唇间，看起来可爱又成熟。她越来越像阿斯特丽德，阿斯特丽德年轻的时候也有一头浓密的棕发，母女同样有细窄的绿眼睛和宽脸颊。那天下午，我依稀可以在她脸上看见那久违的孩子气。我仿佛再次牵起她胖嘟嘟的小手走在湖畔，回答她千奇百怪的问题；再次在她受惊尖叫的夜里背着她在公寓里来回踱步，而她吐在了我的背上；再次在某天夜里站在产房里，看着她从阿斯特丽德双腿间现身，浑身蓝紫，满身血渍，紫色脸庞上双眼尚未睁开，看起来像是从泥沼里挖出来的小家伙，但充满活力，不屈不挠，极度恐慌，大声哭闹，头下脚上地用双手迎击面前的空间。这似乎才是不久之前的事，而现在，罗莎坐在阳光下，眯起双眼抽着烟。

阿斯特丽德、西蒙和我在海边小屋共度我们第一个夏天，房子是她向熟人租来的。她刚和导演离婚，开销十分节制。这不只有关自尊，同时也为了能尽快度过这段拮据的时期。阿斯特丽德的决定让导演大感惊讶，毕竟她是受伤的一方，但是她的无所求反而让情况更糟。他对妻子不忠，却仍然保有房屋和钱财，于是他开始掌控局面。阿斯特丽德无法继续隐藏自己的去处，但是当他来接西蒙的时候，她会让我避开。他会开口批评简朴的公寓，但她显然觉得此地犹胜北郊的豪华别墅。但是接下来他可能会在前妻和儿子面前落泪，带着悔意恳求原谅，希望她能忘掉一切，再给他一次机会，并且提起“他们曾经拥有的一切”。他来接西蒙时，西蒙变得很难对付，他不愿和父亲去游乐场或去看电影，因此阿斯特丽德不止一次拽开他的手，将他送到他父亲手里。当西蒙终于和他那忏悔不已的灰发父亲离开之后，阿斯特丽德会愤怒地用吸尘器清扫公寓地板或擦窗户。她提起导演的口气，就像说起一桩严重的过失，唯有如此，才能将自己抽离于六年前那个倾倒在导演那成熟男士致命热情下的女孩。对她而言，和导演共度了那些年，她对导演的爱，其实是少不更事的迷恋，一场持续很久、让一切不可收拾的狂热幻想。对她如此形容第一段婚姻，我从未说出自己的看法。也许，她将自己和导演之间的情感视作无足轻重的荒诞戏码，是为了说服自己：我们的感情犹如磐石一样可靠，注定要发生。她也必须向我们两个人保证：我是她的真命天子，而不仅仅是偶遇的出租车司机——虽然我刚好就是第一个出现的男人。我们当时还年轻，对此也许怀有恐惧，因为爱情很快就会换张面孔。在没有心理准备的时候，她也许会担心爱情的新面孔不过是另一张面具。我们当时阅历尚浅，不懂历史和未来一样难以预测，仍然相信过去的恶灵可以被驱逐，温暖的气息可以为生命带来希望。

春天来临，阿斯特丽德发现自己怀孕了，虽然这不在计划当中，但我们也不觉得有何不妥，因为这不过是另一个改变生活现状的意外。在医生确认之前，她一直没对我提起她的怀疑。她以十分简明的方式告诉我——和她说爱我的方式相同，措辞同样简单，似乎用双手丈量过这些字眼，并且对于沉甸甸的重量感到惊异。某个我们依偎在床上的夜里，她一边终于说出自己怀孕，一边无意识地玩弄我的头发。我当时的感觉，和几个月前看到她站在厨房水槽旁，走上前第一次触碰她时完全相同。生命在此对我敞开大门，我头晕目眩，不顾一切——在这问题一出现时，我立刻就有了答案：有何不可？她说完话之后转开视线，我捧起她的脸，迎视她怀疑的目光。我为什么不能和她孕育一个生命？如果我的生命还未成形，现在不正是时机？有什么好等待，有什么值得担心？我镇定的笑容说服阿斯特丽德，共同将想法化成决定，而不是永远追着一连串的希望前进。我当时并不知道自己会面对什么，仍然执意前进，毫不犹豫地纵身跳入毫无所知的环境，腾空的轻盈感为我灌注了前所未有的无限信心。夏天我们住进海滨小屋时，她已经有三个月的身孕。没有人知道我们的去处。离婚成为众人皆知的新闻，头条报道知名大导演遭少妻抛弃。在阿斯特丽德的下落被发现之后的几天，我还得拔掉电话线。海滨小屋成了我们的藏身之地，我们等待新的离婚事件或生死大事来引开人们的注意力和虎视眈眈的好事之徒，好让阿斯特丽德退到聚光灯之外。当时是初夏，海滩上没有其他人，屋子里也只有阿斯特丽德、西蒙和我，海水随着时间变换色彩，日子也一天天过去。到了最后，我们几乎分辨不出不同的日子是否真有差异，也习惯了早晨还是浅灰色的大海在下午转成墨绿，在傍晚的夕阳余晖下辉映出一片紫蓝。

太阳才刚下山，西蒙和我跪在潮湿的冷沙上，挖出一条引道，好让海水灌进城堡的护城河。我们花了一整个下午筑起这栋朴实的中世纪城堡，西蒙用小圆桶当作模子，筑出城堡的圆形高塔。艰辛的建筑工程占去了所有注意力，我们甚至忘了交谈，也没有注意到橘色的天空下，海水的色调已经逐渐暗淡。岸边吹来的风搅动水波，浪头打上海滩。我们费了好大工夫终于将海水引入了引道，但就在一瞬间，引道突然垮下，只剩下沙堆和泡沫。我听到阿斯特丽德的呼喊，显然晚餐时间已到，然而西蒙和我似乎都不愿响应，尽管我心存怀疑，不知是否能成功，但是仍然继续挖掘。阿斯特丽德再次呼喊，我抬头看到她站在屋前的阶梯上，面前的沙丘种着玫瑰。她再次喊我的名字，接着又大声喊了一次，音调尖锐，近乎歇斯底里。她第二次出声，我才意识到情况不对。我扔下手上的塑料小铲子，拔腿跑向她。阿斯特丽德脸色苍白，等我跑到她身边时，她开始低声哭泣，我扶住她，看见在她薄薄的夏日连衣裙下，血水从腿间往下淌。我将她抱进屋，让她躺在沙发上，接着立刻打电话叫救护车。西蒙一看到母亲流血便放声大哭，她一边试着安抚孩子，一边瞥向坐在电话旁边的我。救护车到达之前，我只能握住她的手，除了一些毫无意义的宽慰之词，完全不知道该说些什么。她让我陪西蒙留在家中，因为西蒙过于害怕，躲在一张扶手摇椅后不肯动。于是，我站到他身边，看着救护车载着阿斯特丽德沿着小路驶开，消失在夜色之中。我一边准备晚餐，一边和西蒙说话，就某方面来说，这也是为了减轻我自己的焦虑。我跟他说起我们宏伟沙滩城堡的护城河，讲到在荒废的中古世纪城堡中苦等恶龙出现的骑士。稍晚，我将他安置在沙发小床上，看着他入睡。我走出屋外，坐在楼梯上。稍早，阿斯特丽德就站在这里喊我。眼前，在暗淡的夜色下，海水晶莹剔透。我瞪着毫无动静的海水，这和瞪着空白的墙壁没什么两样。海水开始上涨，淹到城堡的墙角，整个城堡就像是座脆弱的小岛，四周浮着银白色的泡沫。我们正要开始相信这场巧遇是充满希望的机缘，现在却面临幻灭；尚未成形的小生命仰赖的，不再仅仅是我们的想法、感觉和话语。这辈子第一次，我开口和一个不在眼前的人说话。我独自坐在昏暗的楼梯上，求阿斯特丽德要坚强、要撑住，千万不要放弃，好像我这么说真会有什么影响似的。天色越来越暗，我没有移动，坐在玫瑰花丛旁边抽烟，看着天际冒出来的第一颗星星。此刻我有更深刻的感受，我不是一个人坐在这里伸长脖子看星星，阿斯特丽德一直与我同在。

隔天早上，我们去探望阿斯特丽德，院方表示她必须留院几天，方便观察照顾。他们不愿做出任何承诺。由于过度担忧，阿斯特丽德十分疲惫，而小西蒙看到脸色苍白的母亲躺在雪白的病床上，更是吓坏了。她轻柔地和他说话，解释整个状况，并且问起我们的沙滩城堡。他告诉母亲：城堡还在，没被海浪冲垮。他带着笑意，仿佛自己正在叙述一项神迹，完全把焦虑抛在脑后。我想起那个冬夜，他们的世界正在崩塌时，她在出租车里对他说话的模样。她当时心里一团乱，却表现出相同的镇定；我开车带着他们四处绕，她一次又一次地对他哼唱同一首歌谣。阿斯特丽德完全不知道自己何去何从，却依然可以对着西蒙镇定哼唱，似乎说：孩子依偎在母亲的怀里，一切不必担心。我们每天都到医院去看她，显然只要好好躺着不动，就可以安然度过这次危机。最后，阿斯特丽德撑了过来。在这次事件之前，我和西蒙独处的时间从未超过几个小时，但是这时他已经习惯性地视我为至亲。尽管如此，在我亲吻他道晚安，在半夜偷偷拉开门检查他是否睡得安稳时，我仍然对自己有所怀疑。这是第一次有人需要我，需要我在场陪伴。如果我忘了在他的燕麦早餐里加入一小块奶油，或忘了刷他门牙内侧，他会细声细气提醒我；他也会协助我写好购物清单，确认没有遗漏。我们大部分的时间都待在海滩上。我教他游泳，几天之后，他放开我的手毫无恐惧地游出自己的第一步。阿斯特丽德回家的两个星期之后，西蒙已经可以随着我们游到沙洲上了。他面带笑容地看着母亲写满赞赏的脸，说道：“我们现在其实是四个人，三个泡在海水里，另一个在妈妈的肚子里。”

我没有忘记那个在楼梯上的不眠夜晚。在我的记忆中，那些变色的木头阶梯让我们的故事合而为一：冬夜的巧遇机缘。就记忆所及，我的思绪和情感间总是有段距离，就像我这个人与飘浮在外界的人、事、物总是有段距离。我仿佛局外人，一心想抹灭这段距离，想敞开心扉，让外界的光线和人们的视线落到躲在暗处的这个陌生人身上，但是光线和视线永远不够深远，无法照亮最阴暗的角落。而营造出这个角落的男人，正是我自己。那个夏日，艾妮在展示罗马人体雕塑头像的昏暗角落里转过身子。我心想，终于有人看到了这个男人。于是我力图牢牢抓住她，就像我能在她的眼底看清自己的期望。遇见阿斯特丽德时，我已经放弃了自己与外界的差异，成为城市里来去匆匆的一张面孔。但是在那个无眠的夜晚，坐在玫瑰花丛边的我凝视几乎没有界线的一色海天，将所有的心意贯注在两个字上，我不停地低声重复：撑住，撑住。接下来的另一个冬夜，我看着罗莎来到这个世界，身上还带着阿斯特丽德的血，仿佛我也在这一刻见到光明。阿斯特丽德痛苦叫喊，将体内孕育的生命推进世界，我的距离终于被弥合，我的爱不再只是一种感觉、一个问题，或是某种姿态，它已经成为存在于我俩之间、吸饱空气、发出第一声哭啼的小女婴。

最初几年，疲惫与快乐交织出朦胧时光，日子失去明确的意义，取而代之的是一片令人眩晕的忙碌，我无法清楚地记得这段时光当中的每个时间点。那几年像是时光中的一片绿地，我记得自己的感觉：仿佛脱离了森林中杂草丛生的步道，终于重见光明。我真心相信，这就是我和阿斯特丽德所等待的结果，只是我们事先并不知情。成千个日夜温柔运转，我不再感到不耐烦，也不再梦想置身他处。每个日子都十分相像，而我有的是时间，时光的流转让我感到惊异：任何变化都会重复出现，夜以继日地不停循环。我们的日常活动没有不同，但是罗莎和西蒙的五官却逐渐成形。每日例行的对话和接触没变，孩子们的音调却逐渐成熟，他们飞快的一瞥、不经意的轻触和未完成的句子，随着不同的情况衍生出不同的意义，只有父母能够理解诠释。我们和孩子们一同享用的餐点，我们两人的每次温存、每句话语、每个微笑、每个动作，都在一刻不停地重演，时间为之停止。新的一天不会取代前一天，不再互相吞噬，分离与重聚以和缓的韵律进行，工作和睡眠也是如此，我们似乎在时光的中心定点扎营。我有时也会感到烦闷，但是这种厌倦不同于以往内心思绪翻搅带来的烦闷，而更像是一种冥想，是对于生活琐事的厌倦，比如厨房窗下暗淡的冬日阳光；拿起洋葱时，干燥的洋葱外皮发出细细的爆裂声响；慢慢集聚在水龙头下，在阳光之下犹如银色彗星般落入水槽的水滴。其实，这些时刻称不上烦闷，只是让我置身于每日重复出现的工作中，得以放空脑袋的短暂休息，在这段时间当中，所有的活动都让我养精蓄锐，蓄势待发。有些时候，当我帮罗莎换尿布、大声读书给西蒙听，或是和阿斯特丽德躺在床上用手激起她的欲望时，我也许会短暂忘记自己。种种不停的活动将我从孤寂之中拉了出来，不再沉溺于自己的思绪当中。即使我独自坐在书房里，也不过是一双眼睛和一支笔，前者用来观看，后者用来表达。在那些日子里，责任和自由不易区分，每分每秒都有事情发生，但我反而更能专注于工作，因为我知道，属于我自己一人的时间相当宝贵。

因为工作的关系，我经常出差。傍晚独自待在单调的旅馆房间里，看着窗外的丑陋城市时，都会清楚地看到他们的影像：西蒙待在自己的房间里给锡制小士兵涂色，全神贯注在北方各州深蓝色的军服上；罗莎坐在小小的塑料浴盆里，一边帮面露巨星笑容的玩具娃娃洗头发，一边唱歌；阿斯特丽德则在厨房里用冷水清洗菠菜，手指冻得通红，她看着皱皱的菠菜叶，想到自己泡水发皱的指尖。有时候我会打电话回家，却找不到话说。我让他们告诉我当天发生的大小事，却不知道自己该说些什么。当他们在我面前时，说出来的每个字句都充满意义，但是在远距离之外却显得空泛无力。我总是期望这种日复一日的生活模式会出现间断，但是，一旦间断出现，我又会开始想念。独自一人漫步在异乡的街头，这种感觉实在寂寞。一整天过去，我说话的对象可能只有餐厅侍者或旅馆接待人员，对话内容毫无意义，偶尔碰上个画商或艺评人，我会拿出满腔热情，仿佛一个面对微薄善意的流浪汉。出差时，我觉得自己比以往的任何时刻都更没有防备，走在人生地不熟的外国城市，我不过是个操着怪异口音、举止犹豫的无名之辈。如果我在同一天打两次电话回家，问起相同的琐事，阿斯特丽德总是会取笑：“难道你一外出，家里就会出现突发状况？”

罗莎七岁生日的那年冬天，我前往巴黎，参观在现代艺术博物馆举办的贾科梅蒂特展。我花了一整个下午，在高大的铜像人物间走来走去，这些造型细瘦的铜像个个以巨大的脚掌着地，双手垂在身边，随意塑造的窄脸微扬、毫无表情，似乎正在聆听。我曾经评论过这些铜像，却无法精确指出，究竟是什么让我每次见到它们的时候，都感觉周遭的空气出现轻微的震颤。原因是这些铜像纯粹是架构在空气当中的线条，几乎没有体积，贾科梅蒂把空气当作薄纸，在上面大笔挥洒出铜像的轮廓，犹如划破黑暗的光线。同时，铜像周遭有一种特质，存在于铜像和我视线之间的透明无形空间，似乎在不断翻腾，几乎就要吞掉这些铜像。面无表情、毫无沟通能力的脆弱铜像就摆在白色的展览厅中，我漫步其间，突然领悟，借由几乎不存在的铜像，我看到了整个氛围。铜像在我的眼前逐渐消失，退入氛围的最深处，仿佛在我双眼靠向前去的同时，铜像也开始自我压缩，使我的视线翻落无底深渊——铜像在我的长久注视之下，可能真的会完全消失吧。也许，当我以渴望的双眼盯视铜像时所遭遇到的抗拒力，正是它们如此震撼我的原因。这个抗拒力成为最后一道防线，使得铜像无法在我面前与空间合而为一，这应该就是贾科梅蒂追寻的意念。经过许多年的历练之后，贾科梅蒂的作品超脱旧作，不再故步自封，而是突破过去的经验——他完全专注于“存在”与“消失”的临界点上。我会再次想起贾科梅蒂，也许是因为我正朝着相同的分界线前进，当我看到阿斯特丽德拿着外套，面无表情地站在卧室门口等我醒来的那一刻，我无法跨越那道界线。我起身向前，与她面对面相视，但是她却已经消失无踪。她站在我面前，却不存在，她看着我的方式，仿佛我是个无形的躯体，似乎她只是自己一人，而我不过是个想法。

我会想起那个身在巴黎现代艺术博物馆的冬日，其实还有另一个原因。当我在展览厅的铜像间来回走动时，有只手搭上我的肩膀。我一转身就看到了艾妮，她静静地站着对我微笑。从我目送她走入雪花的那个道别日起，我一直没有再见过她。她墨黑的头发上出现了几许灰丝，也戴上了眼镜，但是眼镜却更彰显了那双波斯美眸，高傲的鼻子两侧也有几道新的纹路，让我熟悉万分的五官更为突出——在过去许多无眠的夜里，伴着我的正是这张面孔。那是将近八年前的事了。我们顺着河岸前进，礼貌问候对方的近况，我轻描淡写地提起阿斯特丽德和孩子们。她走路的速度和过去一样快，说话时也同样比画手势。我转身面向她，看见埃菲尔铁塔的铁架从树梢往上延伸，也看到她游移不定的眼神。她说，我看起来比以前老了些，这种感觉很适合我。我微笑以对，不知该如何回应。我们并肩坐在现代艺术博物馆咖啡厅的长椅上，眼前就是阿尔玛广场。她已经在巴黎住了一两年，可能会继续待下去。虽然我没开口问，但是她告诉我，她目前独居。她没有明确说明在做什么工作，似乎各式各样的工作都接，和以前一样，她仍然不必为金钱烦恼。尽管她极力表现出我熟悉的那种不顾一切、毫无牵挂的姿态，但她的话听来仍然有些孤单，有些漫无目的。我告诉她，我发表了一些艺术评论，她似乎十分感兴趣。我鼓起勇气，道出孩子带来的改变，她报以微笑，其中带着真诚，也有同情，这两种感情我都能理解。而我现在身为父亲的这个新身份，让仍然纵情生活的艾妮感到有趣。渐渐地，我们聊完了彼此的新变化，两人静默的时间越来越长。我坐着看侍者一丝不苟的动作，感觉到她落在我脸上的目光。她早就知道我当了爸爸。我看着她，她比我记忆中的艾妮镇定，不再逃避别人的眼光，但是当她蜜色脸庞露出微笑的时候，鼻翼仍然会抽动，牙齿依然洁白。再次见到她，我无法判定影响会有多大。她曾经见过我，当时我推着还坐着婴儿车的罗莎。她问起我妻子的工作，我告诉了她，语气略显生硬。接下来，轮到她将视线盯向忙碌的侍者：“我也想有个孩子。”我讶异地看向她，她看着我的表情，兀自发笑，接着说：“这有什么好奇怪的？”我没回答。我点了支烟，看着阿尔玛广场的人影在灰色的光线中移动。接着，她漫不经心地将手放在我的手上，她的掌心传来一阵暖意。

我们分手的那个冬天，她几次想拨电话给我，然而，过了新年，她猜想我应该早已放弃。她当然不知道我有了别人。这些年，她终于明白自己抛去了什么。尽管时光流逝，她仍然会想起我们当时可能的发展。她对我不是太好。我耸耸肩，我觉得自己也有错。她问我是否快乐。我说："是的。"我迎视她的目光，停了一下，觉得似乎必须思考之后才能说。接着，我又说："是的，我很快乐。"可是这时我发现，从我嘴里吐出"快乐"这个字眼似乎有些不妥。虽然"快乐"这个词意味深重，但还不够贴切。虽然它表达的是令人狂喜的意思，但拿来形容我的生活却嫌平淡无力。她轻拍我的手背，然后翻过我的手掌，拉到眼前端详，仿佛懂得读手相的吉卜赛人。她穿着黑色丝袜，膝盖露在裙边。我们分手后的第二年，她也遇见了一个男人。他们在一起很久，那段时间，她没有别人。她再次露出微笑，这次带着试验的意味。她的确用心尝试。她在街上看到我带着罗莎的那一天，他们仍然在一起。但是，这段感情终究没有结果。此后，她偶尔会想起我，可不是因为我带着女儿。她想起过去的时光。我当时非常年轻，全心全意爱她，怎么说呢，简直为她疯狂。我们对这个说法报以大笑。她几乎是被逼得要自我防卫，对抗我不成熟的贪婪爱意。我握了握她的手，这个动作让我觉得自己老了。之前，从来没有人用这种方式爱她，以后当然也没有。不顾一切的爱情。我抽手，点起另一支烟。她问我是否忙碌，也许可以一起吃晚餐，她十分乐意为我下厨。我再次凝望她，心里开始犹豫，最后终于找出一个不至于站不住脚的借口。我们继续聊着贾科梅蒂的作品，讨论铜像在存在与消失之间的暧昧平衡。这些讨论十分干巴。离开咖啡店之前，她将电话号码写在餐巾上。我们走进闹哄哄的广场后，她迅速亲吻了我，让我有空打电话给她。她道别的亲吻并非印在脸颊上，我几乎忘了她用双唇与我吻别的感觉。我看着她跑下地铁站的阶梯，黑色的长大衣飘在身后。

回旅馆的路上，我对自己毅然拒绝艾妮的邀约感到沾沾自喜，却没有听从理智，扔掉写有电话号码的餐巾。我把餐巾和当天开销的收据以及零钱一起摆在床头。我们各自离开之后，我才意识到她丝毫没有掩饰地试探我。这实在令人惊讶，分开八年之后，我们竟然会在同一天下午在巴黎参观同一个展览馆。如果我在事后为了她的热情而感觉不悦，那也是因为我任凭自己让她摆布。但是，聊聊往事，或是承认她对那段过去有些遗憾和思念，又有什么不对呢？也许这只是我的误会，也许她将手放在我的手上只是为了表现友善，她那双我熟悉的眼眸，也只是想审视我的改变。我突然回忆起她的膝盖和双唇，难道是她的错？也许都不是。她一定清楚自己在做什么。她一定知道自己的话语会从完全没有预期的角度影响我；而且她并非简单地邀我一起吃晚餐，而是到她的住处用餐。这不难理解。她真的想念过我吗？我是不是她那场游戏当中的唯一失败者？实际上，我是不是赢家？这个病态的胜利来得太迟。当初她的离开让我不仅伤怀，还厌恶自己，但是阿斯特丽德让我忘了艾妮——现在想来，速度快得让人惊讶。如果我没有遇到阿斯特丽德，事情会有什么转变？如果当天，我载着阿斯特丽德和西蒙进城，灰发导演没有出现在她友人家门口，那么她不过就是一个乘客，消失在门后。如果当初艾妮在我自怨自艾的时候回到我身边呢？以我对她毫无节制的爱，我应该会要坚持下去吧？几年之后，坐在婴儿车里的会不会是我和艾妮的女儿？我们会不会像陌生人一般，从阿斯特丽德身边走过？我无法继续思考。任何微小的改变都会让生命全盘改观，眼前的巧合也会以不同的姿态出现。我的想法、感情和冲动，只要在不同的时间出现些微的差异，一切都会完全不同。当年我出手帮助阿斯特丽德走出困境……那个冬夜，依然陌生的阿斯特丽德就站在厨房里，如果当时我没有起身离开餐桌、走进厨房，没有用双手捧住她的脸，如果她躲开我的触摸，接下去又会如何发展？

我在这个充满关爱的生命中找到自我，终于有了归宿感，在自己对阿斯特丽德和孩子的爱意中安身立命，然而这不过是时空无限可能性当中的一个分支。我心灵深处的自我，以及所有其他萎缩消失的可能性，既没有增长，也没有缩小。某个嫩枝成长之后开花结果，这是因为我们有所期望，也是因为外在环境许可。然而，只要机缘稍有闪失，结局便会完全不同。在萎缩的枝丫和存活的嫩枝之间，一定有某种看不见的联结。我在那个冬夜捧起阿斯特丽德的脸，同时也离弃了艾妮，跳脱她留给我的悲怆，这个举动无异于自我背叛，背叛了那发自内心、几乎吞噬掉我自己的满腔热情。通过自我背叛，我才得以自我救赎。唯有背弃过去，才可能迈步跨过难以察觉的门槛；只有先让自己相信前方的世界不会相同，才会踏上巧合这条路，跨越界线。我无法知道，那天双手捧着阿斯特丽德的脸的究竟是谁。如果是那个爱上艾妮难以自拔的男人，那么他那么做绝对不是出自内心。如果是崭新的我，并且还在几个月后听到自己即将为人父时露出镇定的笑容，难道他在鲁莽地说出“有何不可”之前，不该有所犹豫？他应当考虑自己为什么想要孩子，但是在那个时候，他对自己或阿斯特丽德的认识都还不足，无法知道答案。他让我惊讶。在我还没厘清之前，他们——这个男人和我开出租车搭载的女人——已经组成了家庭。这像个意外的礼物，我还没确认这是否就是我的愿望，这个男人就已经接受了礼物。他显然决定与我为伴，而我也习惯了他代我说话，代我行动，最后与我融合为一体。八年之后，我坐在巴黎旅馆房间里，想起自己对艾妮的爱，就像在观看他人的恋情，而我仍然屏息忧虑地自问：当初遭我背叛的，当真只有我一人？我难道没有背叛阿斯特丽德？

阿斯特丽德站在卧室门口看着我，脸上的表情仿佛道出她见到了我所不知道的人，某个出自我内心深处的人。罗莎坐在咖啡厅的玻璃窗外，在阳光下看着广场上的某处，我完全不知道她在看些什么。她的头发、皮肤、笑靥，无不证明我的爱具体存在。我将她抱在怀里轻摇，她那双婴孩的眼睛让我有为人父的体验，她小小的身躯完全在我的呵护之下。几年后，当我牵着她的手在湖边散步时，她突然停下脚步，焦急地问我时光何时会停止，她脸上流露出信任，等待我的答案。她现在独自坐在咖啡厅外抽烟，冷漠的面孔没有表情。看着长大成人的罗莎坐在咖啡厅外，喝着咖啡、抽着香烟，我没办法继续拿着自己对艾妮的那段青涩爱情与对阿斯特丽德的爱情来互相比较。时间本身就是一种差异。我躲在报纸后方，看着罗莎在阳光下的侧影，想起美术馆馆长前一天晚上在出租车上告诉我的故事。坐在阳光下思考，整个故事实在荒诞。我根本没办法想象阿斯特丽德会与我那秃头的老同学调情，无论如何也不可能是他。他对我忏悔，根本就是一种不礼貌的低劣做法，让我不禁想出口咒骂。我绝对无法接受他那种深思熟虑、带着恶意的虚伪行径。我必须留在自己熟知的界线之内，留在卧室的门槛内，面对阿斯特丽德和我不知道的一切事物。她穿着大衣，提着皮箱看着我，我想象不出她究竟看到了怎样的我。也许她也有所犹豫，也许她也看出事件的些微变化，自问搬来与我同住，究竟是正确的抉择，还是一种自己不明白的失落。也许她有些怀疑，然而却选择继续前进。日夜交替之际，她躺在我的身边，抛开思绪，让凉风吹入，她也许不那么确定躺在我身边的真的是她还是某个像她的人。也许她也想到了偶然性。或者在多年之后，她觉得真正会造成区别的，并不是随时都四通八达的道路，也不是身边来来去去的脸孔。经过这些时间，也许她开始想：穿过岁月去面对种种不同事物的人，其实是她自己。事物的区别并非写在她的心上，而是一步一个脚印走出来的，因为她的爱并非针对特定对象或原因。

几年前，我们曾经在电影散场的时候和人群当中的艾妮打招呼，对我来说，艾妮的意义早已成为年轻气盛时一股熊熊爱火燃烧过后的余灰。我花了太久的时间才了解到这一点，也许时间略嫌晚。阿斯特丽德当时也注意到有个美丽又带着异国风情的女郎对我点头致意，接着便穿过大厅走了出去。她虽然好奇，但询问语气并不刻意，仿佛自己并不特别感兴趣。我告诉她是个旧识，但是并没有说明那就是艾妮。她可能已经猜到，也可能没费心去怀疑究竟是什么人。很早的时候，在电影院巧遇艾妮之前，我曾经向阿斯特丽德提起这段在年轻时就逝去的爱情。当时我们还会对彼此诉说过去的故事，但是在那些片段逐渐失去重要性之后，就不再如此倾吐。也许，我们以为早已道尽所有故事。我为什么没直说那就是艾妮？我的确没有坦言，如果当时直接告诉她，在电影院大厅里，那个长着鹰钩鼻、黑发中还有几绺灰丝的女人，就是一度让我陷入绝望欲念当中的主角，我可能还不至于如此百思不解。认识阿斯特丽德之后的那个夏天，我就已经说出了艾妮的故事，当时她怀着罗莎，我们依然还会彼此诉说在冬天那个命运转折点之前，发生在自己生命当中的点点滴滴。我们躺在海滨小屋卧室内，西蒙睡在隔壁的房间里，夏日夜晚暗淡的蓝光照在她的脸上，我轻抚她的额头和双颊，仿佛自己可以像拍掉腿上的沙子般，抹去夜色的落尘。一开始，我有些犹豫，陈述我如何卑躬屈膝、忌妒缠心，进而守在艾妮身边监视，剥夺她喘息的空间。我的语气充满十分超然的自嘲，我的声调让阿斯特丽德认为这段感情已经成为过去，是一场毫不理智的迷恋。是阿斯特丽德让我觉醒。她带着若有所思的笑容聆听，似乎怀疑我怎么可能如此狂乱。她沉迷于我的故事，问了一些无关紧要的细节，我于是随着她，没有再多谈。我夸大其词地描绘那位热情洋溢的女主角，却在她眼底发现一丝光彩：她似乎不想继续看着我。我亲吻她，告诉她我爱她，和她共处之后，才懂得何谓爱情，因为她将我从自我吞噬的魔咒中解放出来。她靠过来，在我耳边低声说："不要再讲了，没有必要。"她用双手捧住我的脸，月光下朦胧的眼眸望着我。"我们同在一起，你知道吗，"她低声说，"这就够了。"我爱抚她，她以身躯接纳我，一开始我十分谨慎，因为想起那天她站在楼梯上呼唤着我，血从她腿上流下来。但是她微笑地说："不必害怕，再怎么说，那并不算是生病。"事后，我们静静躺卧，身躯依旧交缠，听着窗外浪涛拍打上岸，然后退去。

在巴黎的那天晚上，我呆坐房内，瞪着百叶窗外的一片墨黑，后悔就那么让艾妮与我吻别，消失在阿尔玛广场下方的地铁站里。我警觉到自己有可能屈服于她的引诱，将这个机会视作一种迟来的报复，这种感觉就像是我有能力摘下树上的苹果，果子却自己落下了。我坐在黑暗当中，想起稍早分手前，艾妮新眼镜下的双眼。我心中涌起一股欲望，想拉近她，呼吸从未开花结果的香味。我想在早已幻灭的世界度过一夜，让她狂暴依旧的四肢锁着我，直到她得到解脱，直到我心中的怒意消散为止。也许我真的相信，放下纠结思绪的唯一方法就是直接面对。也许，这只是潜藏在我想象当中的欲念，一切只因为她在毫无预期的情况下对我示好。埋藏在多愁善感面具下方的，或许正是短视、贪得无厌且毫无廉耻的欲望。艾妮的录音机开始运转，我听着她以魅惑的语调说起法文，静默——我自己的静默，随着哔声出现后，我才发现自己落入了圈套。不管我说些什么，不管语气多么轻松，她都知道我打这个电话的理由。只需一句话，再平凡不过的一句话，都无疑是对我自己、阿斯特丽德、我的新生活的背叛；是对给予我勇气、让我拿起话筒拨出早该揉成一团丢弃的餐巾上的号码的重获的珍贵自信的背叛。即使我用最平淡的语气表示自己不反对再次与她见面，内心的欲望仍然无所遁形。在她的录音机中有意无意留下的话语，无异给她证据，证明我也同样迷失在机缘当中，我和阿斯特丽德以及孩子们共享的生活不过是一种推托妥协，只是她离开我之后才出现的选择；证明艾妮才是忠于这段生涩爱情的人，我因为没有勇气接受磨难，不愿等待而放弃。现在，艾妮伸出手来，我便立刻紧握，为了心中的感激和压抑翻腾的情绪而泪流满面。

我一放下话筒，电话便响了起来。响了一两声我才接起，是阿斯特丽德。她想知道我第二天几点抵达，是否要去机场接我。她问我是不是有什么不对劲。我原本以为自己的音调与平常没有什么两样。我说："电话响时，我睡着了。"我对她说起展览的见闻，她则提起罗莎在早上说的某句有趣的话。突然间，我极度思念他们三个，阿斯特丽德笑了出来，说几天没见面，我在电话里就如此深情款款。我很快就将与艾妮的巧遇抛在脑后，事后想起，自己遗忘此事的速度之快，丝毫不亚于见到她后沉迷于猜疑的速度。我偶尔会失眠，躺在一片黑暗中，听着阿斯特丽德平静的呼吸声：这不是因为某个午后在阿尔玛广场看见了艾妮的双眼；也不是假想身边的人就是艾妮，想象自己身处于另一个世界，另一座公寓当中。与艾妮重逢带来的震撼虽然没有影响我的生活，但仍有余波荡漾——重点不在于我在巴黎拨打她电话时的欲望，而是照进我新生活的那道毫无预警的冰冷光线。这些混乱的念头让我无法入睡，我只得环住睡梦中的阿斯特丽德，担心自己会飘入无垠的黑暗。

自从阿斯特丽德在那个冬日傍晚牵着小男孩坐进我的出租车开始，我就不曾真正独处，而对阿斯特丽德来说，独处又是更久之前的事了。她很早就生下了西蒙，遇见灰发导演时更是年轻，成熟男人用稳稳的大手和坚定的目光让她定了型。一开始，年轻女人对男人老成的欲望置之不理，但终究弃守，也许是不想寻觅，也许想受到瞩目。在他注意到她之前，没有人发现她的存在。还是孩子的时候，有年夏天她和一位阿姨共度暑假。一天早上，阿姨告诉她，她的父母在意大利开车坠崖双亡。此后的童年时光她都是在寄宿学校里度过的。当她终于长大，可以为所欲为时，却不知如何挥洒手上的自由。她在世上没有亲人，面前千百种的选择和道路令她眼花缭乱。导演注意到她的时候，她对未来甚至一点想法都没有。没有人会现身告诉她，她究竟是哪种人。一开始，对于自己竟能让成熟男人神魂颠倒，她觉得十分有趣。

接下来，她却乐于成为他生活中的一桩秘密，让任何人都觉察不到。有时候，当她在他热切的身体下闭起双眼时，男人也没有察觉。直到有一天，她决定站到众人面前，也许她担心，如果她——这个被他极力隐瞒、妻女完全不知悉的秘密——继续妥协，总有一天会真的消失。她的年纪与他的女儿相仿，然而，当他不想继续欺瞒家人，手提行李，深情地出现在她的门口时，她却放弃坚持。她想：无论如何，这可能就是爱情，尽管它始于一场秘密追求——年轻猎物若有所思和天真的笑容诱得老猎人飞蛾扑火般撞进爱情。她说服自己：这一定就是爱情。一旦有了决定，她就不会回头。她顺应情势，适应了住在北郊别墅里的小男孩和他的父亲，放任时光流逝。丈夫回家的时间越来越晚，一开始她并没有多想，直到某天晚上，她终于发现了原因。她觉得自己不断坠落，落入无底深渊。当她终于站稳脚步，眼前的世界已然不同。灰发导演和她，从来就不曾存在于同一个世界。这个悉心呵护孩子、丈夫却在外另拥他人的年轻女人不是，也不可能会是她，她只知道，自己无法在这个瞬间变成陌生国度的屋子里多留一刻。

她带着儿子坐在出租车后座，孤立无援，但是她曾经有过相同的经历——也许就是如此，所以当出租车司机开口让母子在家中暂留几天时，她毫不犹豫地接受。他看起来像个好人，和她年龄相当。她就这么留了下来。她一定曾自问：接下来的发展究竟是如何发生的？自己怎么会被他吸引？为什么他不再只是个将公寓借给他们母子暂住的好心司机？这种事难道简简单单地就这么发生了？一开始，一切没有太大意义，也许就是因为这样，她才愿意接纳他，因为事情根本就不需要有意义。他并不急着让她明白自己是谁，当他拥抱她的时候，也让她保留自己的思绪空间。他不曾想带她去任何地方，这个整夜开车的男人没有特别的去处。她发现自己怀孕，明白自己面对什么挑战，但是，对他镇定万分回答的“有何不可”，她却禁不住要微笑。的确，她不是没想过，然而，如同她事后告诉他的：他的镇定说服了她。他看着她，没有任何惊慌失措，仿佛完全明白自己的作为。一个陌生女子说出自己怀了男人的孩子，假如他有意愿，可以当个父亲；如果这个男人可以镇定以对，她就必须去爱他。一句令人诧异的“有何不可”让她忘了自问：为什么要是他？她得爱一个勇于抓住机会的男人，因为他明白，一个人在何时何处与何人相遇纯粹是巧合，男人勇敢接受，生命就在当下成形，而不是在事情成为定局之后，也不是在采取了必要措施之后。她用爱来摸索原因。一开始，她喜欢上他的双眼和他镇定的声音。“这是多么不寻常啊。”她曾经这么对他说。而他只是面露微笑，“是啊。”他说，“理由不重要。”有天早上，她在他柔和平静的声音中醒来，他叫着她的名字，她睁开双眼，发现这正是她的归属——在他环绕着她的平静目光下。他深情又略带忧伤的目光似乎在她的周遭打开一处宽广的空间，让她完全展现自己，尽情奔跑，却不至于迷失。但是她不想再奔跑，因为年少时，某些痴情小子或是年长男子试图以自己的爱欲来塑造她，她知道奔跑的滋味。年少时，她相信自己的内心深处有个陌生人，唯有另一个不知名的陌生男子才认得出来。她陆续离弃过几个男人，年轻的或年长的都有，一旦发现身边的男人无法诱她扑火，她便离开。谁会有这等本事呢？她笑着说出自己无法安定的心情。日子一天天过去，她一想到自己，就没办法不去想那个冬夜。那天，她发现自己的世界不再相同，便毅然决定离开灰发导演。对她来说，那天之前的点点滴滴逐渐成为模糊的影像。她上次如此对我说起自己，已经是许久之前的事了。这些日子以来，多谈似乎没有太大的需要，因为我们在一起就够了。

我们在一起的前几年时光是不可分割的，我无法将其拆开来看待。如果一定要我将这几年时光展开来说，不管这个故事前前后后有什么扭曲和变化，我都只能这样说：展开的毛线和缠起来的毛线球绝对不会相同，即使这毛线球是由同样的毛线缠绕而成的，也绝对不是故事的本质。许多相连的日子和地点压缩成一体，最深处的故事早已被遮盖，肉眼只能看见柔软的外表。我在光线下解开线团，毛线球越来越小，完全没了重量，只剩下一堆长线，就像我冗长单薄的叙述。我口中这些随着时光旋转的岁月，随着地球转动而出现反复和变化，正如同毛线连续不断的纠结与转折。人们说起时间的方式很有趣，仿佛那是一个能够前后穿梭、来去自如的地点。也许，时间真的是个地点，一个所有日子和分秒并存的场所。也许人们说故事，是为了在记忆的迷宫中找出被遗忘的时刻。但是歪斜的路径并不止一条，选择其一，就是放弃其他的可能性。人们解开手上的毛线团走入迷宫，当毛线用尽时，手上就只剩下长线的尾端。慢慢地，人们只好回头，找回原来的路。偶尔，薄薄的围墙后方会传来声音，偶尔还会在原以为只是墙面的地方看到光线，但是人们只会回头，担心掉落手上的线，迷失在当中。在我的记忆中，我同时处于许多地方，但是这些地方又十分相似。在我的故事中，如果我打算找到路，了解自己的历程，一次却只能身在一个地点。

罗莎在阳光下仰起头，闭着双眼，长发滑顺地落在椅背后方。我想象她透过闭起的眼睛，感受到仿佛橘色光晕的阳光，聆听身边其他客人的话语，以及广场上人群的脚步声。闭上眼睛的感受，就像置身万物中心，世上的声音和自己的思绪在相同的空间中合而为一。她带着一抹笑意，如果不是因为阳光，就是为了脑海里的念头。她伸手轻揉颈项。我认得这个动作，阿斯特丽德在思考的时候也会这么做，这个小动作同时呈现出忘我和专注于自我的意识。我也闭上眼睛，这么做，似乎让我们更亲近。我为何不直接起身走向她，父女为什么坐在咖啡厅玻璃窗的两侧？躲着她，让我有些难为情，但是我知道，如果我上前迎视她的目光，我也会同样尴尬，就像阿斯特丽德离开我，让我感到羞愧一样。有时，在无底的黑暗当中，我必须拥着沉睡的阿斯特丽德，因为我害怕自己会滑开；而罗莎的一个眼神，就足以让我确认自己在该在的地方，这是我的家，不只是地表的某处。她投向我的目光就像一条无形的风筝线，她当然不知道，在她的眼中，拉住风筝的人是我，我让她无忧无虑地飞上天，探索世界。当年，我在婴儿室里捧起她包裹着毛毯的小小身躯，直担心没抱好会将她摔到地上，我在脑海中不断重复自己坐在海滨玫瑰花丛旁，对着夏夜说的话：撑住。我睁开双眼，罗莎正看着广场上的喷泉，水花在风的吹袭下四处飘散，亮晶晶的水珠不断地喷溅，然后落下。我的确撑了过来，而现在，该是放手的时候了。

罗莎的红发朋友走上楼梯，她涂了口红，鲜红的嘴唇在苍白的脸庞上犹如移动的鲜明信号灯。她发现我的目光，浅笑了一下。我微笑以对，看着她从我身边经过，在她走出我的视线前，我捕捉到她雀斑下的一抹红晕。当她朝我看过来时，如果我立刻移开视线，我的困窘一定会让她发现，我并非刚好看向她的方向。而现在，感到困窘的反而是她。我饶有兴致地看着她，并回报以短暂而愉快的微笑。她之所以微笑，也许是因为她认为坐在角落读报纸的男人长相还算好看，或者，在我温暖的眼光之下，她心底涌现调情的念头，但是随后想起我的年纪足以当她的父亲，便立刻收心，怕自己的微笑被我当成一种鼓励。另一个可能——如果真是如此，那么就得轮到我脸红了——她知道我是罗莎的父亲，如果她因我的眼光而脸红，那么还真是角色倒置。我重新展开报纸，像只旁观的猫咪一样偷瞥阳光下的两个女孩。如果红发女郎知道我是谁，那么以现状看来，她也没有对罗莎提起。她们继续谈笑，而就在我重拾自在的时候，她突然看向玻璃窗内，短暂地对上我的视线。接下来她又试了一两次，似乎想确认我是否还在咖啡厅里观察她。但是我的目光始终专注于报纸上的头条新闻，并努力控制自己的表情。等我再次抬头时，她们已经离开，我看着咖啡桌上的空杯，上面浅浅地印着罗莎朋友的口红，仿佛正对着我四十四岁的迷惑打招呼。

我沿着人行道走进夕阳的余晖中，交杂的人影拖拖拉拉，映在铺路石上。建筑物之间的暗淡光线，正如贾科梅蒂的铜像，虚弱无力。迎面阳光刺眼，以致我无法看到前来的人，他们犹如一道流窜的黑色溪河，一直要到趋近面前时，我才分辨得出他们的面孔。我脚下的每一寸路面，后方的人们都会踏过，面前陌生的面孔同样也不断交替。他们似乎不只是从我身边经过，而是穿透了我，而我在同一刻也穿透他们的目光，走向夕阳。脚步和面孔编织出相同的韵律，我前方的面孔不停地变换，一个个不同的行人相继看着我，在他们眼中，我不过是张瞬逝的面孔。

5

我离开旅馆，到第五大道和时代广场之间的街道上闲逛，大楼通明的窗户矗立在我眼前，车阵的灯火则横向行进。我观察灯火间来去的新面孔，他们和我一样是异乡人，来到这个陌生人充斥的城市。唯有在这个陌生的城市，我不会因为口音或外表的不同而被视作外国人，千奇百怪的差异在这里找出平衡，我不过是其中的渺小分子。如果出租车司机、调酒师或服务员对我表现出不耐烦，绝非因为我是外国人，而是他们把我当成反应迟钝又犹豫不决的笨拙纽约客。只要记得给小费，在纽约我无所不能。那天晚上，我随着熙来攘往的人潮在街头流动，借此让自己镇静。累到几乎麻痹的我，只剩下视觉和听觉成功躲开睡魔的侵袭，尚能运作，然而我的所有见闻全非新鲜事：被猛按的汽车喇叭、刺耳的只言片语、灯火通明的建筑物和一晃而过的面孔。我仿佛走在看过千百遍的电影场景当中，任何以纽约为背景的电影都可以看到这一幕。然而，这个场景就像跳带的影片，不断重复出现，我只是恰巧走了进来。我没有停下脚步，眼前的城市不停地转动，我站在远处，被动地从内心深处漠然观看。

来到纽约的这些人，有一些人是为了逃离原来的生活，另一些人则怀抱新希望，和我一起走在相同的道路上。这些街道与摩天大楼两相对比，仿佛成了一道道撕裂开来的深渊。这个城市吸引全球成千上万的人到访，但是我每每感到诧异——纽约市并没有明显的中心点，不像欧洲城市四通八达的道路，最后终究会相连到一个中心。如果人们在傍晚搭火车抵达古老神秘的欧洲城市，一离开车站，就会与教堂正面探照灯下的那些圣人使徒面对面。在这里，所有铁路都在地下，初来乍到的旅人循着棋盘规划的街道钻进钻出，不会有抵达希望和梦幻国境的着迷感受。事实上，这是个无形的城市，街道上交织的是旅人内心的景象，可能是他们永不复见的故土。他们从渐渐淡出记忆的乌克兰的平原、亚美尼亚的山峦、波多黎各的铁皮屋贫民区和广东的水稻田中，看到纽约。人们很容易在这个城市找到方向，但也很容易迷路，因为千篇一律的棋盘方格状的都市规划反而让人难以找到目标。但是在那个夜晚，这一切称得上完美，我本来就漫无目的。我在五十二街的饮食店吃晚餐。在这种饮食店里，客人可以随性地坐在长桌台边用餐，就算是一个人，也不觉得尴尬。透过映照着啤酒公司红色霓虹招牌的玻璃窗，我看着窗外的车流，而我坐在长桌旁的模糊身影也映在玻璃上，这样看过去，就好像路过的行人，比如拿着纸杯乞讨的无家可归的乞丐和行色匆匆的各种肤色的美女，都直接穿过了我的身躯。我看了眼手表，将当前时间加上六个小时，回想自己在昨日的这个时间做了些什么。

我站在舞台一角，背对剧场空荡荡的观众席，看着母亲在首演后的派对上接受献花和亲吻，她艳红的双唇咧出笑容，露出闪闪发光的牙齿。我和罗莎，以及她那个装置艺术家一起晚餐时，母亲打电话来就是为了提醒我出席这场盛会。她在舞台上的表现一如往常地矫揉造作，傻笑不断的疯狂爱慕者和扬扬得意的赞助商环绕在她身边——这也同样一如往常，言辞凿凿地表示她的演技精湛、表现杰出，以不落俗套的诠释再次超越她过去的成就。就算她曾经拥有勉强称得上尚可的演技，至今也早已失落在她那个对热情观众贪得无厌的胃口当中。多年来，这些满怀爱意的观众坐在暗处大笑或落泪，奉上满心的感激，而她用庸俗拙劣的演技释放这些人粗鄙的幽默感，以鳄鱼的眼泪和摇摆晃动的丰满乳房撩拨他们易受煽动的热情，引领他们进入命中注定的伟大爱情。凭着丰胸柳腰，她一度有应接不暇的娇媚女子角色等在身后，然而整体来说，她则应验了所谓胸大无脑的说法，实际上，剧院导演们也先后发现了这个事实。后来，毫不饶人的年龄迫使她接下较为“成熟”的角色，但是这也只让人发掘出她另一种历经岁月精炼而迸出的天分：尽管她因为年华老去而充满恐惧，但依然空洞，无法领略自己啼泣哭号的任何一句台词。一直等到唯一的对手因血栓而瘫痪，年长妇人的角色无人竞争且找不到更适合人选的情况下，这个角色才终于落到她身上。

我坐在暗处，看着她在舞台上的演出，心中那个再也不上剧院的决定更是坚决。我十分后悔没有留在家中。早些时候，看着罗莎和红发女郎消失在人群中之后，我便结束下午的漫步，回到家中。夜晚即将到来，而这时待在公寓里更显空虚无聊。于是我拿母亲的这场首演当作蹩脚的借口，企图假装一切如常，哪怕只有一两个小时。但现在我宁愿坐在书桌前，呆望对岸湖边屋舍的灯火。我父亲的座位和我稍有距离，他在开演不到五分钟后便沉入梦乡。他稍早也在大厅出现，独自混杂在兴奋难当的首演观众当中。这些男人穿着熨烫妥帖的服装，仿佛参加葬礼，女人们几乎全穿着泰丝连衣裙，即便裙摆全都短了至少十公分，仍然是一副随时会绊倒的模样。父亲和往常一样优雅，以惯有的紧张眼神环视大厅，这个神情看起来更像是青少年该有的，而不是个七旬老人。他看到我之后，露出解脱的表情。我着实为他难过，同时也为自己的同情感到羞愧。我们站着闲聊了几分钟之后，我才发现他忘了问阿斯特丽德为何缺席。也许他稍早和母亲说过话，也许他乐于与我单独相处，要不然，他根本就是心不在焉。母亲十分鄙视父亲的新妻子，即使当着她或其他人的面，母亲也从不讳言。母亲对父亲的不屑更是有过之而无不及，因为他在遭她抛弃之后，竟然自满于找个不如她的人。她根本不在乎他是否会出席这场首演，但是在她离开他的将近三十年间，他依然每次出现，煞费苦心，只为“让她开心”——这是他的说法。

我很少看到他。在我遇见阿斯特丽德的好几年前，他就已经搬到丹麦的另一端，因为这两地间的距离，我更容易拒绝他的邀请。有几个夏天，我曾经带着阿斯特丽德和孩子们去拜访他，之后的每个春天，他都会打来电话问我是否将于来年夏天再访。但是每次探访，我都觉得难以和他的新妻子和睦相处。她是个陶艺家，比他年轻二十多岁，只有星象学和有机蔬菜能引起她的兴趣。当我们去他们的茅草屋拜访时，她一直追着我说话，仿佛有好几个月没和文明人说过话。她态度激动地坚持让我说明，在几年前的那篇文章里，我为什么说永远无法以相同的立足点来看待工艺与艺术。考虑到父亲的颜面，我并没有说出自己对她那些笨拙的锅碗瓢盆的看法。然而，我的客套却让她更坚持己见，她得意扬扬地解释说，我之所以如此冷淡又拒人于千里之外，全是因为我是个标准的天蝎座。如果不是被迫看着我高雅的父亲，在她反复无常——不知道是应当归咎于月亮圆缺还是生理周期——的情绪变化下，像只挨打的狗般服服帖帖，我还会勉强自己忍受她那种攻击性十足的自卑情结或是散发麝香味的偏狭观念。父亲退休之前是个工程师，在非洲和中东盖过桥梁和水库，现在却负责点燃熏香和蜡烛，除了为妻子奉上花草茶，做西藏式足底按摩，爱抚她的星体身体之外，还得听她唠叨植物的感情生活。我原本无法接受他的选择，然而某天阿斯特丽德带着微笑告诉我，满心怒意的我疏忽了一个事实，父亲其实相当快乐。她是对的。也许，对他来说，信仰数学和忠于生态之间并不存在鸿沟，两者同样需要贯彻始终，而无法解答的问题和变化无常的生命同样叫人惧怕。依我看，这桩新婚姻和他与我母亲的婚姻其实相仿，唯一的差别在于放下身段不再让人感到痛苦，也不荒唐。在工程师稳健的身躯下，跳动的是一颗仁慈不安的心，希望能够被爱，并且天真地以为自己理应被爱。我小时候时常收到他从陌生城市寄来的明信片，我依地区分类，非洲或阿拉伯，收藏在床下的小盒子里。他总是在某个热带国家造桥、建水库，或盖发电厂，一次离家好几个月，每天早晨我总是嘴里塞着燕麦早餐，期待能听到邮件落入信箱的声响。我还保留着一张特别让我感动的卡片。让我感动的，不是空拍镜头下盖满白色建筑物的阳光大地和不可思议的蓝色大海，也不是书写在背面简洁的内容——关于一九六五年十月的那一天，当地气温和他的身体状况，而是印刷在他褪色字迹上方的那行小字：现代贝鲁特，城市景观以及黎巴嫩海滨度假旅馆。

我很早就学会了照顾自己，母亲很晚起床，而我放学回家时，她不是出门排演或是登台演出，就是拉下窗帘关起门，躲在卧室里休息。我朋友的母亲通常是穿着工作服在家中，准备好热巧克力等着孩子放学。我的母亲则懒洋洋地躺在没有打理的床上看报，嘴角叼着香烟，既不亲近又十分邋遢，让当时颇具孩子气的严谨道德观的我很是反感。我们只有在傍晚时才会见到面，这时她终于带着沉沉的睡意走出卧室，身上毫不顾忌地只套着件宽松的罩衫，把罐头食品或冷冻食品加热后当作晚餐，随后再度消失，准备出门，而我则孤单地被留在家中，看着她坐出租车前去剧院。只有在接受杂志专访前，她才会匆匆忙忙地整理杂乱的屋子。当我们应要求拍合照时，她的身子会稍微往前倾，下巴靠在我的头顶，如此，摄影师便能同时拍下我胖嘟嘟孩子气的脸蛋和她丰满的胸。我必须承认她当时的确美艳逼人。在她装扮妥当、跟我吻别后，顶着精心梳理的头发，摆动裹着窄裙的臀部，踩着高跟鞋一路嗒嗒地走到门前等出租车时，更显美丽动人。然而，她的美对我构成了一种难以衡量的威胁，因为她的美貌对外人有明显的特殊意义，却让我和她更疏远。每当她用丰满的柔软红唇亲吻我的脸颊道别时，她散发香气和衣领下白皙浑圆的胸总让我觉得自己是个丑陋的小矮人，完全不配拥有这等美艳的母亲，这个吻别不过是来自另一个世界的致命光束，瞬间照亮我。我们甚少长谈，如果这种情况发生，通常也只是她的独白，由她陈述自己的想法，而我只是恰巧在场。她说的内容无非是感叹日子艰辛，人们只想对她动手动脚，有时候她真想尖叫逃跑之类。这时我的脑中会出现一幅画面：母亲穿着衬裙，一头乱发，在郊区边跑边尖叫。我这么说毫不夸张：母亲与我之间的沟通，和父亲在印着骆驼、阿拉伯帐篷、清真寺、大象，或非洲村落的明信片后方的文字，在内容的深度上其实相差无几。父亲的字句简短，除了天气很好之外，就是表示他一切很好，希望我也很好，期待早日见面。他很少深入表达感情，最多也不过是他“挂念着”我。我从来都不知道他究竟挂念些什么，但是我从来没想过责怪他的简短文字，而是视之为男性气概的表征——这与他那些桥梁、水库和发电厂有关。在我的眼中，他简直就是徒手搏斗，坚忍不拔地挑战艳阳、野兽和当地人无法矫正的懒散习性，创建丰功伟业。晚上，我会躺在床上想，总有一天他会带我离开，丢下我那邋遢的母亲，让她尽管去午睡、去上剧院，我会踩在沙漠滚烫的沙子上将扳手递给他，而他则汗流浃背，头也不回地接过工具，肌肉鼓起，在撒哈拉沙漠白腾腾的热气中，为横跨干涸河谷的大桥拧上最后一个螺丝。

父亲结束工程回国的前一天，家中总是会出现急剧的变化。母亲不再整个下午躺在床上，而是突然充满了精力，如旋风般席卷整个屋子，归置物品，扫地吸尘，拍打沙发靠枕，给屋子通风。在过去几周里仿佛打烊妓院般混乱的屋子，突然在几小时内摇身一变，成为合乎中产阶级身份的整洁寓所，和我羡慕的同学的家没什么两样。接着她会进行数周以来的首次采购，展现出前所未有的烹饪潜力。当父亲犹如从神话中走出来、风尘仆仆出现在门口时，母亲会冲上前紧紧环住他，而大笑的父亲最后只得使出浑身解数，才能挣脱她充满爱意的拥抱。那个晚上，我犹如置身天堂，享受温馨家庭晴朗无云的无忧生活，母亲和我坐在桌边，怀着崇拜听着父亲讲述发生在异国的故事。这时，母亲令人炫目的美貌对我不再是威胁，看着她亲吻父亲、双手环住他的腰、诱惑地轻拍他的臀部，我丝毫不感觉痛苦。她扮演这个角色的那一刻极为投入，含情脉脉，双眼濡湿，然而到了第二天，她便烦躁不堪。我眼睁睁地看着我那身为桥梁建筑师、涡轮工程师、水泥专家，绝对坚忍不拔的父亲屈膝求欢，才能赢得美人一笑。接下来的日子，她再次退回自己的卧房，父亲回家时，她板着一张脸掏出冰箱里的食物勉强烹煮，他温柔的语调和祈求的眼神只能让她更疏远、更易怒。她一去剧院，我们就如同大赦一样窝在沙发上，躲入吉卜林[1]、库柏[2]和史蒂文森[3]充满危险但是非分明的世界当中。然而，当他向我道过晚安后，我不止一次透过半开的房门看到他手拿威士忌，呆望着眼前的虚空，无限孤寂。我听到冰块在玻璃杯内叮当碰撞，当他举杯喝酒时，冰块则会撞击他的牙齿。某些夜里，我会被隔壁房间的争吵惊醒，我当时大约十三岁，开始明白家中即将有事发生。一开始只是不祥的预感，很难形容。比如，父亲离开家后，我会听到母亲在隔壁房间里用讨好的语气低声打电话；等在联排住宅前接她的不是出租车，而是私家车；有好几个傍晚，她打电话回家，用罕见的疼爱语气表示，她要和朋友留在城里，毕竟我这么大了，早上也可以自己起床，不需要别人照料。有一天我告诉她，我想去一个常在一起玩的朋友家过夜（其实，我是为了享受短暂的家庭温暖）。但在晚餐时，朋友突然腹痛，于是我被送回家里。那天晚上我醒

① 拉迪亚德·吉卜林（Rudyard Kipling，1865—1936），英国小说家、诗人，著有《丛林故事》等。
② 詹姆斯·费尼莫尔·库柏（James Fenimore Cooper，1789—851），美国作家，著有冒险小说《皮袜子故事集》。
③ 罗伯特·路易斯·史蒂文森（Robert Louis Stevenson，1850—1894），英国小说家，著有《金银岛》等。

来时，听到母亲在隔壁房里的低沉笑声。一开始我以为她在做梦，甚至以为自己在做梦，但她接着又发出一阵阵叹息，我原打算去看看，好确认她是否像我朋友一样腹痛，那可能是某种严重的传染病。但后来，我听到她的叹息中夹杂着低沉的呻吟，便打消了念头。第二天早上，我小心翼翼地打开她的房门，却只看到她独自睡在大床上。那天上学的路上，我想着前一晚的听闻，几乎确定那不过是一场梦。

时间一久，她越来越不掩饰自己对父亲的不忠。或是说，在她不小心揭开遮掩她秘密放荡的生活的面纱一角时，我逐渐明白她的手法。她将我抛给我的朋友，而我也学得她的做法抛下她。如果我没和朋友一起，便会到城里四处游荡。也就是这样，某个冬天，在因缘际会之下——其实也是出自无聊，因为天气冷到无法在街上或公园逗留——我开始参观博物馆，慢慢地注意到画作无声、静止的世界，我的视线终于可以摆脱让自己难以安宁的思绪，投入光影、面孔和景物之中。我在博物馆里觅得宁静，没有人与我说话，也没有人背弃我。逃学的日子，我会静静地坐在展览厅里，让自己迷失在凝滞的风景、定格的事件，以及人物和静物那个浑然不觉的世界当中。我一次大概会坐个几小时，让双眼与裸着身子腾云驾雾的神话人物之间的距离消失，让思绪和画作中的蔚蓝大海没有区别。尽管这些画作的年代各有不同，主题广泛，却带给我同样诧异的明显结论：世界并非由许多不同的地点构成，而是一个相连的、一望无际的辽阔空间。从那时候起，我开始学着观看事情的本质，将世界视为音节组构出来的巨大空间，以光线作为元音，以阴影作为辅音。借由观察静物，我忘了时间的存在。我不再注意人们说些什么，看不见冷漠，也无视焦虑的表情。我不在乎人们是否了解我，不再试图表达，不做作业，但偶尔也能在课堂上正确回答问题。人们想要所有的答案，我只是出于礼貌回应，到最后，我只剩下一句话："我不知道答案。"同学开始窃笑。"你不想回答吗？"老师表现出的受伤和愤怒情绪让我吃惊。我试图简化一切，结果却更复杂。一天早上，一个同学在走廊上拦下我，将我推到挂满潮湿大衣的墙边，怀疑地问我："你打算在十三岁时就去四处撒种吗？"他脸上的表情让我忍不住要喜欢他，我微笑地告诉他："我只有十二岁。"他翻了个白眼，说他很抱歉，但其实他言不由衷。

我坐在教室里，读着雕刻在课桌上的神秘符号，这些记号是以前用过这套桌椅的人留下来的纪念。教室前方有一张摊开的世界地图，粉笔灰仿佛云层，黑板上写着一排排毫无意义的数字和符号。非洲像一辆往前倾的汽车，我自己的国家丹麦像极了正在告诫孩子的小精灵，冷风还一边嗖嗖吹入它的领口。我不再想起父亲，他在艳阳下与水泥搅拌车和搬运吊车为伍，而他的妻子却敞开自己迎接不知名的爱人。我的脑海里尽是沙暴、棕榈叶拍打不停的雨季、河口的三角洲、湖边的村落、山间深谷，以及从某个人们睡在屋顶的国家的清真寺传出来的祈祷声。我不再参与同学之间任何有关家庭状况或度假计划这种建立互信关系的话题，很快就忘记该怎么措辞。甚至于爱情，也很快离弃了我。班上有个小女孩，紧身棉衣下坚挺的小乳房清晰可见。她就坐在我的前面，手肘老是架在课桌上，扎起的马尾辫刷着颈子，白色棉衣下的肩胛骨像是收叠起来的翅膀，凸起的脊椎画出点状线条，一直往下延伸到裤子下方，腰带紧紧系在腰上，勒出倒心形的骨盆和臀部——一颗浅蓝色、膨胀而倒置的心。她有双蓝色的眼睛，而她早熟的美丽让我以为她可以比其他人更了解我，前提是，我得先找到合适的话题。我开始想象她的蓝眼和我用同样的方式看到相同的事物——本质。我和其他同学去过她家，大伙儿就坐在地板上喝茶听音乐。那一天，在场有个自以为聪明的小鬼老是说些笑话，我看着她对那个蠢蛋展露美丽的笑容。后来我最晚离开，我和她就这么面对面坐着，一直到唱盘开始空转、蜡烛烧尽。词句就像一座巨大空洞的建筑，隔开我们两人，让我们找不到彼此。我曾经和她在舞会中共舞，和一般的慢舞一样，靠近的两个人直挺挺地矗立在昏暗中，我能感受到她衣服下的温度，嗅到她发丝间的香气，却不知道双手该如何从原有的位置往下移到她的腰臀，她近在眼前，又远在天边。在我做出反常举止之后的某个下午，她在我回家的路上拦住我，我们就站在学校运动场的围篱旁。她问我，究竟发生了什么事，为什么老是避着大家。她身后，足球场的草坪突然无限延展开来。原来是大家公推她来找我，并不是她自己的主意。“大家”派她来，因为所有人都注意到她湛蓝的眼眸对我有十足的影响力。她的小乳房在干净的棉衣下对着我招摇，她用蓝色眼眸盯着我，但是这段谈话不过是施舍，是一桩阴谋。我看向草坪。我一直觉得这片草地宽广得吓人，穿着短裤的学生们在上面奔跑，往外散开后，全变得十分渺小。我总是尽量避开球，但偶尔球还是会落到我面前，这时我总是十分乐意地将球留给离我最近的对手。我站在那儿，看着她骑上脚踏车，白色的身影后脚踏车的反光灯一闪一闪地发亮，随后消失在郊区大道两边的七叶树间。

我不知道自己是否期待父亲插手干涉母亲公然的不忠行径，也想不出他能怎么做。把世界翻个面吗？毒打她，还是用他从阿拉伯带回来送我的小匕首划开她的喉咙，再切腹自杀？就算他在家，她找的借口也草率荒唐，但是他视若无睹，只是在夜里，当他以为我睡着了之后，会彻夜等她回家。当她终于到家，他会开口问些哀伤又屈辱的问题，她则以愤怒和嘲笑来回应。有次我听到她说，如果他要继续这种荒唐的猜疑，她只好为自己找个爱人来满足他的想象。这种夜间闹剧通常在她走进卧室甩上门后便会落幕，接下来我会听见他在卧室——我猜，如果不是跪着，就是坐在床边——恳求她的原谅，并且再三表达自己的爱意。有些时候，她干脆就离开家，这时他会坐在客厅里，以威士忌和香烟为伴，直到天亮，直到鸟儿开始在无人的道路上啁啾啼鸣。之后，她就算离开剧院也越来越少返家，我们可能要隔好几天才会看到她。我们父子独处时，父亲会展现完全不同的面貌，煮饭、打扫，还会问起我在学校的情形，我撒谎以对，因为我觉得在这一片愁云惨雾之中，他至少该听些好事。但是，在那些午后，当我回到家，看到他系着围裙满屋转悠时，我实在无法热情回应他的关切。我会把自己关在房间里，只在他小心翼翼地敲门进来坐在我身边时，我才不情愿地答话。我知道我的这种疏离无异于在他的伤口上撒盐，但是他抑郁的眼神和温柔沮丧的微笑却让我更加沉默寡言。最后，在离开之前，他总会温柔地拉拉我的头发，这个动作让我自责更深。一个初夏的午后，我回到家，看到数日不见的母亲。她站在客厅窗口往外看，父亲倒卧在地上面对墙壁，发冷似的浑身打战。他没看到我，我站了好一会儿，听到父亲发出不可思议的哭泣声。许久之后，母亲才毫无表情地转过头来，脸色苍白，筋疲力尽。她看着我的样子，似乎把我当成舞台上的陌生人。我立刻下定决心，进入自己的房间收拾背包。我离家时，没有人发现，他们完全沉浸在自己的悲剧当中。

树林后面有栋废弃老屋，屋前原来的花园长满高高的灌木，不仔细看，还真的看不出有这么一个地方。老旧的屋顶塌了个洞，一路贯穿到一楼，破碎的梁木和砖瓦全都堆积在这个朝天的开口里。下课回家途中，或是周日出门，骑车在空无一人的路上闲逛时，我经常来屋里探险。我经常一待就是好几个小时，坐在发霉的旧沙发上晒太阳或观看雨滴穿过屋顶的大洞，直接打在碎玻璃、碎壁纸和破窗框的灰尘之上。这座老屋就矗立在森林边的一条死胡同深处。森林将触手探进荒废的花园，清风则将植物种子吹过窗户带入屋子，水泥墙壁和地下室地板上的缝隙也因为植物根部的生长，越裂越大。蔓生的绿茎一路穿透脱落的木板，在一度是客厅的空间里，新生的枝丫就依附在残破的壁纸上。再过几个夏天，这些植物就会一路攀到天花板上去。

当我第一次把脚踏车靠在摇摇欲坠的篱笆旁，穿过杂草接近老屋的时候，有种被人监视的感受。不管是在路上还是在杂草丛生的篱笆内侧，都没有别人，老屋就矗立在浓密的灌木丛后方，漆黑的窗口犹如骷髅的眼窝。我爬过其中一处眼窝进到屋里，低身穿梭在倾倒的椽木之间，踏过坑坑洼洼的地板，一会儿闪避刺眼的阳光，一会儿又在昏暗中跌跌撞撞。通往二楼的楼梯几乎完好，我穿过两边都是门的走廊，一侧的门外什么都没有，屋子的这个部分完全倾塌。走廊底端有个房间，除了屋顶上的大洞之外，状况称得上良好。沙发就放在这里，四面的墙壁上都钉着书架，上面还留有几本书，皮质封面里的书页泛黄发霉，还被虫蛀过。我在地上找到一个破损的相框，其中的旧照片上是艘现在看来已经发黄的轮船。轮船在灰色的海岸下锚，旁边的陆地上种植了一些棕榈，叶片相当茂盛。我在屋里也找到了清水，墙角有一捆老旧的水管，连接在浓密常春藤后方的一个水龙头上。龙头没有锈蚀，我看到原本红棕色的水渐渐清澈，心里欢喜万分。清水在阳光下闪闪发光，仿佛刚抛光的银子。

刚开始，我只是暗自欢喜，乐于有个没人知道的避难处。过去几个星期，我早已从父母家中搬来各种有用的物品，比如书本、罐头食品、饼干、各种厨房用具、毛毯、睡袋、野炊炉、收音机，还有一盏防风灯。如果我想睡觉，曲起腿来侧个身子，老旧发霉的沙发就可以充当我的床。白天，我利用光线来整理各种东西；黄昏，图书室摇身一变成为我的家。收音机里播放着勃拉姆斯的小提琴协奏曲，我一边给自己打气，一边用野炊炉加热西红柿汤当晚餐。我成功离家出走，不再只是念头。尽管如此，第一天晚上我还是难以入眠，我一边躺着听远处的车声和脚下老鼠发出的吱吱声，一边还试着分辨天上的星座。我的事前准备虽算周全，但仍有遗漏，比方说，我就忘了带卫生纸。一直到第二天早上，这个疏漏的严重性才真正出现。我在阳光下醒来，发现睡袋上沾有露珠。至于另一方面的需要，我训练自己使用长长的杂草，每天变换不同的地点。不到一个星期，整个屋子已经被我绕过一圈，所以我回到第一处排泄点，发现排泄物已经风干硬化，不至于太臭，至于其他的，也只好交给大地来处理。我在第一次穿过潮湿的灌木丛时，不但被露水沾湿了裤子，还得双手护着头，以避开刺棘。我蹲在花园一角，抬头一看，觉得新居的窗户简直像极了眨都不眨的眼睛。我忘了带书包过来，这个疏忽终于让我痛下决心：不再上学。我在早晨出门四处游荡，到超市的后门——也就是下货的地方——偷取食物；下午我会躺在沙发上看书，或是盯着飞越房间的鸟儿发呆。

我很快就习惯了新生活的种种不便，不但不再害怕老鼠，甚至还照顾起这些小动物。废弃老屋是这一带野猫的聚集场所，我到超市搜刮食物时，也会带些猫罐头回来，但是到了晚上，还是可以清楚地听见猫儿仍然喜欢猎捕真正的食物。我尽力保持某种程度的个人卫生，每天早上在屋后的水龙头下清洗，并且用电视上学来的非洲女人洗衣的方式，将内衣裤放在石头上拍打洗净。我觉得自己好比探索荒岛的鲁滨孙，周游在郊区杂草丛生的花园里。聆听收音机的感觉很奇怪，像是收到从遥远星球传输的信号。有天下午，我听到寻找失踪男孩的广播，名字和长相与我完全相同，我的第一个反应是多么有趣的巧合啊，这个陌生的男孩简直是我的翻版。我当然知道父母可能会担心，但是他们要处理的事情已经够多了，所以也没想到把自己的去处告诉他们。我偶尔会听到一些失踪人口事件，人们会在泥洞或湖里四处寻找这些人，知道自己如今成为其中的一分子，感觉相当神奇。我想起莱斯利·霍华德[1]在电影《红花侠》[2]当中的打油诗："这儿找，那儿找，法国佬啊四处找；来无踪，去无影，红花侠他躲哪里？"有时候，母亲在躲入卧室时会半带歉意半带自责地说她得"独处"一下。直到这时候，我才终于明白她的意思，终于也可以"独处"，不必在意他人的眼光、话语、那些无法产生共鸣的故事，以及派不上用场的计划。我忘了自己其实置身于废墟，迷失在书本以及嬉戏于房内的光影和植物之间，时光和过去所学不再有任何意义。我走入暮色下的花园，大梦初醒般仔细观察眼前的景物，看着夜色笼罩在我的栖身之处。晚上，我朗诵几行过去

---

① 莱斯利·霍华德（Leslie Howard，1893—1943），英国舞台剧、电影演员。
② 《红花侠》（*The Scarlet Pimpernel*），英国电影。

读过的英文诗词，作为小小的私人仪式。我记不得诗人的名字，但是这几行文字像祈祷文一般镌刻在我的脑中，比莱斯利·霍华德的台词还要清晰，完全阐释了我的心境："我是无名小卒，你是谁？和我一样，也是无名小卒吗？果真如此，那么我们成双成对——嘘，别告诉别人！他们会四处宣传。做一个名人很可怕，任何人都认识你，像只青蛙……"我只记得这么几句。每当收音机呱呱播报新闻评论、寻找失踪人口的进展、乐透开奖号码和海上天气预报的时候，我的脑海中便会浮现一只众目睽睽之下的青蛙，伴着我身边的雨声，以及老鼠和叶片发出的窸窸窣窣声。

在我的记忆中，这段时间持续了整个夏季，但实际上却只有一两个星期。我忘了父亲是怎么找到我的，只记得他某天走进篱笆内喊我的名字，音调和往常一样温柔谨慎，好像把我当成逃家的小猫。我带他参观废弃老屋，给他看地基仍然稳固的部分，之后请他在沙发落座，并且礼貌地问他是否想喝杯水。他先将杯子对着光线察看，似乎不怎么信任我："原来你就是躲在这里。"我说："我没有躲，只是搬过来住。"他只是温和地看着我。他也搬家了。我感到惊讶，竟然不是母亲搬出去住。他说这样比较好，毕竟他经常不在，所以在城里找了个住处。他说母亲想念我。看他脸上的表情，似乎还真是这么回事。我问他是否痛苦。"是的。"他说，微笑中带着歉意。他称赞我将一切打理得相当不错，当我说出自己如何到超市窃取食物时，他被逗得大笑。他起身离开时塞给我一把一百克朗的钞票，好让我能"有计划地购物”。他没有试图说服我放弃隐居生活，他知道多说无益。再说，我的行踪已经曝光。道别后，他站了一下，我伸手拥抱他，他很惊讶。每当提起父亲，我总会想起他当时在阳光下，站在破碎的瓷砖当中，回首向我道别的模样。第二天，我回家了。母亲告诉我父亲去了也门，负责监督涡轮厂的建造工程，要待上好几个月。她花了一些时间扮演慈爱的单亲角色，特别是在她和父亲离婚成为小报头条的那个星期。她甚至还在周末为我烤饼干，但是没过多久，便又恢复了午后躲在卧室的老习惯，并且经常在外面过夜。某天傍晚，母亲一边站在走廊的镜子前涂睫毛膏，一边等出租车时，好像突然想起什么似的对我说：“你的父亲是个可怜的笨蛋。”我想回话帮他辩护，却没说出口。然而，在她抛给我一个飞吻乘车离去后，我却对自己的沉默感到十分愤怒。我和母亲互不干涉，她有时候会去一个又一个爱人家中过夜，有时候也会将他们带回家来。他们对我相当礼貌，把我当大人看待。渐渐地，我也习惯在早晨准备上学时，看到一张张不同的面孔在家中来去。虽然我回到旧日的生活，但是在废弃老屋度过的时光让我有了重大的改变。我的出走事件在学校传开了，为我带来些传奇色彩，我从班上的怪胎摇身一变，成为众所瞩目的焦点。此外，如果真要比较，家中的确比废墟舒适。几年后，当我开始交女朋友时，我甚至还欣赏起母亲那种以自我为中心的生活态度。她根本不在乎谁在我的房间里过夜，当发现出入的甚少是同一个女孩时，她甚至觉得有趣。至少，她的儿子不是什么可怜的笨蛋。

我学会了如何与人相处，也学会了游戏规则，这些无伤大雅的游戏代表一切，却毫无意义。不管我和哪个女孩共度北欧的白夜，或是在沙滩上将手探入哪个女孩的衣下，手和心灵总有相同的距离——那个外表看似甜蜜、手忙脚乱寻找保险套的幸运儿，其实和他内心里的那个人差距甚远。我会想起内心深处的温柔景象，想起在废弃老屋里度过的快乐日子，平和地躺在发霉的沙发上，身边只有凶猛的野猫和颤抖的老鼠。这个隐士在倾塌的王国内冷眼旁观，但是我看不到他，只能看到断壁残垣之间的模糊雪花。每当有女孩在我耳边低语，我总会回应，这些话语无非是一种交易的筹码，拿甜言蜜语换取亲吻爱抚，而一个充满爱意的眼神便足以让我埋入温暖的躯体。表现在外的一切，和内在的我差异太大，只有待在废弃老屋里，看着鸟儿在屋子里飞翔、地板冒出树枝时，我才会忘却这个距离。看着母亲精心装扮外出会情人，我实在很难理解她当初为什么会和父亲同住。他们当时很年轻，与其他年轻的情侣没有什么两样，总为北欧的白夜所惑。也许，某个沙丘上或小房间的幸运夜晚为爱情故事加码，也许他们高估了巧遇的重要性，被一时的爱情冲昏了头。也或者是，这两人厌倦了寻寻觅觅，于是互许终身。事情的发展，让我怀疑自己的出世是否纯属误会，我也开始怀疑，对她而言，我是否在正确的时间出现在正确的地方。而当我逐渐长成一个帅小伙后，她终于对我投入了更多的兴趣。她会半开玩笑地刺探我的情感生活，也开始对我吐露心声，其实我对于她和什么人交往一点兴趣也没有。我们成了“好伙伴”，我是唯一“了解她”的人。父亲如果回丹麦，我会到他位于城里的住处探望。他总是一如往常地谈起桥梁和水库，我也总是表现得心不在焉。当他谨慎地问起家中状况时，我通常敷衍应对。和他并肩站在热带建筑工地的梦想已经遥不可及，毫无实质意义的空洞明信片也变得十分幼稚，正如我小时候从床底下拿出装着明信片的小盒子彻夜把玩一样傻气。

父亲在谢幕掌声中惊醒，当母亲独自出场，以刻意摆出的谦虚姿态接受某个害羞的售票人员献花时，他是第一个起身鼓掌热情叫好的观众，仿佛是为了补偿在演出当中的呼呼大睡。“热情叫好”恐怕还不足以形容，观众简直疯狂，他们的双眼发亮，就像喜获重生的教徒，不停地热情鼓掌，恐怕手掌早已红肿。母亲再次掳获观众的心，以毫无新意、夸张而矫饰通俗的演技强行引领观众的情绪，让他们以为眼前的生命精纯深刻又充满惊喜，而非当夜暂时抛在脑后的那种廉价单调的寒酸日子——在灯光暗去，他们将同时怀抱极乐与羞惭，重新落入现实当中。最后一次谢幕后，我陪同父亲和其他几名贵宾到后台去，参加她特别打电话提醒我的“小庆祝会”。我站在暗处，看着母亲挂上笑脸，向父亲送上脸颊，等着他谦卑地献上亲吻。经过三十多年，我依然可以看出他试图在表情当中夹杂着亲密情感和幸存者轻快又没受到伤害的态度。这么多年之后，他期待的就是这一刻，永不厌倦地向她——和他自己——证明过去的创痛已经被抚平。但是在他赢得任何温暖的回应之前，母亲已经将脸颊转向下一个等在后方的仰慕者。对她而言，他与一群环绕在身边的人相同，地位无异于白雪公主身边的小矮人，对她献上纯洁奉献的心意。对他来说，她则是一个过去的创伤，伤口虽然不大，却仍然醒目。他想保持体面，对着世人露出微笑，借此转移人们的注意力。他失落地环顾四周，任务突然宣告结束，于是再次孤独地处于人群当中。我藏身在一群剧院理事夫人身后，她们浑身香气，如痴如狂地聆听一名手舞足蹈、发音不清的艺术指导讲述自己在表演工作上遭遇的艺术危机。当我再次看向父亲时，他已经离开。

我正打算借机溜出门，却被母亲看到，她突破香槟酒杯和挥舞的香烟构成的重围，如一枚热追踪导弹般朝我而来，用透着母子团聚喜悦的嗓音大声喊我，使得在场的所有人都朝我转过头来。她的演出是不是很糟糕？我只好对她那张挂着焦急小女孩表情的脸庞露出笑容。她很清楚我对这种夸张戏剧效果的看法，而我总是强迫自己用模棱两可的反讽评论接招，但在我开口之前，她就换上另一张虚假哀伤的面孔。“你那迷人的妻子呢？”她是“那么”期盼见到她。我含糊地提起斯德哥尔摩，但她立刻看穿我的小心思。我心想，她不只笨，还十分狡猾——这点她从不否认，她的直觉真是越来越敏锐，因为这是她唯一无法被收买的天分。“你们两人怎么了？”如果光听她说话，旁人会以为我和阿斯特丽德不过是两个争夺玩具的孩子。我假装不懂她在说什么，希望能套出她对我们的状况有多了解，又是从哪里听来什么消息。但我发现自己再次误判情势，她只是拍拍我的脸颊，咯咯笑着安慰我：“没事的。”接着就摆出灿烂的笑容迎向摄影师。后者早已摩拳擦掌等候多时，打算为这位名伶及其爱子拍下亲密的合照。在眼前亮晃晃的闪光灯余光还没退去时，我发现自己被独自丢在舞台一角。显然，我才是应该放弃让她说出实情的人，因为当她发现我不打算阻止她探究我的隐私，并可能在虎视眈眈的众人面前道出一切时，便没再追问就离开了。

我的目光没有离开她，这时她上前拥抱一个三十多岁的女人，看起来十分面善。她对母亲过度用力的拥抱十分警觉，立刻靠向身边的男伴，这会儿轮到他亲吻母亲的脸颊。他年纪较长，一头波浪般的白发，满脸皱纹，眼神坚定，皮肤是晒出的健康色，身材消瘦，但依然抬头挺胸。我没有立刻认出他来。他当然会被邀请，母亲曾出演了他执导的几部电影，如果我没记错，她过去和他也有过一段情，那是在他遇见阿斯特丽德很久之前的事，那时候阿斯特丽德和我都还在蹒跚学步。我看到他放在母亲背上的手满布着皱纹和老年斑，不禁自问，这个在许多年前——在我遇见阿斯特丽德的一分钟前，穿着短袖衬衫站在冬夜冷风中对阿斯特丽德大喊的导演，当时不过是华发初生，我为何从来没想过他的年龄其实和我的父亲相当。他现在带着当年的年轻女郎（比阿斯特丽德还小）站在这里，即使他当时的年龄足以当自己儿子的祖父，即使阿斯特丽德当时依然年轻窈窕，他依然迷恋着这个年轻女郎而无法自拔。明白阿斯特丽德不可能回头之后，他和那名年轻女郎安定下来，甚至还和她生了个孩子，让她很难抛开他离去。然而现在，他也不得不面对黄金年代已然流逝的事实。以他的年龄，几乎可以当她的祖父了，但是看着这两人在一起的模样，没有人会有此想法。他保养得很好，她却没能保持当母亲之前的苗条。总的来说，他看起来依然健朗。也就是说，他其实暗地里靠着年轻妻子来撑住自己。如果他真心对她好，也许她会陪他走完人生。西蒙十三岁时，问我们是否能同意他不再去探望他的父亲。对西蒙而言，到一度是家的地方探访另组家庭的父亲是一件越来越难忍受的事情。我不觉得原因单纯在于他自觉受到排挤，他应该成熟到足以理解探访背后的真正原因：他的父亲让他去，是因为儿子的来访证明他当初的背叛已经得到谅解，所以他另结新欢是一件可以宽恕的行为。

为了西蒙，阿斯特丽德也得心不甘情不愿地和他打交道。他好几个月才会打一次电话过来，如果碰巧是她接听，她总会情绪激动地去喊西蒙接电话，她用“你的父亲”来称呼导演，而不是只说“父亲”。她一直没有原谅他，显然也没有原谅自己，因为她曾经扮演过同样的角色——导演藏在暗处的心肝小宝贝。但不管她怎么坚定，依然躲不过他的六十岁生日。不管家人相处的状况如何，这种传统家庭聚会依然有令人讶异的巨大影响力。虽然我经常乐于隔好几个星期才给母亲打一次电话，但她仍然在每个平安夜来和我们一起共享晚餐。人们为什么那么重视那些所谓重要的日子，不是根据自己的感受，而是日历上是那么标记的。这些日子对阿斯特丽德特别重要，因为她很早就失去了双亲，又是独生女。西蒙、罗莎和我是她的家人，而且是出于她自己的选择，就像她许久之前拒绝了与导演的家人关系一样。她当天会出席他六十岁的生日会，并不是为了西蒙，因为西蒙看到信箱里的请帖时也只是耸耸肩，没有特别反应。请帖上，导演穿着泳裤，一手环着少妻，肩头坐着出生不久的孩子。照片的拍摄地就是他在郊区的别墅。魅力十足的导演站定身子，眼神坚定，手就放在少妻坚挺的臀部，阳刚味十足的虚张架势让他看起来就像毕加索。阿斯特丽德说："看到我们出席，他一定会很高兴。""是啊，他当然会高兴，像个君主一样，把后宫女眷聚在一起，然后摸着下巴，像欣赏自家花园栽种的花。"于是，我们去了他的别墅，就是我曾经开着出租车在门口等待牵着西蒙往外冲的阿斯特丽德的地方。寿星和家人站在门口迎接，场景和请帖上的图片完全相同，虽然少了泳裤，但多了粉红色的衬衫和夏季的浅色长裤，毕竟他模仿的不是毕加索，而是维斯康蒂[①]。我看得出他的新妻子看到被自己取代的对象，惊吓得差点昏厥，但是阿斯特丽德以安抚的眼神让她宽心，而导演双手则像钳子一样久久紧握着我的手。夏季的周日，宏伟的白色别墅，加上宫殿般的窗户和黑色瓷砖，一切都为伟大的和平条约做好准备。

导演六十岁那年，我和阿斯特丽德都只有三十多岁，西蒙

① 卢齐诺·维斯康蒂（Luchino Visconti，1906—1976），意大利电影导演。

十三岁，导演的新妻子才二十岁出头。他的第一任妻子已经将近六十，第一段婚姻生下的女儿和我们年纪相当，最小的“新成员”只有三岁。我不是假意摆出道貌岸然的态度，只是想说明这个犹如时光回旋的复杂状况。用餐时，我发现身边的宾客竟是他的女儿，他的这个家庭架构萦绕在我的脑海里。晚宴在花园里临时搭起的帐篷里举行，这是“以防天公不作美”。事实证明，这个担心实在多余。太阳无情地烘烤着帆布帐篷，沉闷的空气中有股橡胶的味道，开胃菜还没吃完，就已经有种坐在桑拿房里的感觉。穿着西装，打着领带，坐在桑拿房里蒸，想想都知道是什么感觉。我找着话题和他的女儿聊天，汗水就沿着我的眉毛往下滴。他女儿骨瘦如柴，嘴唇很薄，发型朴素，虽然和我们年纪相仿，但看起来至少老十岁。她在癌症病房担任护士，我百般努力终于化解她的冷淡，结果整个晚餐就只听她滔滔不绝地讲述癌症末期使用吗啡这类止痛药物的道德层面思考。明知吗啡会在短期内严重伤害人体，但是在病情毫无希望时，我们是否该用吗啡来止住病人的痛苦呢？这是不是一种近乎安乐死的做法？我似乎可以看见消瘦的病人身穿过大的医院罩袍，紧抓着足以致命的点滴药剂，在结冰的湖面摇晃行走。其实我倒宁愿安静地观察护士小姐的母亲，也就是导演的第一任妻子，她体形矮胖，身穿俗丽宽大的刺绣连衣裙，被自己说的笑话逗得大笑不止。她显然不甘于只做个胖女人，并决心摆出端庄高雅的一面，与其躲在怨恨当中，她宁可抱持着欢乐的态度来看待这一场大和解，尽管在导演为了阿斯特丽德离弃她之后，她便一直独居。她俯身向前夫的新妻，贡献出养育小孩的建议，用来遮住双下巴的蓝色丝巾随着她的动作落入一盘生菜，年轻的新妻害羞又顺从地点头，感谢臃肿的年长妇人的好心忠告。尽管如此，当这个臃肿妇人举杯时，我还是看见她紧张地瞥向获得殊荣、坐在男主人右侧的阿斯特丽德。阿斯特丽德一如往常举杯庆贺，带着面对陌生人时才会露出的礼貌笑容，聆听浑身冒汗的导演提起过去发生的逸事趣闻。导演有时候会揉弄西蒙的头发，这时阿斯特丽德会露出冷冷的眼神，西蒙虽然瑟缩拒绝，但还是保持微笑。瘦巴巴的护士和我谈起孩子。她没有小孩，和她的母亲一样，也独自居住，但是她经常旅行，勇敢地独自去过墨西哥，也去过印度。她提起这些异国旅行的模样，就像想让人认为她的美梦已经完全成真。导演开始致辞，这些话和他本人如出一辙，完全不在世俗规范之内。他红着眼，先后向在场的每个女人道谢，她们对他意义重大，并且“让他的生命更为丰富”，虽然他得说，这“对她们并不容易”。他的新妻子像个小女孩一样坐在板凳边缘，拘谨地玩着桌布上的面包屑；丰满的前妻歪头露出诚心的笑容，眼泪顺着抹粉的脸颊流淌；最小的女儿坐在桌子下拉扯杂草；大女儿若有所思地盯着空餐盘，可能正在沉思安乐死的问题，或是想起上次的尼泊尔之旅；西蒙不见踪影；至于阿斯特丽德，她将头转开，直盯着我，轻轻抬起眉毛，然后扬起嘴角。

我没向母亲道别就离开剧院。我许久没有独自在晚上漫步街头，走在国王新广场的树下，享受凉风拂面，聆听脚下干树叶发出的窸窣声响，看到光线照亮了树木后方英格兰大酒店的整栋建筑，心情跟着愉快起来。和所有的星期五一样，城里的闹区挤满了人，都聚集在酒吧前面，我也曾经被人群推挤，满心狂喜，对未来模糊的期待是最大的动力。年轻人在酒吧前排队，互相推挤，飞蛾扑火般急切地想要入内，我突然感到又老又累。这是他们的城市——至少在夜里如此，完全不属于我。我记得一名友人在几年前这么说："如果我们也那样挤在酒吧前面，"他一边说话，一边瞥向喧闹的年轻人，"会不会突然有哪个家伙回头大喊：'嗨，老爸。'然后我们就只能回家了。"我会在今天再次看到罗莎吗？我看着那些女孩，浓妆艳抹，穿着透着冷酷迷茫，看起来比双颊红润、头戴棒球帽的男孩们要老成得多，男孩们说着笨拙的笑话，女孩露出浅笑，像是深感无聊的模特儿。在女孩们完美无瑕的装扮之下，她们的脑袋里则想着另一幅画面，其中的光线要亮一些，影像层次也比较清楚，有着平静的灰色眼睛、低沉的声音和黑暗不堪的经历的成年男子正驾驶着黑色跑车带她出城，去往海滨的高级旅馆。这出以慢动作播放的影片配乐十分哀伤，伴着音乐而来的海风吹动薄纱窗帘，她闭起双眼，他们冰凉的肌肤相触，仿佛等待了许久的陌生视线终于交会。我在地铁北港站（Nørreport）前的小吃摊买了热狗，我有好几年没吃热狗了，一整天下来，我虽然无所事事，却忘了吃东西。我慢慢朝家走去。湖对岸的霓虹招牌映在波动水面上仿佛彩色的薄雾，我站了一下，观赏霓虹母鸡下了颗霓虹蛋。过去我经常和西蒙、罗莎这么观望霓虹灯。屋顶的那排霓虹招牌尾端显示的是日期。墨黑的天色衬托出红色的日期，十月十七日，阿斯特丽德离开将近一个星期了。我十分疲倦。过去几天来，我集中意志力，在罗莎、美术馆馆长、其他几名晚餐宾客，以及我父母面前装出一切如常的模样，心里却一直担心大家会问起相同的问题。阿斯特丽德去哪里了？她为什么离开？明天，我要坐飞机去美国，离开这些人，终于可以独自面对没有答案的问题。我身后有个男人坐在板凳上，身上裹着一件发亮的大外套，腰上还系了条绳子，他对经过的路人吐出一串辱骂，发霉的大塑料袋里装着他所有的杂物。我实在不清楚，那些塑料袋里究竟装了些什么东西。走进公寓大门之后，和往常一样，人还没走到楼上，楼梯间的灯光就自动熄灭。我终于踏上最后的阶梯，看到家门口有一点微弱的红色火星。突然间，火星往上抛，不一会儿，楼梯间的电灯亮了起来。

上次见面之后，罗莎的男朋友理了头发，头顶只见一片暗色的发根，但是这个造型并没有为他增添帅气，反而让他看似摩洛哥街头的小男孩，因长头虱而被剃光脑袋，展开脏兮兮的小手讨钱却惨遭忽视。这位装置艺术家同样也伸出了他的手，但不是为了乞求施舍，而是要与我握手，这个降尊纡贵的文明举动着实令我讶异。“你有没有看见罗莎？”他开门见山，但声音低缓。我实在不懂自己当初怎么会被这个有礼又严肃的年轻男人吓到。我表示自己完全不知道罗莎在哪里，绝口不提下午在咖啡馆里看到罗莎的事。再说，那毕竟是好几个小时之前的事了。“你知道上哪儿可以找到罗莎吗？”我想到她可能和红发女郎在一起，但是我对他摇头表示不知情，心中突然有种满足的感觉，决定与女儿站在同一阵线。他站在原地，怅然地看着手里的烟蒂，都快烧到指甲了，但他显然不想在我面前将烟蒂踩熄在楼梯间的地板上。我开口问他是否要进屋将烟蒂丢掉。他将烟蒂扔进马桶——显然我们是同好，还好阿斯特丽德没看到。他在客厅里踱步，看来，想打发他没那么容易。我表示自己第二天就要去纽约了，得熨衣服准备打包。但是他不明白我的暗示，反而盯着我看，不懂这和罗莎有什么关系。他已经一整天没看到她了，老天爷，他早该知道的。“你们是不是吵架了？”他再次看向我，这次目光带着探究，然后耸耸肩。他不明白，她为什么突然就离开了。他原以为她只是出去买烟。他找遍全城都没找到她。这说法真是老掉牙了，我想，她出门买烟，然后再也没有回来。至少阿斯特丽德从没用过这种老掉牙的借口。我实在不知道该说些什么，于是问他是否想来瓶啤酒。这下我可被他缠住了。我去拿啤酒，心里有种困窘的感觉：我们似乎有着相同的命运，同样是被抛弃的男人。

他坐在厨房桌边，看着我拿出烫衣板。他说，他读了我那篇对杰克逊·波洛克的艺评。我微笑以对，开始动手烫衬衫衣领，一堆微潮的衬衫就堆在他身边的桌子上。“你有什么看法？”事实上，我对他的意见毫无兴趣，我几乎猜得出他的看法。他说得吞吞吐吐，似乎现在才想着去摸索自己的看法。“评论当中提出了相当有趣的观点”——等于没说。然后我接着说，我总是先烫衣领，然后才烫袖子，那是最难烫的部分。他张嘴看着我，露出一副不可置信的表情。我将熨斗压在抚平的袖子上，烫出清晰的线条。他点了另一支烟，说他其实并不总是那么忌妒。我告诉他，这实在没什么道理，坐飞机行李托运时，不管多小心打包，衣服还是会皱。他问我，曾否怀疑她同时和别人交往。我直视他的双眼：“别人？”他转开视线。他的双眼发亮，我担心这个身穿皮夹克的光头年轻人就这么哭出来。我表示，如果有，她可能也不会告诉我。他露出苦涩的笑容，就着瓶口灌啤酒。几个星期前，他在去洛森堡宫的路上，看到她和某个老男人同行。嗯，那个男人也没真的那么老，大约跟我差不多。他从巴士上碰巧看到他们。“你有没有直接问罗莎这个人是谁？”他轻哼一声，像是窃笑，而不是轻蔑：“倘若换成你，会开口问吗？”我不置可否。他问了，问她是否有了“别人”。他问过好几次，最后总是以争吵收场。她觉得自己备受监视，说自己从来就没有给过任何承诺。我再次看着他，而他则低下头，眼睛盯着地板。我想表示友善，又想不出该说什么，但是我完全明白他的每一个念头。随后，他起身，感谢我的招待，叫我不必送，他知道怎么出去。

他走进黑夜，摇摇晃晃地四处游荡，孤孤单单的，像是个被抛弃的人。我历经过相同的阶段，却忘了那种感受。我只能对自己傻笑，取笑自己当年为了走入纷飞雪花当中的艾妮而深深受到伤害的幼稚心灵。当年我在夜里开出租车拉着乘客到处跑，受伤的自尊在脑袋里轰轰作响，比追着自己尾巴绕圈的挨饿野狗好不到哪里去。装置艺术家离开后，我笑了出来，但是完全没有恶意。我想到他即将面对的所有痛苦，其实，最糟糕的部分将会是他的自怨自艾。我自己的女儿在因缘际会下，遭遇到年轻时的我，这实在相当讽刺。我想起那天下午坐在咖啡馆外的罗莎，她对着喷泉和鸽子沉思，完全不知道我在旁观。即使我猛拍窗户拼命挥手，也无法碰触到她。她越来越像阿斯特丽德，两人同样有浓密的棕发、宽脸颊，细长的眼睛似乎可以看清一切事物的本质。罗莎仿佛就像认识我之前的年轻的阿斯特丽德。这个年轻女郎才刚长大，在世上孤单一人，也许她真的去和年长男人会面——并非真的那么老，只是比她年长，大约与我同年——正如年轻的阿斯特丽德曾踏着躲躲藏藏密探般的脚步穿过市中心，与那个有一双有力手掌、满头灰发的年长已婚男人幽会。也许罗莎就是为此穿过市中心，因为另有计划而露出微笑。她在与红发友人道别后，接着与脸颊消瘦、目光沉着的年长男人会面，她觉得自己就快要沉溺在男人紧锁的凝视当中，她希望他带她走，她正毫无抗拒地朝着不知名的目的地前进。

我在脑海中描绘阿斯特丽德的模样：她依在灰发导演身边，沿着斯德哥尔摩豪华旅馆的走廊往前走，他先打开一扇门，再过不久，她就躺在房里，等待这个已婚男人的宠幸，而世人完全被蒙在鼓里。也许罗莎穿过市中心的时候，也怀抱着相同的决心。这种梦幻般的坚定步伐，同时也带着艾妮从一个男人走到另一个男人的身边。她们迈着躲躲藏藏、充满背叛的步伐，一步步走向险恶的未来。面对男人成熟的欲望，罗莎也许会露出相同的微笑；也许她早已想到自己只是他烦闷生活中的小小抗争，当他用令人窒息的欲念锁住她的身体时，她也同样微笑以对，然后闭上双眼，消失在他的手掌之下，坠落到无底的深渊。男人俯下身子占有她们的那一刻，罗莎、阿斯特丽德和艾妮或许体验到相同的冲动，想在男人的目光下消失，和当初踏入贴着壁纸的旅馆走廊、消失在图画之间的门后感觉相同。每次，她们在不同的床上起身，看到陌生的自己，也许会有同样轻飘飘的感觉，觉得自己的脸庞像是七彩贝壳，被那些已有家室的可怜虫用充满欲念的双手捏碎。而每次她们离开另一个男人，独自在夜里穿过市区时，都能感受到清凉的微风拂过皮肤，好似脸上别无他物，只有一层透气的薄膜。没有人告诉在街上踽踽独行的艾妮、阿斯特丽德和罗莎，她们究竟是谁。在夜里，睁大双眼快步疾行的，是同一个年轻女人，浮现在她身边的陌生面孔，不过是飘逝在黑暗中的影像。不知名的面孔上，陌生的双眼在她身后睁开又合上，她不停地穿梭，跨越一道又一道门槛，却无法前进。她总想置身他处，又不知该去哪里，只知道任何城市、任何房间都是陷阱。因此，她只好继续下去，就像一封没有发件人也没有地址的信，收件人可以是任何人，也可能根本不存在，人们只是不停地撕开信，再封上，等待下一个读信人出现。

6

到达纽约的第二天，天气很冷，风很大。凉风就在建筑物间钻动。这些灰色的大楼直指蓝天，大楼以及那些矮楼房上水塔的影子，都交错投射在邻近建筑的外墙上。下午，我外出散步，到格林威治街和哈得孙河之间的巷弄闲逛。这个区域有很多废弃的旧仓库，行人不多，河边只见西侧高速公路上车子川流不息。这些废弃的工业建筑让我想到爱德华·霍普画笔下的城镇。稍早几小时之前，我才参观了惠特尼艺术博物馆，在霍普描绘孤寂女子的一幅画作前方站了许久。画中的女子坐在床沿，房内墙壁一片淡绿，她看着窗外屋顶上的水塔——和我眼前屋顶上方的水塔相仿——这些水塔就放在灰色和深红色的顶楼壁面之间，原本油漆的大写字母已经斑驳。年轻女子一头金发，坐在敞开的窗前，微弱的阳光照着她苍白的脸庞、上身和腿部。她毫无表情，姿势也没什么欲念，甚至还有些笨拙。霍普画笔下的所有女人几乎都是如此，关节有些僵硬，却更能强调出静态的画面，以及静止的光阴。她目光茫然，视线却又确切地存在，停驻在建筑物棱角分明的轮廓和水塔圆顶上，或是凝视画作之外远处的某个点。视线就此打住，女子安坐不动，时光定格，一切平静，她一人独处，既没有什么要对别人说，也不用听别人怎么说。她可能正在聆听远处车流的低吼，也许她对低沉的车声、喇叭声，或是偶尔从窗外传来的叫喊声都充耳不闻。她没有喜怒哀乐，只是坐在宁静无声的淡绿卧室里。画作中清透的沉默，呈现出女人身心的所有情绪。也许她正在做白日梦，仿佛她已超脱时光之外，而不再平凡普通。再过一会儿，她会起身更衣，走入阳光下，踏入人群中。但不是现在，时间还没到。她要继续坐着，任思绪漫天飞舞，直到脑中一片空白。世界并不空洞，里面塞满了房屋和各式各样的物体。虚空，不过是房屋和物体之间一段变幻无常的必要距离。在忙碌的一天当中，留白的时刻有特殊意义。让女子安坐不动、让我站着观赏的，不是空洞的留白，不是空洞的绿墙，也不是天空，或是看得见屋顶的窗口，我们知道这些物体或景象早已存在。让我们屏息，让她坐在床上，让我站在惠特尼艺术博物馆展览厅内的，是画家透过静止的时间表达出的对于房屋、事物、人体、光影的平凡观察。这个世界在任何时间、任何地点都是这个面貌，不过如此。

我独自走在哈得孙河畔的人行道上，朝世贸中心走去。穿着全套装备的慢跑者气喘吁吁，满脸通红，有些迎面跑来，有些朝前跑去。在我的左侧，迎面而来的汽车正驶向荷兰隧道，如同一条涂着漆的铁皮河流，与我右手边灰蓝色的宽阔的哈得孙河相呼应。河对岸的科尔盖特时钟犹如漂浮在水面的白色脸孔，远远看去很小，大概只有手表表盘那么大。这时大约下午四点，哥本哈根应该是晚上十点，葡萄牙则是晚上九点。当时阿斯特丽德已经抵达葡萄牙的波尔图，不过我并不知道。在我顺着钱伯斯街转向西百老汇街，回到索霍区的同时，她可能正待在萨格里什王子酒店的房间里，或是沿着铁桥下的河流走向利维拉码头。银行的对账单上显示，她在第二天用信用卡支付了住宿费用，然后继续南下。她通常不会选择城里最贵的酒店，但是，我们七年前就是住在那里，也许那是原因。也可能她从圣地亚哥-德孔波斯特拉一路开车到波尔图，需要好好休息一天。银行对账单不仅让我重新了解她的行程，根据账单时间加减五个小时，也可以让我回想起自己在同一个时间做了些什么。我们在各自所待的时区、地方，远离我们共同生活过的城市，从千篇一律的生活中脱离出来。当天下午稍晚的时候，我去了位于西休斯敦街和梅瑟街交叉处的电影院，出于某些原因，我保留了电影票票根。我并没有专心看电影，只是喜欢坐在黑暗当中看着银幕上交错出现的面孔和地方。只要电影一直播放，我就不必在街上毫无目标地不停行走。就在我坐在电影院里的同时，阿斯特丽德可能正坐在萨格里什王子酒店的房间里，看着窗外广场上的树。我已经不记得那是什么树了。我想，她会先洗澡，然后再外出用餐。她穿着酒店的浴袍走出浴室，头上还裹着毛巾。她打开窗户，点了支香烟，坐在床沿看着眼前的广场。疲惫之下，她静坐不动。她能听见广场上的车声人声，但是视线却落在黑暗中的树梢上，看着街灯微弱地照着干枯的树叶。她向后用双手撑住身子，手掌紧贴床单，又坐了一会儿，唇间的香烟一明一灭。这些都是我的想象。也许阿斯特丽德知道我会试着去想象她以哪种姿态待在我们曾经同游的地方。也许她故意使用信用卡，一路到里斯本都没有取现金；也许她不只想让我知道她循着过去的路线重游，还想让我看到这些地方，想象她如何独自出现在我们过去同游的地点。这是不是表示在那趟旅行中，发生了某件颇具关键性的事呢？也许，我们完全没有注意自己在旅途上与转折点擦肩而过。

那年，在去圣地亚哥-德孔波斯特拉的路上，雨一直没停。我有张阿斯特丽德的照片，她站在大教堂的前方，抬头迎向飘落的毛毛细雨。大教堂表面的哥特式雕饰似乎已经溶化在细雨当中，在白色的灯光下闪烁着扭曲的影像。在我的记忆中，那个景象就像教堂的雕饰和她的脸孔在雨中彼此轻触。我将她的湿鞋放在酒店房间里的暖气架上，一直用手焐着她冰冷的双脚直到她睡着。第二天，我们搭乘平底渡船横越米尼奥河，穿过偏僻山区，继续南行。我们一路开车，没有太多交谈。有时候她会指着窗外翱翔的老鹰或和天空一样淡蓝的房屋让我看，我们偶尔会打开收音机，来回旋转按钮寻找频道，但因为置身山区，信号不良，音乐经常变成信号受到干扰的杂音。山区道路车辆很少，我们远离了尘嚣。在家时，我们很少有这样长时间相处的机会：早上道别，傍晚再见，我们在一起的时候，孩子也都在身边。面前的山路起伏弯曲，我们一直静静地坐在彼此身边，这种感觉十分陌生。在家里，我们总有做不完的杂务或其他有趣的事；在车里，我们只能不断前进，走访下一个城市。当我们一路穿越葡萄牙北部山区时，我不禁想到，这些年来，时间过得多快，那年冬天她搬来与我同住，自此改变了我孤单的生活。时光就像是夜间快速奔驰的火车，高速下明亮的窗口连成一片，什么都看不到。日常事务占去我们许多时间，日子一天天过去，孩子们逐渐长大，每天晚上，该做的事情都完成之后，公寓里一片宁静，我们躺在彼此身边，感觉就像小别之后的重逢。有些犹豫，有些笨拙，仿佛两人在分开多时之后，需要一些时间彼此熟悉。这段时间她快乐吗？她和我一样，忙到没时间发问，心满意足地为一切忙碌，忘了自己。我们都一样，沉醉在自己的工作当中，让自己随着家庭生活的旋转木马团团转，于是，一切背景都褪成了模糊的灯光和色彩。

葡萄牙北部山区的村庄相隔越来越远，我们之间的沉默也随之越来越长，她会带着微笑，用细长的眼睛看着我，似乎在表示：一切没变。我记得，我们有次将车子停在杂草丛生的弯道边，好让她上厕所。我待在车里等，她独自穿过长满青苔的凸出岩石和荆棘丛生的灌木丛。她蹲下身子，消失在我眼前，仿佛被苍白天色下这片无人打理，凹凸不平，长着棕色、灰色、灰绿色和土红色低劣植物的地面吞噬了。眼前的一切完全静止，只有身下座椅细弱的咯吱声、微风吹动小草以及从她消失处传来的窸窣声响。也许，找不到聊天的话题，其实并不严重。维系我们两人的，一向就不是话语；话语不过是这些年来，我们用来说出自己故事的工具。我们一向不需要说太多话就可以了解彼此。一个眼神、一个动作、一声叹息或微笑就绰绰有余，故事自然流淌。也许在某一刻，我会突然失去她的踪影，但这却是因为她一直都在，没有离开。这就如同她在亲吻我的时候，由于脸庞太近，所以我看不到她五官的位置和比例，只看到模糊的皮肤和睁大的双眼。我好一阵子没看到她了——当她在三十秒后再次现身，穿过干枯的草地向车子走来时，我脑子里正这么想着。她眯起眼睛避开阳光，看着阴影下笼罩在薄雾间的山谷。她的身影弯曲拉长，完全看不出四肢，在她穿过草地的时候延伸在阳光下的叶片上，影子虽然伴在她身边，却自有生命。这段旅程只是故事的中场休息，而不是延续。我们在荒瘠的山区度过这个中场休息，没有让故事来引导我们。她走近车子，环顾周遭，在这片无动于衷的土地上，她依然只是孤单一人。

我第二次从纽约返家，夹杂在其他旅客间等待提领行李时，就看到阿斯特丽德站在玻璃窗后方的等候区。她没看到我。她站在接机的人群中，环抱双臂，伸长脖子，手指像把玩珍珠念珠那样把玩着汽车钥匙，显得既不耐烦，又有点焦急，仿佛怀疑我是否搭上了飞机。几分钟后，站在行李输送带前的旅客所剩无几，我是其中之一。她微笑着向我挥手，我同样挥手回应，此后我便恢复了她的丈夫的身份，全世界的男人中，就我一人具备这个身份。当她站在外面透过玻璃找我，却不知道我已经看了她几分钟，她仍是我离开时的那个女人。但下一瞬间，当原本面无表情的脸上露出笑容，阿斯特丽德立刻成为让我为她而回来的女人，企盼我们的故事能够从两人因分开而中断的那一刻重新开始。一两个星期之前，也就是在九月中，我第二次乘飞机前往纽约。我坐看云朵上方的天空，猜想阿斯特丽德和孩子们正在做什么。他们绝对已经吃过晚餐，罗莎会帮忙将餐具放入洗碗机，西蒙一定在客厅，迷失在上海那家墙上绘着红龙的鸦片馆里，看丁丁把脑袋塞进瓶高等身的中国花瓶。[①]稍晚，阿斯特丽德会大声朗读《哈克贝利·费恩历险记》的某个章节，也许是在河上过夜的那一章，哈克贝利和逃亡的吉姆在木筏上抽烟斗，顺着密西西比河漂流，岸上手电筒的光束闪闪发光，人们的吼声穿过水面传到两人耳中。接下来她会将孩子们送上床，亲吻道别，关掉房间里的灯，然后坐到沙发上，打开电视看当天播放的新闻提要，蜻蜓点水地观看同一时间发生在其他地方的新闻事件。如果她没有拉上窗帘，她会在窗户的一扇玻璃上看到自己的影子：模糊的半透明人影坐在沙发上，脸在灯光映照下有些昏黄，眼睛成了暗色的黑影。她可能会点支烟，透过袅绕的灰蓝烟雾看着电视屏幕上的

① 比利时漫画家埃尔热（Hergé）笔下《丁丁历险记》系列中的故事。

颜色变幻，浑然不知在同一个时间，住在纽约东村的猫咪在照入室内的光线下舒展筋骨，接着跑进走廊迎接那名年近三十的高挑女人，她抱着装满杂货的纸袋走进房间，当猫咪窝在她脚边磨蹭时，她打开录音机听取我的留言："我会在晚上十一点后抵达。"

那年春天，我在纽约住了一个半月，搜集第二次世界大战后美国画家的资料，好将自己的评论集结成书。我住在父亲的一个旧识家，位于布鲁克林高地。他是一名黎巴嫩心脏外科医生，妻子在几年前就过世了。大多数时候，他要不在医院里，要不就和女友同住在长岛，我几乎独自住在他家。如果我没待在屋里，看着窗外树上的松鼠和树后优雅的公寓，便会到克拉克街坐上地铁去曼哈顿，在博物馆或大学图书馆里打发一个上午。那些日子十分安静、单调，我也乐于独处，完全沉浸在我的书里，进展虽然缓慢，但也慢慢有了雏形。晚上我独自啃比萨当晚餐，身边环绕着外科医生豪华餐厅里的橡木饰板。我当然会想念阿斯特丽德和孩子，但是这种想念没有我想象的来得强烈。我的脑子里满是纽约画派的艺术家，他们将阿斯特丽德、西蒙和罗莎推出我的视线。我们之间隔了一个大海，他们不在我身边，反而让我在文思泉涌的时候可以不受打扰。美术馆馆长给了我几个电话号码，他认为我可能会有兴趣与他们碰面，其中一人是画商，他认识马克·罗斯科[1]和波洛克，他同时也是一位著名的艺术评论家及年轻

---

① 马克·罗斯科（Mark Rothko，1903—1970），美国抽象派画家。

丹麦艺术家，大学毕业后便来了纽约。“非常有才华。”美术馆馆长露出浅浅的笑容，透过金框眼镜，会心狡诈地看着我说。但是我无心与画商或艺评家联络，一方面是出于我害羞的天性，担心被认为太过主动；另一方面则是因为目前一切进行顺利，我不想自己的想法受他人左右。至于那名年轻又有才华的艺术家，我只觉得美术馆馆长在提到她时，那狡诈的眼神无疑是侮辱，想诱我走上薄冰，让我去结识那个他瞒着妻子交往的前外遇对象。我想她一定是艺术学院里那种穿着沾满颜料的工作服，看似温顺、实则野心勃勃的女孩。美术馆馆长像是想考验我，以证明我不比他好。但是，我飞越大西洋来到美国，绝对不是为了写有关丹麦画家的评论，更多的是为了写作，所以我觉得，没必要为我在布鲁克林高地的舒适隐居生活寻找让我分心的事物。

某天下午，我坐在现代艺术博物馆的雕塑花园里抽烟，看着眼前的浮云、摩天大楼和水池。我在这里参观了好几个小时，还请一名助理引导我参观收藏室，当我站在画作前方写笔记时，他非常有礼貌地站在一段距离之外等待。我看着面前经过的人们，不经意地听着他们的话语，自问：究竟纽约学派的画家有什么值得讨论？过了这么多年，他们的画作早已被波普艺术、极简艺术和概念艺术全面取代了。他们作品中的感伤怜悯、浓烈笔触所带来的存在感，以及纯粹的个人表现，是不是有某种程度的天真，以及过时的浪漫？他们的世界是否充斥了太多的自我意识与嘲讽？画家们以不可替换的个体为主题，强调本质，但在这个一片和乐的世界里，人人都开着相同的日本汽车，没有文化或身份认同问题，仿佛置身于一场永不落幕的化装舞会。但是，如果继续一成不变，一切还有任何意义吗？对于这些四五十年代美国画家的严谨作风，我可以轻易找出值得嘲讽的理由，他们以相同的严肃态度聆听查理·帕克[①]和施托克豪森[②]的音乐，身穿黑色圆领毛衣，裤子后口袋里塞着翻烂的加缪或萨特的著作，趾高气扬地在格林威治村漫步。但是，在厌倦了他们那些后继者嘲讽的姿态和乏味的理论之后，我的心思却依然会回到画作上。安迪·沃霍尔[③]的“金宝罐头汤”早已过时，也过了赏味期，然而杰克逊·波洛克、马克·罗斯科、弗朗兹·克兰[④]和克莱福特·斯蒂尔[⑤]的画作依然不变。这些作品深奥难懂，却无须借由语言或他人的诠释，便可呈现出“手”与“眼”两者间的沉思，让颜色与线条精纯又自发地展现。这些忠于自我的完整作品依然可以让我感动。观看这些作品之前，不需要事先了解一些东西，这些画作可以悬挂在任何地方，因为它们不需要观赏者拥有任何学术基础或传统知识背景，做出任何有意义或毫无道理的嘲讽、分析。我就是喜欢观

① 查理·帕克（Charles Parker，1920—1955），美国萨克斯风手及作曲家，为公认最具影响力的爵士乐手之一。

② 卡尔海因茨·施托克豪森（Karlheinz Stockhausen，1928—2007），德国作曲家，20世纪极具争议性的重要音乐家，为电子音乐和另类音乐奠定基础。

③ 安迪·沃霍尔（Andy Warhol，1928—1987），波普艺术的倡导者和领袖，被誉为20世纪艺术界最有名的人物之一。“金宝罐头汤”是其作品主题之一，曾经在作品中排列出同一品牌的32种口味汤罐头。

④ 弗朗兹·克兰（Franz Kline，1910—1962），美国抽象表现主义画家。

⑤ 克莱福特·斯蒂尔（Clyfford Still，1904—1980），美国抽象表现主义画家。

赏这些画。我站在画作前方，完全能感受到它们不可否认的存在感，无须任何解释，只需要我自己在场，不必思索，只要全神贯注，以双眼为中心，存在于当下。

我懒洋洋地坐在雕塑花园的潺潺流水边，左边是高大的建筑物，右边是街道，不断有低闷的杂音传来。我只想在再次被车流人潮吞噬之前，继续坐一会儿。这是这几天以来，我头一次有种被人群包围，却不必不停行进的感觉。坐在这里很舒服，我这个异乡人就置身于陌生人当中，在摩天大楼之间放下紧张的情绪，休息片刻。我就这么坐着，仿佛卸下了全身的戒备，松掉紧绷的情绪，在曼哈顿的这个地方闭上了双眼。我打了个盹儿，睁开眼睛时，看到水池的另一边坐着一名双腿交叠的年轻女人。她二十多岁，最多三十，短发旁分，身上穿着黑色的套装，戴着墨镜，衬托出颈际苍白的肌肤。其实墨镜有些多余，因为我们在大楼之间的凹地，阳光照不进来，而且她的面前摊着一本书，戴着墨镜势必增加阅读困难。我想，她皮肤这么白皙，颇引人注目。我忍不住看着她，尤其在我看到她面前那本书的封面之后。那是约翰内斯·延森[①]的《国王的没落》，丹麦文的。离开学校后，我就再没读过这本书，我仅存的唯一印象是，马匹在雪地上遭到屠杀，作者以近乎绘画的手法描述马儿紫红带褐色的内脏扭曲散落在雪

① 约翰内斯·延森（Johannes V. Jensen，1873—1950），丹麦小说家、诗人，其作品《漫长的旅行》获1944年诺贝尔文学奖。《国王的没落》（*Kongens Fald*，英译名为 *The Fall of the King*）是其一部现代历史小说。

地上的景象。我看着眼前的女子，心底浮现出一个既美丽又残酷的奇妙女人，呼应了残暴的屠杀影像，以及低调又中性的优雅。我兀自发笑，却免不了要想，难道这就是常听到的荒谬巧合：眼前优雅的年轻女子会不会就是美术馆馆长口中那个才华横溢的年轻艺术家？他当时露出狡猾的笑容，把她的电话号码递给我。如果是这样，他的狡猾可谓出之有理：我的确毫无忌惮地观赏着她。突然，我感到一丝羞愧，便立即埋首于杰克逊·波洛克和巴内特·纽曼[①]的笔记中，本着钢铁的意志，一本正经地写下几行额外的补充批注。待我再抬头时，原来在面前读书的她已经消失无踪，取而代之的是一个抽着雪茄的犹太人。

回布鲁克林的地铁上，我没再想起她，而是忙于观察眼前呆滞疲惫的面孔：大多数乘客都小心谨慎，避免在过满的车厢中与他人眼神接触，保护着自己的空间。如果不慎与哪个人四目相对，我会立即转开视线，看着窗外飞逝的隧道灰墙。我写完当天的笔记，坐在黎巴嫩心脏外科医生家中看着窗外的松鼠，几只松鼠波浪状跳动的频率，和仪器屏幕上的心脏跳动线条几乎一致。这时我又想起那名女子。年轻女子的倩影十分清晰：墨镜下无动于衷的匀称五官，露在外套尖领外的颈部肌肤。虽然这是个几乎不可能发生的巧合，但是我仍然无法摒除这个念头：那天下午，在雕塑公园里坐在我对面的女子，可能就是美术馆馆长口中那位

---

① 巴内特·纽曼（Barnett Newman，1905—1970），美国抽象表现主义画家。

极具才华的女性友人。不管是在纽约还是在其他城市，要碰到一名看得懂丹麦文的女人谈何容易，除非她恰巧就是丹麦人。对于自己把时间浪费在稀奇古怪的想法上，我感到十分气恼，于是告诉自己，这不过是另一桩有碍思绪的无聊想法，我之所以会注意到她，完全是因为我独自置身于陌生的城市中，难道还会有别的可能吗？我看着手表，六点了。家里现在已经是半夜，阿斯特丽德应该早就上床了，也许正躺在床上想我，或者已经入睡。我们之间缺少同步性，这着实让我难过。分隔我们两人的，似乎不只是海洋和时区。虽然偶有陌生美女对我投以欣赏的眼光，让我稍有心猿意马，但我从未对阿斯特丽德不忠，这些念头纯粹是不切实际的幻想。我究竟应该道貌岸然立正站好，还是听从男性的本能去追逐艳遇呢？此外，我从来不擅于假装，不懂撒谎，更不知道如何有策略性地健忘。如果要私会梦中情人，这些都是必要条件。其实，让我担忧的并不是这些实际的操作问题，而是，如果我瞒着阿斯特丽德，没有让她知道我生命中的重要事件，这不仅是贬低她，更是作践自己，将自己当成微不足道、只懂得算计的无耻小人。当我被女人修长的美腿或梦幻的眼睛迷惑时（这种机会很罕见，可能好几个月才会出现一次），我就是抱着这种想法。如果阿斯特丽德开我玩笑，表示某个女人显然对我有好感，我总会说："我根本没发现。"首先，我并没有把她的话当真；其次，当她表示我有女人缘时，我也不觉得这是好事。她会这样说，表示她并不感觉忌妒。当然了，她也绝对没有理由忌妒。

或许我不觉得快乐？松鼠在树上神经质地跳跃，我记起几年前在巴黎的那个午后，艾妮曾经拿相同的问题问我。当时这个字眼听来不但不妥，而且带着质疑。在问题出口的时候，“快乐”这个字眼似乎就已经做出了沉默的抗议，因为我这时并不是坐在阿尔玛广场旁的咖啡店里，浑身散发着赌徒般的狂喜。人在还年轻的时候会提出这种问题，因为只有文字才能激励人心；在还没有建立自己的世界、让自己发光之前，文字正是督促的利器。艾妮开口提出这个问题，一定是因为她忘了应当抛下年少的心态，忘了自我把握。对我而言，岁月不停地前进转动，其实对艾妮也一样，但是很明显地，她依旧认为万事皆有可能，这包括曾经遭到她拒绝的一切。如果她真的以为——就算是一刻也好——只因为我在某个下午与她在巴黎巧遇，她就有能力让我忘掉妻子与儿女，那么她就是什么也没学到。我可以感觉到在她随性又毫无约束的巴黎式生活里，暗藏着一事无成的空虚，外表自由自在，内心却十分孤寂。她仍然只需为自己漂亮的脸蛋和身躯负责，就算内心时有动摇，外在的世界仍然拒绝她。她和过去一样容易紧张、受惊吓，却懂得掩饰；她也依然奉行“活在当下”这个早已被滥用的观念，但开始感到犹豫不决——即使如此，她也不忘紧攫着宝贵的自由不放，像个守财奴一样点数自己越来越多的财富。等她年华老去，她会成为信奉伟大爱情的灰发老妇，戴着草帽坐在阴影下的长椅上，身穿一路扣到脖子的薄外套，凝视一对对年轻恋人，忌妒他们藏在爱意之下的无知。

我知道这么说她有失公允。难道艾妮没说自己想要个孩子？她是否不幸福？我毫发无伤地逃离年轻时的创痛，她则在事后为了不懂珍惜而感到后悔，我为何无法接受这个事实？我是否只是想平复旧日伤痛？最后，如果她才是为这段感情受折磨的人，岂不太讽刺？我对艾妮的感情是否仅是处于冬眠期，这时阿斯特丽德这张新面孔却带给我希望？也许这一切都已经不重要了。对我而言，这场在阿尔玛广场的重逢只留下了一个既简单又囊括一切的问题。让我再次想起"快乐与否"这个问题的不是艾妮，而是更糟糕的情况：一名身着黑色套装、完全陌生的金发女子，我和她没有任何交谈，盯着她看的时间也不超过一分钟。她看起来就像出现在法国时尚杂志当中的懒散美人，但是话说回来，她也可能是来自丹麦伊凯斯特、脚踏实地的好女孩，《国王的没落》和戏剧效果十足的神秘墨镜不过是她的饰品。我怒视眼前嬉戏玩耍的无辜松鼠，自觉像个傻子。难道我从未感到过快乐吗？可能真是如此。我很久没有认真去思考这个问题了，再说，我现在独自一人，无法联络阿斯特丽德来确定我的感觉。但是，如果我不快乐，那又是处于哪种情绪当中呢？至少，绝对不会是"不快乐"，但也可能两者都不是。也许这就是我会为了这个过于天真的问题而如此烦恼的原因。我既不热情，也不冷淡，充其量只能说个性"温暾"，所以我宁可以问题来作为回答。在巴黎的那个午后，艾妮是否让我想起一些自己宁愿忘记，或已经忘怀的事？

艾妮让我想起的，不是一段不愉快的恋情，而是当初我用什么方式爱着她：狂野饥渴，毫无保留，彻底地自我奉献。在那段感情结束之后，我告诉自己，我和艾妮之间本来就不可能有结果，而且这不是她的错，面对我的热情，她只能自我保护。没有任何人承受得起这样的爱情，如果她没有抵抗，我绝对会爱到粉身碎骨。我告诉过自己：这是一种不成熟的、自私的爱。我爱的不是艾妮，而是对她的幻想，是个在我白日梦中闪闪发光的镀金女神，没有人会如此不可思议地完美。我满腔狂热，太过理想化，她永远不可能达到我对她的夸大想象。她自己一定也能感觉到，因此才会加速让我走向幻灭。但是，在阿尔玛广场的咖啡店里，她为何要拿起我的手？她走进飞舞的雪花的许多年后，我仿佛从天而降一样出现在她面前，她当时为什么无所保留地对我示好？也许，在贝尔维尔单间公寓里自由自在、没有任何责任的生活并非那么美好。但是，这可能不是唯一的理由。也许她别无用心，单纯只想重拾旧日美好的回忆。显然，我当初稚气的热情只是一种迷恋，她从未成为我想象中的女神。尽管如此，她依然模糊地保有这名幻想中女子的纯真，她无法舍弃这个特质。我对艾妮的幻想可能是对过去时光残存的记忆，就好像佛罗伦萨乌菲齐美术馆、巴黎的卢浮宫和纽约大都会艺术博物馆所典藏的文艺复兴初期画家：乔托和奇马布埃[①]的祭坛装饰画作，画家严谨的目光只看得到圣母纯洁脆弱的双眼以及象牙色的双颊。意大利残暴的

① 奇马布埃（Cimabue，约1240—1302），意大利画家。

君王已经作古，受害者及其遗属也都不在人世，没有人记得他们所遭受的苦难，争权夺利的阴谋早已随之归档。留下来的，只有美梦，腐败血腥的一生成了一场幻灭，巧妙的画笔保留了亡者对未来的问候。也许留在人们记忆中的不是祭坛前的祷文，而是脱离了逝去者躯体的内在情绪。画家们描绘出记忆中的祈求眼光，虽然让世界更美丽，但是也超出了世界的负荷。我对艾妮那种充满迷恋的幻想，与真实世界当中的本人相差甚远，却与她期望中的自己十分相近。

和阿斯特丽德生活在一起，我终于找回了我自己。我成为成熟负责的父亲和丈夫，阿斯特丽德偶尔会拿这个来开玩笑，说其他女人对我如何感兴趣。一年一年过去，我逐渐定型，成了我理想中的自己。我不再觉得内心和外在世界有段距离。青少年时期，在废弃老屋那段自我放逐之后，我回到家中看着母亲周旋在各种角色和不同的情人之间，这段差距曾经让我郁郁寡欢。我曾经深信自己对艾妮的爱可以带我跨越这段距离，但是当我对她伸出企盼的双手时，却让这段距离变成鸿沟。直到某一天，我发现自己站在了对岸，却不知道自己究竟是怎么做到的。我成为与阿斯特丽德结婚的男人，有了继子和女儿。这种共同生活中充满了日常琐事，我偶尔才会惊觉，随着日子过去，我已经忘了自己。没有与阿斯特丽德和孩子们融为一体的自我，则投入于写作当中。两者轮流出现，两者间自然的微妙转换，让我觉得生命在不断往前。我很快乐，这和我有没有时间去自问这个奇怪的问题并没有关系。我很快乐，但并没有抱着幻想，以为阿斯特丽德和我会融合为一体。我们仍然是两个个体，早上互道再会，晚上再次相逢，仿佛永不间断的旋律。我很快乐，但这并非来自具有特定意义的某些特殊情境，也不是对阿斯特丽德和我欢快相聚、两人与周遭事物完美结合的怀想或期待。我的快乐没有这么戏剧化，而是较为和缓。这种喜悦可以摊在阳光之下，轻微的污渍或褶皱并不会对它造成影响。我们并不是随着水面上的涟漪或反射光线漂荡，而是顺着稳定的海潮前行。我们只需漂浮其上，无须追问将去向何方，因为这么做毫无意义。我们不需要目的地，只需日复一日、岁岁年年地一起前进，仿佛游牧的人们，只要架起帐篷，任何地方皆可为家。只有在极少数的夜里，我会躺在熟睡的阿斯特丽德身边，自问究竟是什么原因让我一直陪伴着她；这段时间以来，是否真的没有抛下任何一丝自我。不管躺在这里的人是我，还是另外一个人，阿斯特丽德都会在早上醒来时，带着睡意温柔地看着他，等着眼前的他苏醒，然后他会伸手触摸她睡意犹存的温热脸颊。黑暗中，我看不见熟睡的阿斯特丽德，在我的意志逐渐舒缓、进入梦乡之前，我常会幻想着自己盘旋在河道分岔的三角洲上方，我飞得越高，下方的沙洲就越宽广。每条河流虽然都很相像，却各有蜿蜒的河道。从高空俯瞰，每条河流都可以通往尽头的大海。但是，我是否忘了某些事？身在高空，我看不见自己，无法知道自己是否迷失在这些不同的出海口之间；我不知道如果迷失方向，究竟会不会有所差别，最后的结果与随波逐流也许并无不同。

我坐在窗口，试图分辨从第一只松鼠消失处冒出来的松鼠，究竟是同一只，还是它的伙伴。这时，我看到医生的汽车驶到屋前。他约莫六十岁，橄榄色的肤色十分有魅力，黑色鬈发从高高的额头往后梳，灰黑色的小胡子盖住上唇，让他的双眼更显忧郁。他跳下车，动作出人意料地敏捷，近乎急切。接下来，他为一名戴着墨镜、系着黄丝巾的娇小女子拉开车门。我到纽约之后曾经与他共进晚餐，他当时就告诉过我，在他妻子下葬满一年的前一个星期，他在新罕布什尔的高尔夫球场遇见这名女子。按照他的说法，这名身穿格子套装的娇小女子让他有继续活下去的意念。他坚持让我告诉他有关罗莎和西蒙的点点滴滴，然后用颇有东方风情的深色眼眸专注地看着我，似乎我的叙述对他极具意义。他的大儿子在开罗，最小的儿子住在德国的杜塞尔多夫。他提着女友的旅行袋，在台阶前方彬彬有礼地伸出手臂，带她进门。半小时之后，我的房门响起轻轻的敲门声。他的笑容中带着歉意，仿佛对自己闯入自家，而没把从地窖到阁楼的整栋房子都留给我而深感抱歉。他们打算在明天举办鸡尾酒晚宴，他想把未婚妻介绍给朋友认识，并十分希望我能够参加。他以讲究的美式礼节称呼“未婚妻”，实在很有心，令人感动。面对他的亲自邀请，我理当接受，和他们共度一个愉快的傍晚，并感谢他的热忱招待。但是，我一点也不希望他因为顾及礼节而邀请我，结果却让我变成来自欧洲的寄宿客人，变成屋子里的异国摆设。我甚至可以想象，到时候我得面对不同宾客提出的相同问题，做出千篇一律的回答。因此，我临时编了个借口，抱歉地表示：太不巧，我第二天正好约了一个住在曼哈顿的丹麦艺术家共进晚餐。他于是微笑离开。可是当他走下楼时我才想到，我要去见什么人，根本就不必向他多做解释，我显然一直想着雕塑花园里的黑衣女子。那一刻，我突然觉得自己被困在房里。我早已习惯自由自在地待在无人的大房子里，现在却听到主人及其女友在楼下说话、听音乐。榨汁机刺耳的响声盖过了巴赫的钢琴曲，就在我的耳朵习惯了巴赫之后，艾拉·费兹杰拉的歌声却取代了巴赫。我没办法专心写作，一时间反而变得无所事事，于是我继续坐在窗边。午后的金黄色阳光十分符合这条街道的名字——橘街，光线映照在街道和墙面上，也同样挥洒在铸铁围篱后方的棕色房舍上。空气十分清新，有丝凉意，阳光西晒在树干上，与阴影下的树叶呈现强烈的对比。

这下子，我可给自己找了个无家可归的傍晚了，不如干脆让借口成真，打电话联络这位还不认识的丹麦艺术家。就算不为别的，至少也可以确认她是不是之前遇见的那个捧着《国王的没落》阅读的女子。但是一想到要打电话，我不免开始紧张，不仅因为我生来就不愿与人联系，担心会吵醒他们；还因为略感愧疚，或许这有点愚蠢，但是在我脑中，早已将美术馆馆长给我的电话号码与雕塑花园里的优雅女郎联结在一起了。我究竟是怎么了？找遍所有不该为了一桩风流韵事欺骗阿斯特丽德的正当理由之后，竟然还无法安抚自己的情绪？但反过来说，去欣赏一个懂得发挥自己特质、刻意装扮，并且还刻意坐在我视线范围内的女子，这有何不可？再说，因为发现她可能是丹麦人，而让我突然想起美术馆馆长递电话号码给我时的暧昧眼神，也不代表我就有犯罪意图吧。最后我说服自己，唯一正确的做法反倒就是打电话给那位丹麦艺术家，邀请她共进晚餐，以证明不管是对她，还是对婚姻的十年之痒，都不足以让我惧怕。我看到心脏外科医生和女友打扮妥当，准备出门用餐。看到他们上车离开后，我下楼打电话。对方立刻接起电话。我先自我介绍，并且提出邀约，她的反应既不惊讶，也不特别热切，甚至不像我猜测的来自伊凯斯特，从她的口音里能听得出来。她的声音出乎意料地低沉，语速很慢，似乎在吐出每个简单字句之前，都必须事先详加考虑，要不然就是她根本心不在焉。她第二天晚上有空，并建议我们到斯普林街上的一家泰国餐厅用餐，甚至还主动提议负责订位，也许这是为了弥补她先前的心不在焉。我一放下电话，心情立刻舒坦起来。我可以和她共进晚餐，谈论我的书，她也可以对我解说她的绘画，我们甚至可以聊聊哥本哈根艺术家们的是非，之后，我会乘出租车回布鲁克林。在纽约待了一整个月，除了住处的主人外，我没有和别人见面，这也有些奇怪。我打电话回哥本哈根的家中。电话响了好一会儿，阿斯特丽德才接电话。她已经上床睡觉了，哥本哈根的时间已经过了凌晨一点，她的声音充满睡意。我向她道歉，问家里有没有发生什么事。怎么会有事情特别挑在我们分开的时候发生呢？她告诉我，罗莎剪了头发，西蒙的足球队在周日赢得球赛。我告诉她，写作进展顺利。在挂断电话之前，我们照例甜言蜜语了一番。我真希望和她继续聊下去。那天晚上，我在橘街的住处带着失落孤独的情绪就寝，窗外街灯亮晃晃地照着树叶。

我整个早上都在专心工作，致力于完成有关比较杰克逊·波洛克的油画与莫里斯·路易斯[①]的油画的章节，讨论前者层层堆叠油彩与后者层层涂抹油彩之间在技术和表现力方面的异同。下午，在离晚餐还有几个小时的空当，我决定先去曼哈顿。虽然我之前已经参观过大都会博物馆，但我依然在那里停留了许久。接下来，我坐在中央公园船屋餐厅前一边晒太阳，一边任思绪翻飞，不时看看公园树顶上方有棱有角的高楼、湖面上天空的倒影，以及映照在对岸黑色花岗岩壁上的粼粼波光。时间还早，我沿着美洲大道慢慢往南走，直到天色渐渐昏暗。我突然觉得和一个素未谋面的陌生女子见面实在有点冒险，想到她可能以为我别有所图，不禁涨红了脸。但是话说回来，她当初大可以说自己没空。虽然不知道她的长相，但是一路走着，我心里仍然不由自主地描绘出一名身穿套装、戴着墨镜读书的女子——最后，我终于走到了索霍区。我找到斯普林街上的餐厅，离约好的时间还有十分钟，于是我走进一家书店四处看。走回餐厅时，我发现自己伸

① 莫里斯·路易斯（Morris Louis，1912—1962），美国抽象表现主义画家。

手拂弄头发，似乎这会带来什么不同的效果。餐厅前有一队人在排队等着进店用餐，我排到队伍内，四处寻找假想中的面孔，观察每个经过我身边的女人。忽然，我看到一名脸颊红润、长着狮子鼻的壮硕女子穿过马路直接朝队伍前进，她如熟透龙虾般鲜红的紧身裤紧紧裹着过于丰腴的臀部，每踏出一步，赘肉就跟着抖动。她会不会就是我等的人？这是不是美术馆馆长露出诡异微笑的原因？而后，她看到排在我前方的一名黑人女子，露出大大的笑脸。这让我不得不开始思索，为什么想到要和这名穿着鲜红长裤的壮硕女人一起边讨论艺术，边用筷子夹起蔬菜，我就会心生恐惧？我真正的目的是什么？下一个走过来的，是个高挑的长腿女郎，她迈着大步，走在一名身穿皮夹克、头戴便帽的黑人男子身边。长腿女郎也穿着黑色皮夹克，搭配破旧的牛仔裤，我判断这两人应该是一对情侣。我继续暗中观察，对自己打量红裤女郎的方式有些羞愧。这时，穿着皮夹克的黑人走进我刚刚参观过的书店，长腿女郎则快步走来，看着排队的人们。但是她在离我一段距离的地方停下脚步，当我再次看向她的时候，她正在和一个戴无框眼镜的驼背青年说话。我看着自己的手表。队伍慢慢前进，我听着四周的谈话声，偷偷摸摸地瞥向说话的人，红裤女人兀自大声狂笑，穿皮衣的长腿女人比画着细长的手指，用带着鼻音的纽约腔对驼背男子叙述刚看过的一部电影。看得出她刚洗过澡，头发微湿。她的头发出奇地长，和波提切利画中维纳斯的头发长度相差无几，金棕色的发绺和破旧的皮夹克，以及她略显严峻、苍白（几乎是透明）的素颜长脸形成奇特的对比。驼背男子为她点燃打火机，她倾身将香烟凑上火苗，眼神冷漠的灰眼瞥见了我。驼背男子抬起手向她挥别，穿过马路扬长而去，波提切利的长腿女郎再次看着我，歪着头，带着询问的微笑走向我。我真不懂，刚才怎么没听出她低沉的嗓音。

假如黎巴嫩心脏外科医生没有到女朋友位于长岛的家中过夜；假如他们没有举办鸡尾酒宴；假如我接受了他的邀请；假如我去了电影院；假如我未曾在现代艺术博物馆后的雕塑花园看到一名奇特的丹麦金发女人，并且固执地把她错当为美术馆馆长带着诡异表情递给我的那张电话号码的主人，或者如果他根本没有给我任何电话号码；假设一切完全不同，我绝对不会遇到伊丽莎白。这样事情也许会好些，虽然仍可能会发生，但方式会不同。机缘总是错综复杂，要想参透个中真意，其实都是徒劳。各式各样的可能性犹如争相萌发的枝丫，随着事件的进展而纷纷凋落。这些事件就这么相继发生，犹如后浪推前浪，直到最后没有任何改变再出现，才会终止。我把责任归咎于七年前某个在索霍区度过的夜晚，尽管如此，我还是无法不去思考：这一切原本都可能轻而易举地朝另一个方向发展。其实，事件的本身并没有意义，整个故事不是在纽约、哥本哈根或里斯本发生，也无关伊丽莎白、阿斯特丽德或艾妮。这个故事的上演场地，其实就是我一团迷乱的思绪。我回想自己在不同城市之间的旅行，来来回回地在记忆中搜寻，穿梭于我脑海当中的这些人影，不过是我口中女子的幻影，她们滑入我思绪当中，模糊难辨又触摸不到。不同的城市和女人都只是我脑海中的回音，我听到自己孤独的声音，试图诠释这幕深奥难懂的皮影戏。也许我从未真正认识这些女子，也许她们就和这几个城市一样，不过是我记忆中的短暂片刻；从我支离破碎的角度看去，不过是朝我而来的面孔和街道。我当然有诸多遗忘，但也有许多从未知晓、从未听闻的事物。我的故事不过是许多说法当中的一种，是受到某些地点和面孔影响而产生的扭曲记忆——然而这些面孔和地点，也随着整个过程，发展出另一种层面。

在那个傍晚过后的几年时间当中，我时常自问：伊丽莎白是否真的特别漂亮？艾妮或阿斯特丽德一向是公认的美女，但是伊丽莎白不同。她一头难以梳理的波提切利式长发的确很美，但是她本人却难以用美丽来形容。我们终于进入餐厅，在预订的桌位坐定，面带拘谨的笑容研究菜单。我松了一口气，看到她本人，我终于放下近乎中蛊的念头，不必继续想着雕塑花园里的黑衣性感女子。她的谈吐举止中完全没有任何暗示，显然认为我与其他礼貌性见面的男人没有任何不同。她的语速和之前电话里的对谈几乎一样慢，偶尔会有突然的停顿，似乎在搜寻恰当的字眼，或是迷失在与谈话毫无关系的思绪当中。她个性相当活泼。和她交谈十分轻松，第一道菜都还没上，我就已经告诉她，我已婚，有两个孩子，很快地为这顿单纯的晚餐解除警报。我甚至还告诉她，我在雕塑公园看到的那名读书女郎，并且还假想她可能就是伊丽莎白。这让她觉得有趣。一阵笑声之后，她问我为何没有早一点解开这个谜团。我表示自己太害羞，而她带着有趣的神情看着我，说她并不那么想。对话中，她完全没有调情的意味。她身穿褪色的棒球衫，上面还有球队的名称——我已经不记得是哪个队伍。总之，她整个人看来有点男孩子气。某些时候，看到她苍白的长脸甚至会让人以为她是个男孩，只是男孩少有及臀的长发。她有些笨拙，好几次差点打翻我的杯子。在她面前，我觉得自己十分成熟，身穿毛呢外套搭配整烫得宜的衬衫。她应该年近三十，我们之间的年龄差距不会超过七岁。谈话当中，我们发现彼此都共同喜欢几位画家，对晚于这些画家年代的艺术作品则同感厌恶。她尤其喜爱罗斯科和莫里斯·路易斯的画作，这也是她毕业后离开哥本哈根，前来纽约居住的原因。接着，她又补充了另一个原因。她摇摇头，眼睛看向远处说，她希望接近自己喜爱的画作。语毕，她再次微笑。她的笑容让我想起美术馆馆长将她的名字和电话号码递给我时，那种狡猾的表情。要我去想象他们在彼此身上看到什么特质，实在困难。我问她是怎么认识美术馆馆长的。她解释说，他曾经负责安排年轻艺术家作品的团体展览，她的一幅作品也在其中。她若无其事的解释让我完全不觉得其中有我不该知道的故事。后来，就在我回哥本哈根的前夕，我直接开口问她，他们是否曾是恋人。她回答说不是，同时用食指刮着鼻头，样子十分有趣，好像在说我才是对此失望的人。但是，她还是不得不承认，他的确有意。

那天晚上，我完全不知道自己有没有机会开口问她，也没抱有任何期望。我拒绝医生的邀请，然后终于拨通她的电话，当时的一举一动都让我觉得滑稽；而现在我一派镇定，和她坐着聊天，被泰式料理辣得汗流浃背。想到她带着男孩子气的笨拙，她使用筷子的熟练程度让我相当讶异。我一直等着听她说出和我不同的见解，甚至还静下心来想了一下，她有没有可能玩弄我，但是她缓和低沉的严肃语调让我放弃了这个念头，当她停顿下来寻找恰当字眼的时候，搜索的眼光会看向餐厅里的快乐面孔。我付完账后，我们在两旁都是老式铸铁门面建筑的街区散步，我这时才想到，她以前读过我发表的几篇文章。这是她同意与我见面的原因。我难道以为她会为了有机会说丹麦文，而随便和上门的任何家伙外出用餐？我那篇关于贾科梅蒂的文章，关于“存在”与“消失”的临界点的说法让她特别感兴趣。她唯一无法同意的，是我对于爱德华·霍普的热衷。她认为我错得离谱，霍普根本没能力画人物，他笔下女人的两侧胸部永远大小不一，而且从来没有出现过站姿。她最多只能认同他独具创意的色彩搭配，比方他将草绿和薄荷绿，或草莓红和茄紫色并放在一起。再者，他那些无聊作品——斜射光线下的防火梯和消防水带，竟然还成为偏僻地区女性房间里的装饰。她伶牙俐齿的自负态度让我乐在其中，我开口抗议，也只是为了刺激她继续批评。我们坐在西百老汇街边的咖啡店外，在她背后，世贸中心空无一人的明亮办公室在黑夜中隐约发亮。我试着让她谈谈自己的画作，但是她轻描淡写地带过，谦虚的态度看来的确真诚。我问她是否可以让我参观她的画作。她推托闪避，不确定自己是否有这个勇气。“此话怎讲？”她露出微笑，移开目光，说怕我会和她自己一样不欣赏。但是在我们同乘出租车前往她的住处时，她掏出一支笔，在左手背上记下医生家的电话号码。如果她改变主意，我仍然很想看她的作品。我们互道再会，出租车越过布鲁克林大桥，我突然发现，这个夜晚完全合乎我的期待。如果我曾经有过其他念头，那也是因为我独自坐在橘街房里的窗边发呆，身边只有松鼠为伴。然而，我还是别有用心，希望她不要把左手背洗得太干净。

第二天，我努力工作，没花太多时间思念阿斯特丽德，遑论昨晚与伊丽莎白的晚餐。这件事其实可以在开始之前就此打住，成为许多平凡夜晚的其中之一，没有下文，迅速终结。七年来，我一直不愿回想这段往事，它究竟为何有了开端？是因为我已经准备妥当而浑然不自知，还是时机正好出现？这么久了，时间也证明多加猜测并没有意义。然而，阿斯特丽德离开之后，我的确想过这件事——如今我再次来到索霍区，感受袭入外套的秋风。我详细阅读了周报《村声》[①]列出的展览，看到伊丽莎白在伍斯特街一处由仓库改装的艺廊有个展出。我原来并不打算去看，但是画廊就在我回旅馆的路上，于是我走进画廊。想到有可能见到她，我不免有些紧张。我站在伊丽莎白几乎完全由黑白两色表现的画

① *The Village Voice*，早期办报焦点为格林威治村及周边地方文艺新闻，现为纽约地区艺术人文报道的权威报刊之一。

作之间，这些巨幅画作的高度从地面延伸到天花板——同一个时间，阿斯特丽德可能站在波尔图的利维拉码头上，背后是一排老旧拥挤的建筑物。我不记得是阿斯特丽德还是我说过，这个河岸区与亚洲的湖边小村落十分相像，砖瓦同样破旧肮脏，晾衣绳上挂着犹在滴水的沉重衣物，窗帘低垂，不时从里面传来球赛广播和家庭争吵声，狭窄通道两侧的店铺只有一丁点大，室内仅有一盏沾满污渍的灯泡。我们曾经手牵手走在这些永远见不到天日的阴暗巷弄里，一路看到许多双眼无神的瘾君子，以及头顶载物、口中无牙的老婆婆。我的眼睛在伊丽莎白画作的一片层次渐变的色彩中，逐渐分辨出难以辨识的轮廓线——同一个时间，阿斯特丽德可能站在河边，抬头看着连接市中心与南岸那座铁桥上的车流。此时，我还不知道她在葡萄牙。我想，也许她以为我现在人就在纽约，也有可能在她离开我一个星期之后，她想也没想过这件事。所以我确信，在离开之前，她完全不知道伊丽莎白，更不知道那段往事。

阿斯特丽德从未开口询问，但也许她终究还是猜到曾经有事发生。如果是这样，她也完全没有表示。有可能，我自己在不经意间透露出来，不是通过话语，而是当我们开车经过葡萄牙北部山区，沿途经过灰石屋舍，经过鸡鸭漫步于巷弄间的偏远村落时，我的沉默透露出玄机。也有可能，当我们到达波尔图的那天傍晚，在打着灯光的大教堂周边漫步时，她才开始思考这个可能性。或许就在我们站在河堤边，看着远处几个小男孩对着大教堂墙壁练习踢球时，虽然我们边看边笑，但她心中的怀疑已经慢慢扩大，就像思绪中出现了一道小缝，冷风由此灌入——因此，当我们看着南岸几家波尔图酒厂架着巨大的霓虹招牌大笑时，那些鼎鼎大名的英文名字突然变得毫无意义，只是夜空之下闪闪发光的字母。

7

星期天——也就是在索霍区共进晚餐的三天之后，伊丽莎白给我打了电话。听到她的声音，我颇为诧异。那天早上，当黎巴嫩心脏外科医生穿着睡袍来到我的房门口，告诉我有电话找我时，我原以为是阿斯特丽德。“你还想看我的画作吗？”“是的，我仍然想看。”那天在索霍区，她热切忘我地谈论我们同样欣赏的艺术家，带给我许多灵感。如果我曾经产生怀疑，不知是否能对纽约画派这种极致又近乎神圣的诠释提出跳脱窠臼的新见解，那么在我们上次见面之后，这些疑虑也已经烟消云散。“你下午有没有什么安排？”这个提议十分突然。我才刚吃过早餐，打算整天待在布鲁克林好好写作，之后也许会到普罗斯佩克特公园散步，我至今还没去过普罗斯佩克特公园。她的住处离汤普金斯广场很近，就在第一大道附近。那天天气很好，东村十分安静，车子也不多，我慢慢溜达，享受日照的暖意。四周都是低矮的红砖建筑，消防梯全都漆成黑色。“之”字形的消防梯和参差的影子映在墙上，让我想起弗朗兹·克兰张力十足的黑色笔触——那天早上，当黎巴嫩心脏外科医生轻敲我的房门时，我正写到他的这些作品。虽然这一带仍然有些区域比较危险，但是整体气氛十足慵懒，仿佛一首田园诗。几个无家可归的流浪汉裹着肮脏的外套晒太阳，身边的购物推车里装满捡来的杂物。没有客人上门的毒贩们也同样在阳光下闭起眼睛。南美裔的母亲们推着婴儿车在树下散步，用柔和稚气的西班牙语大声聊天；脏兮兮的朋克小子顶着绿色的朋克头，鼻环眉环一应俱全，为了晒到太阳，他们将破烂的皮夹克往下拉，任其垂挂在又细又白的手臂上；几个扎着长辫的年轻黑人，抽着大麻，坐在闪亮的阳光下打鼓。这个地区是年轻人的聚集地，尤其是年轻艺术家，或是梦想体会艺术生活的人。许多戏院和画廊都设在地下室，招租的店面也不少，如果在时髦的咖啡馆里坐久一点，还能听到不少伟大的计划，不是下一场展览、下一出戏，就是音乐会或表演活动。其中大部分人都毫无才气可言，但是东村的人们自成一体，互相打气，他们不想到百老汇寻求突破，反而喜欢这种刻意营造的波西米亚氛围，即使年过三十，仍然想感受活力与叛逆。

我找到伊丽莎白的住处，按下电铃。等了许久都没有人来应门，我正打算去找个电话时，却看到她正从三楼窗口往外探着头。她没想到我会这么早出现。她露出微笑，头发垂在脸侧，仿佛金棕色的瀑布。她把钥匙丢向人行道，让我自己开门进去。狭窄的楼梯十分破旧，每层楼都有好几户。公寓里一角有间小小的厨房，另一个房间兼当卧室和工作室。她正在厨房里加热猫食，一只白猫在她脚边磨蹭。她打着赤脚，穿着紫蓝色的人造纤维短裤，露出一双嫩白的长腿。上身穿的是男用格子衬衫，不但老旧，还少了好几颗扣子，只要一动，就会露出腰腹。长发垂在衬衫四周，看来就像剑客的软边帽檐。她的穿着打扮如此随意，难道是因为没有预料到我会这么早出现？她笑着对我夸张地鞠躬道歉，然后跪下给已经十分不耐烦的猫儿喂食。接着她起身，摊开双手，突然害羞起来。“呃，这就是你的住处啊。”“你想来杯葡萄酒吗？”她已经准备了一瓶酒和两个杯子，一起放在托盘上，旁边还有一盘花生。我注意到这是瓶相当好的意大利奥维亚图白葡萄酒。她端着托盘进到房里，虔诚地摆在旧沙发和折叠椅之间的破旧地板上。她的画架摆在房间的另一边，旁边还有个折叠起来的日式睡铺，一些已经上了画布框的作品正面朝外堆靠在墙边。我选了沙发坐下，她盘坐在折叠椅上，盯着我看，研究我在想些什么。虽然我当时才三十七岁，却再次感觉到自己的老态。她的公寓里充满了松节油和油画颜料的气味，我直视她的灰色双眼，以免看到她盘起的诱人双腿而分心——然而，我实在无法继续忽视，她将酒杯靠在粉嫩的膝头，看着金黄色的酒，转动杯子，然后说：“我差点就不打算打电话给你。”我清清喉咙，问她原因何在。她抬头看着我，脸上泛起红晕。她很清楚自己并不杰出，至少目前如此，还需要相当长时间的努力。几天前，我们相谈甚欢，她担心自己的作品不够突出，让我以为她只知道吹嘘，其实并不在行。那天在餐厅的灯光下，她的面孔有棱有角，但此时迎着阳光，面部线条却柔和了许多，浪漫蓬松的长发，和瘦脸颊、尖下巴、薄嘴唇、浅灰色双眼以及微弯鼻梁之间形成了对比。她的鼻梁侧向一边，她的整个面部轮廓因而有些偏男性化，让我想到十八世纪的某位公爵、天文学家兼百科学者。她完全没有化妆，仿佛奉行苦行僧的精神戒律，然而却和蓬松的头发形成极大的反差。当她苦思该如何措辞表达自己的见解时，金棕色的发丝不时落到脸上，她不时就得将头发往上拨。

她希望我诚实地发表看法。许多人只是随意敷衍，但是我的意见对她十分重要。她读过我写的评论，确信我能看出她究竟为何而努力。我表示，接到她鼓起勇气打来的电话，我十分开心；我们几天前的讨论，也让我摒除了自己写纽约画派时偶尔产生的怀疑。我说，她对纽约画派的热切让我更有信心。她羞赧微笑，喝了一点酒。我继续说，我完全没料到会碰见跟我一样的人，对莫里斯·路易斯和罗斯科有相同的看法，现在似乎没有太多人对他们感兴趣，他们早已被神化，而后被遗忘。我觉得自己可能夸大了心中的疑问以及日前见面的收获，但是她专注聆听；再说，我并没有胡诌，不过是加强说法，好让事情更清楚。她再次把杯子摆在膝头，像瞪着水晶球一样盯着酒杯里的酒。其实，她之所以犹豫不决，不知道该不该打电话给我，并不完全是为自己的画作感到害羞。我点了支烟，吐出烟雾，她抬头看了我一眼。她担心我会误会，人们总爱搬弄是非，她不知道美术馆馆长怎么说她的。“也许你以为……不对，”她先打断自己的话，然后说，“这听起来很蠢。”我问：“什么很蠢？”她露出讽刺的笑容：“也许你以为我是那种追着有妇之夫跑的女子。”我们大笑以对，我说她完全没给我这种感觉。此外，美术馆馆长对她也只有好评。我没提美术馆馆长诡谲的笑容，反而告诉她，我打电话给她之前，也有同样的念头，担心她会误会。想想也真是令人讶异，在那个阶段，我们就已经说出许多有关自己的事情。男人遇见女人的初期，会提起世上有趣的事物；接下来，两人会聊到彼此的故事，以及两人在一起的绝妙感受；再接下来才会继续说外在的世界，要不然就干脆住嘴。也许伊丽莎白也觉得我们说够了彼此的故事，因为她突然起身，轻快地说：“该来的终究会来。”然后，她动手拉出靠在墙边的作品。

她的作品当然不可能如她所说一无是处，但是她的评论的确相当中肯：作品的灵感来源仍然清晰可见，却并非纯粹模仿。当时我看到的画作，和七年之后在伍斯特街的展出有极大的差距，然而她当时的作品已具雏形，色彩敏锐、材料运用极为独特，最重要的一点，是简单的处理手法并不能让她感到满意。当时她的作品略显压抑，画布质感粗糙，且因为频繁使用海绵而变得很薄，就好像她担心作品过于浅显易懂，在创作时不断加入东西，调整架构，这就导致这几幅本就极弱的作品显得过于繁复，且讨好意味明显。她走进厨房，我听到她动手洗涤餐具，却将刀又掉落地上，一方面是天生笨手笨脚，另一方面则是担心听到我对她作品的评价。我独自观看她的每一幅画，专注于得出自己的看法，感觉既宁静又羞愧。在斯普林街共进晚餐时，我放下心里的石头，因为她并非我白日梦中雕塑花园里的那名神秘女子。然而，再次见面却让我十分难过。我们相对而坐，我坐在破旧的沙发上，伊丽莎白坐在折叠椅上，并将下巴放在交叠屈起的长腿上。也许她并没有注意，但是这个坐姿却让她那条滑稽的短裤往上缩，展现出大腿性感的曲线。她告诉我，她担心打电话会造成我的误会。当下，我尽力忽略眼前的景象，但是我无法欺骗自己，假装没受到吸引却又无法移开视线。这种感觉实在愚蠢。难道我无法与一个与我见解相仿的女人见面谈话，而不去看她的大腿？就因为她不经意地把长腿露在面前，就得任我贪婪的眼光餍足？她早已说清楚，尽管我们有幸在思想频道上有相同的波长，但与情色绝对无关。我到厨房去找她。她抱着猫咪坐在桌边，埋首阅读报纸。我在她对面坐下，对她说出我对画作的看法。我没有省略赞美，也没有疏漏批评，说到重点时，甚至还毫不修饰地直说。如果她此前没有言明我们的关系纯属精神友谊，我不知道自己是否仍会如此直截了当。我是否有惩罚她的念头，还是想再次澄清我们的关系，不让自己留有幻想空间？她看着我，竭力控制自己不要眨眼睛，心不在焉地抓搔猫咪的耳朵。我说完，室内一阵沉默。这时，猫从她的腿上跳下来，砰地落地，随后伸伸懒腰，进了隔壁房间。她的双手就这样空出来了。她清清喉咙，将头发往后理，表示认同我的见解。她说，她很高兴，我坦率的评价对她无异于一份大礼，事实上，她也知道自己的弱点在哪里，但是由别人口中说出反而更易懂。这种机会不多，我的指教让她受益良多。我几乎为她感到难过，本来想再试着开口，但她继续自我批判，最后我只得热烈赞美她比较突出的几幅画作，结束自己过于诚实的评价。

她表示十分期待我的新书，问我之前为何对是否应该为我们喜欢的几位画家写书有所疑虑。我不知道，她问及我的疑虑是不是因为她已经揭露自己的弱点，所以要重新扳回颓势。我无从判断她提问的动机究竟是乐于摇撼我被她神化的地位，还是我的自白触动了她的情感。我回答，我的问题与那些想写艺评，却非科班出身，也没有文学背景的人相同。借由文字来评论纽约画派的矛盾之处在于，这些画作的震撼力，其实是源自不须语言沟通的特性。这些非概念性的画作避开所有文字描述，就算是最敏锐的文字，也无法囊括这些作品，或作品带来的效果。有些意义永远无法借由文字来表达，这种跳出文字的感受才是令人一再回首的原因。这种感受唯有通过绘画，借由观赏者投在画布上的视线才得以传达。这是一种意念、物质和形体架构而成的联合体，无法用言语说明，再深奥的词句也无法诠释这个联合体的独特性。反之，语言却永远得利用相似或相反的文字来比较，才能表达意念。唯一与这个观念最相近的语言表达，可能只有佛教禅宗。对其而言，射箭也好，书法也好，这些修行都能引领出同一种自发性洞察力，这与在罕见的机缘中，面对一幅完美的绘画所产生的效果相同。她聆听我的看法，热切的眼神记录下我脸上的每一个表情，思绪随着我的引导神游。我得说，我这番对于“纯粹绘画”的赞美，让自己也深受感动。我边说边下决定，书本的前言一定要放上这样一段文字。她似乎无法继续承受，突然站起身来，提议去散步。要在一间小公寓里与他人共处，方式并不多：要么面对面坐在不同的椅子上，要么就上床。直接排除第二个可能性之后，如果两人对彼此还称不上熟识，又厌倦了拘谨的坐姿，那么谈话中不时出现的间断情况可能表示互动关系必须加强。由于我们都热爱纽约画派，因此已经算得上熟稔，如果不想让这段关系踏入死胡同，我们就得找点新活动。我客气地搔弄猫下巴，伊丽莎白套上一双破旧的球鞋。她穿上旧风衣，戴上刮痕累累的墨镜，带着害羞的笑容将长发从风衣领口一把拉出来，仿佛为自己一头过长的头发道歉。我们很快就下楼来到街上。

她走路的速度很快，活力十足地大步向前。并肩走在一起，我才注意到我们身高相当，她甚至可能比我还高。尽管如此，我们走在一起一定很怪异，她穿着破旧的风衣和短裤，长腿下踏着一双破烂球鞋，而我则身穿斜纹呢西装，脚下的皮鞋闪闪发亮。沿路穿过东区，我觉得自己过分拘礼，简直像个便衣警察。东区充满各色人种，对各种怪僻已然司空见惯，反倒是正常的装扮成了异数。她会怎么看我呢，身穿斜纹呢西装，搭配烫过的浅蓝色衬衫，一副中产阶级知识分子的模样？我觉得自己像个陌生人，不确定我们正在建立怎样的关系。我们说话的方式绝非打情骂俏，我确定这段关系绝对不会发展为风流韵事：我到过她家，两人又走出来进入毫无旖旎色彩的公共空间。这是友谊的开端吗？阿斯特丽德和孩子们现在应该用完晚餐了，西蒙绝对坐在电脑前，迷失在外星人入侵游戏当中。阿斯特丽德可能正在给罗莎讲故事，我似乎能看到她就坐在沙发上，小小的罗莎几乎埋在羽绒被子下——她老是把被子带到客厅去。就在同一个时间，我在大西洋的另一端，漫步在午后的阳光下，远离我所熟悉的惯常生活、城市和日常作息。我们走在树荫下，经过满是灰尘的餐具店，穿过小意大利区和索霍区，朝哈得孙河前进。我偶尔会注意到某个观光客，并且会跟伊丽莎白说出自己观察到的细节，我提起纯粹绘画带给我的感受，这种经验和我面对一件物体，纯粹观察外观，跳出对内在含义的思考感受相当一致。我把自己童年离家的故事告诉她，说起自己在废墟里如何沉醉在光与影的变化之中。她能够了解，她小时候也一样，看着排水沟井盖上的图案，或是墙上残破的海报，就坠入白日梦当中。我们说起，在某些特殊却宁静的时刻里，突如其来的某个动作带入光线，造成明暗光影的瞬间变动，而唤醒这些奥妙变化的人却是观察者的双眼。散步途中，我不小心踢到一个生锈的螺丝钉，螺丝钉在阳光下滚到人行道的边缘，钉子和影子一起摇摆晃动，晃动的弧度逐渐缩小，落到地面才又定了下来。她弯腰捡起螺丝钉递给我，笑着说这是她给我的礼物，好让我记得这次会面。我仍然保留着这个螺丝钉，就放在抽屉里。随后她让我谈谈我的妻子，这似乎是在提醒我两人之前已经达成一致的相处方式，以免我又有所误解。

听到她说出“你的妻子”，我感觉有些别扭，用人们自我介绍时的简短方式来谈论阿斯特丽德也一样让我感觉不自然。“她三十八岁，从事电影剪辑工作，双眼细长、宽脸颊，身材苗条，栗棕色的头发在潮湿的天气会微卷，曾经与某著名导演有过一段婚姻，是两个孩子的母亲，大儿子是前一段婚姻所生。她喜欢法国导演特吕弗，爱吃螯虾，喜欢在海边漫步、到南欧旅行，喜欢古董、小玩意儿。她冷静，不爱批评他人，但其实相当凭直觉断事，个性体贴，外冷内热。”阿斯特丽德真是这样吗？我脑中的阿斯特丽德突然变得既遥远又渺小。我是不是说得太多？是否应该什么都别说？就算说得再多，也不足以形容她的千万分之一。我们走到西侧高速公路，顺着明亮的河水朝世贸中心走去，我面临了另一个困难的问题。我们夹杂在喷吐热气的慢跑者当中漫步，而凉风却迎面袭来——在阿斯特丽德离开我的一个星期之后，我也在相同的地点漫步。每当阿斯特丽德出现在我的脑海里，我就想到那站在卧室门口看着我然后转身离开的身影，相同的问题便会出现。我真的认识阿斯特丽德吗？除了我们共处的时光、她曾经提起的旧日片段，以及我告诉伊丽莎白的简单叙述之外，我还知道些什么？阿斯特丽德对我有更深的认识吗？伊丽莎白问到我们结婚有多久。“十年？”她难以置信又饱含敬意地摇摇头，“那么为期十年的婚姻还真的有可能呢！”她的评语惹得我哈哈大笑，我又以轻快的语调说起自己如何从一段以自我为中心的不成熟感情中得到解脱，获得可以摊开在阳光之下、经得起任何波折的快乐生活——就在她专注聆听的同时，我突然觉得这一切既单薄又暗淡，而她似乎能辨认出藏在我成熟笑容和自信言谈之下的阴影。

但是，我所说的是事实，绝非谎言。难道不对吗？我问起她的情况。这下子轮到我意图扳回颓势了。我说出了自己的内心话，现在等着她倾吐，有来有往，就像我以自己偶发的写作危机来回报她对自己画作的批判一样。我们停下脚步，看着无人的码头和空空的河面。风势强了些，吹动她的头发和风衣。她拨开脸上的发丝，带着浅浅的微笑，看着河面上因风吹拂而深浅不一的蓝色水波。她有段时间没再谈感情了。两年前，她发现自己怀了孕。他也是个艺术家，当时仍在哥本哈根，他们最终不欢而散。于是，她来到美国。她逐渐习惯多数时间自己独处，且不以为意，但是有时还是不免自问：她是不是对此太过习惯。回家的念头偶尔还是会出现，在这个城市生活并不容易，必须努力争取才有收获，但是话说回来，奋斗的感觉实在好。她并不真的清楚她对自己有什么期待。沙子飞进我的眼睛，感觉像被松针扎了一样。泪水顺着我的脸颊流下来。她如梦初醒般地转向我，用指尖翻开我的眼皮，但什么也没找到——突然间，沙子不见了，她的指尖还放在我的脸颊上，几秒之后，我才说："沙子出来了。"我轻轻握住她的手腕，移开她的手——这么说吧，我利用了这个时机。我握住她的手，互相凝视。两人就这样久久地站着，却依旧觉得时间太短。我发红的眼睛泛着泪水，她抽回手，我没有坚持，接着她转身看向河水。她说：“我不能喜欢你。”我说：“是不能。”然后我和她看向同一个方向，远处的科尔盖特时钟在阳光下闪闪发亮，看不清时间。我们就静静站在彼此身边。这个地点实在荒唐，当天是周日，我们身后的车流稀疏，再过去则是一些废弃的旧仓库。她转过头看着我，脸上的表情十分严肃，却又带着一抹没见过的温柔。她说：“你很坚强。”她为什么这么说呢？我没说话。她说：“有点冷，想回家了，你可以在教堂街坐地铁。”我表示要陪她走回去。她则说不必勉强。我说：“我知道。”回东村的途中，我试图找些轻快的话题，却只能胡乱闲聊，我们沉默的时间越来越长。我无法分辨究竟是她擅于隐藏感情，还是我太过盲目。我们都懂得如何去误解彼此的心意。我们在她家楼下的门口犹豫了许久，她慢慢摸索寻找钥匙。她打开门，转身向我道别，我亲吻她，她没有拒绝，只说：“希望你知道自己在做什么。”我说：“我知道。”但是我当时其实一点都不清楚。

同样的东西，同样的动作，然而当你与另外一个人双眼对望时，心里却觉得：这次一定不同，意义非凡。我为什么这么重视这一次？是因为十年来，除了阿斯特丽德之外，我没有和任何人温存缠绵吗？难道这只是单纯的出轨？我显然早已出轨，只是自己还不知道。那天午后，我在现代艺术博物馆的雕塑花园里遇到那名时髦女郎，后来又假设她可能就是眼前的伊丽莎白，那个我原来根本不打算与之相约的女子，我甚至认为美术馆馆长带着诡笑递给我的是个浪荡女子的电话号码。其实我是在担心自己，不确定自己是否会做出不当之举——其实，早在那之前，我就已经出轨了。这并非因为我不过是个疲惫的有妇之夫，想在日常生活之外寻求刺激而来到美国，避开周遭批判的眼光，把伊丽莎白当作生活的小插曲，当作发泄抑郁情绪的机会。这个说法其实是我后来在愧疚之下灌输给自己的念头。那天下午，我再次进入伊丽莎白的公寓，在她的画作之间温柔地站着拥抱她，忌妒的猫就在我们脚边磨蹭。我们站了好一会儿，她抓着我外套的领口，头靠在我的肩膀上，长发搔着我的鼻子。我们就这样紧拥对方，没有移动，也许是因为谁也不知道该怎么继续。我想起另一个黄昏，在另一处公寓里的另一个拥抱。那天，艾妮在无人的罗马雕像展览厅里转身面对我，随后我们踏遍了整个小镇。我也想到童年时，离家和老鼠野猫共度了数周快乐时光之后，回到父母空虚沉默的家中的情景。艾妮曾经把我拉到她跟前，我们透过窗看着对面的犹太人墓地，其中有很多破碎的、无法辨认的墓碑。之后很多年，我以为我已经把那道无形的鸿沟抛在身后了。几分钟之前，就在我上前一步对伊丽莎白张开双臂，将她紧紧拥在怀里时，就好像我同时跨越了那道鸿沟。就好像随着时间流逝，在罗莎和西蒙逐渐长大后，我和阿斯特丽德之间的鸿沟再次出现，也许是因为我要照顾的人和事太多了，无暇注意到它。难道我打算欺骗阿斯特丽德吗？还是说，这些年来，我一直欺骗着我们两人？阿斯特丽德在我最寂寞的时候出现，于是那天晚上在厨房里，我冒险触摸她的脸颊。难道从那以后，我一直把最原始的自我丢在一旁？我也不知道自己当时存着什么念头。伊丽莎白缓缓脱下我的外套，我垂下双手，她后退一步看着我，有些困惑。我完全不知道她在我的脸上读出了什么，但她显然看出了一些信息。她任风衣落到地板上，在我面前脱去所有衣物，赤裸地站在这个闯进她的生活、衣着完整的陌生人面前，她仿佛要让他认清自己将要承担的一切，看清造物主赋予她的模样：小小的乳房、细瘦的身躯。接着，她摊开折叠起来的日式睡铺，跪下来拉平床单，我注意到她的脚踝沾到灰尘，尽管她近在咫尺，我却开始怀念环住她的感觉。我依稀听见第一大道的方向传来警笛的声音，路过的汽车播放着吵闹的南美音乐随即又远去，窗外的鸽子飞向对面的防火梯，夕阳余晖依然照在楼顶的红砖上。鸽子拍动翅膀，影子也跟着呼应，两者的距离越来越近，一直到鸽子落到防火梯的顶端收起翅膀，两者才密密地结合在一起。

老实说，这次的经验并非永生难忘，伊丽莎白和我第一次一起躺在睡铺上。白猫就坐在门口观望，它坐姿完美，收起前掌，就像狮身人面像般端坐在门口。对它而言，人类不管做什么都不足为奇。她之前说过，有很长一段时间没有爱人了，我相信她。她消瘦身躯的棱角似乎转移到所有的动作上，我们的努力却演变成气喘吁吁的缠斗，最后只好放弃。她把脸颊贴在我的腿上，恍惚地看着我依旧亢奋的身躯。我提到著名摄影家曼·雷[①]的一幅作品，某个二十年代的默片明星噘着性感的嘴唇，眨着长长的睫毛，低下头观赏一尊纯朴的非洲雕像。我们都笑了出来，不只是因为这幅照片，也因为我竟然想得出这个比拟。暮色中，我们靠得更近一些，躲在她拿来当作被子的毛织披风下咯咯发笑。她问我是否失望。“并没有，一点也不觉得。”这么多年来，只有阿斯特丽德见证我在性生活上的表现，对于自己不必在与伊丽莎白的第一次就表现最杰出的一面，我甚至还松了一口气。我从来就不太相信其他女人会和她一样满足，不知她是自己要求不高，还是根本高估了自己的伴侣。但是我们躺在披风下，我什么话也没对伊丽莎白说。另外，我也毫不惊讶地发现，自己并没有罪恶感，也许这是因为她细瘦的身子靠在我身边，并没有带来任何魔咒或奇特的情绪。这只是一具躯体，不同于我所习惯的另一具躯体。我对她说出自己的感受：这几年来和阿斯特丽德共同生活，却没有发现彼此间的裂缝越来越大，因为这道裂缝是缓慢出现的。但是，伊丽莎白用手指按住我的嘴，不让我继续说下去。

之后，我们再也没有提起阿斯特丽德，同样也没提我们之间的关系或未来的发展。未来是个禁忌的话题。我们讨论艺术、工作和我们的见闻，却避免说到我将要回到原来的生活、回到妻子的身边的那个日子。我们假装这天不会太快来临，乐于待在缥缈

① 曼·雷（Man Ray，1890—1976），先锋摄影大师、诗人、雕塑家、达达主义奠基人、超现实主义电影的开创者。

的梦幻之境。我们共度的时间并非以日来计算，而是以小时为单位。因此，接下来的三个星期，无异于一小段永恒。我们大多待在她的公寓里，或是漫无目的地四处漫步，甚至在半夜前去附近的韩国杂货店购物。我还会下厨为她准备丰盛的西班牙杂菜锅，在这段我们共处的时光里，她总算胖了一公斤。我们也学会如何爱抚对方，但是有好几个夜晚，我们只躺在床上谈天说地，完全忘了秘密恋人应当要及时行乐。每隔一天，我仍然会回到黎巴嫩心脏外科医生位于布鲁克林高地的家中过夜，隔天早上努力工作，但是我也时常坐在伊丽莎白家的厨房里写作，她在隔壁房间里作画，白猫则是在两边来来去去，仿佛满怀爱意的信差。我的写作进度比预期的来得快，伊丽莎白或白猫都没有让我分心。不但如此，我发现自己比以往更专心，我大声朗诵自己写下的新段落，甚至觉得那是至今最好的创作。黎巴嫩心脏外科医生甚少在家，他显然比较喜欢女友位于长岛的住处。我只错过一次阿斯特丽德的来电。我自己打过几次电话回家，问起家中状况或提起书本的进度，对于自己游刃有余的自然谈吐我十分诧异，而她听起来也不像有任何怀疑。我从不相信欺骗会如此容易，我以惯有的柔和态度聆听她的声音——经过卫星传输，稍有间断——似乎伊丽莎白和阿斯特丽德当真生活在不同的世界里，两者的边界，便是我自己。

除了互相交谈以外，我们甚少和外人谈话。有几次在东村的咖啡厅里，我们正好碰到她的朋友来打招呼，那些冷漠型的艺术家和她礼貌握手，用好奇的眼神偷偷瞥着我，和伊丽莎白聊些新闻，私下怀疑她身边这个中产阶级长相的家伙究竟是谁。她并没有特地介绍我给大家认识，而我也乐得独自和她相处。只有一次她带我到索霍区参观一个个人特展，地点是旧车库改装的艺廊，窗户用的是彩绘玻璃，从窗户看出去就是大街。冷调的白色展览场地为作品营造出封闭的空间，特别邀请来的贵宾则背对着作品谈天，看着来去的人们。没有人注意到站在角落里的我，我观察众人，暂时不为众人所见。但出乎我的意料，认识伊丽莎白的人不少。我站在角落里，看着几个扎马尾辫、细条纹西装里搭配黑T恤的中年男人，亲吻着我衣衫破旧的爱人。这么说，他们也属于遭我闯入的这个世界。等我离开之后，她也会回归原来的生活。显然，这次展览的主角也是她的老朋友，这名小个头的意大利艺术家头发稀薄，一身白色西装，脚上踩着凉鞋，两人站在一起谈话的时候，他还得歪着头仰着看她。他是在场唯一可以吸烟的人，他抽着哈瓦那雪茄，对她说着不知什么笑话，让她整个人笑弯了腰。我无法不去注意，他将夹着哈瓦那雪茄的毛乎乎的手放在她穿着破洞牛仔裤的臀部，还踮起脚尖对着她耳朵低语，完全无视在场的其他等待招呼的身着或粉红或柠檬黄香奈儿华服的女士。我又想起美术馆馆长和他狡诈的笑脸。我站在这简陋忙乱的地方，因爱变得太过敏感，因此是不是成了大家的笑柄？

离开纽约的前一天，我们一起去了趟康尼岛。我们在海滨人行道旁的酒吧里喝啤酒，几个年岁已大的客人头戴凹垮的棒球帽，弯腰驼背，背对大海坐在里面。海鸥刺耳的叫声在酒吧里回响，这家酒吧理所当然地被叫作“大西洋”，后方空荡荡的游乐园里，摩天轮兀自转动。电视就架在吧台上方，屏幕里，美式足球场的草地颜色和这个破旧酒吧的墙壁一样绿。球员在场上挤成一团，背上拱起的号码难以辨认，下一秒钟，整群人就像笨重的海鸥一样全体散开。一架架闪闪发光的飞机从天边接近，准备在肯尼迪机场降落，海堤上的钓客用小鱼做饵，一次又一次地抛杆。钓客身后的公园后方，矗立着一些新建成的公寓大楼，这些棕色的高耸建筑物全部面对大海。伊丽莎白觉得这些令人沮丧的公寓大楼像极了也门首都萨那那些有着千年历史的高耸泥楼。我们在海滩上逗留了一个小时。她把头枕在我的腿上，在阴天的光线下闭上双眼，长发铺散在我的膝头。我看着她，再看看海。我问她是否还想搬回哥本哈根。她说还不知道，也许会吧。当天以及第二天搭乘出租车前往机场的时候，我们都没怎么交谈。她带着扭曲的笑容，与我面对面地站在办理登机手续的柜台前方。似乎，如果没有特别的状况，我们不会再次见面。她亲了我一下，随即转身离开，完全没有回头。六个月之后，我和阿斯特丽德站在另一处海滩上——那是在到达波尔图的第二天。我们本来打算直奔里斯本，也许在科英布拉稍事休息，但是又想先看看大海。自从离开圣塞瓦斯蒂安之后，我们就没有再看到大海了。于是我们沿着斗罗河前进，沿途的房屋越来越破旧，放眼看去，尽是黑色的瓷砖外墙、生锈的阳台扶手、一排排晾起的床单和褪色的孩童衣服。来到出海口，站在沙洲上的渔民在雾气中十分渺小。到了马托西纽什，我们下车到宽阔无人的海滩散步，身后的咖啡厅早已荒废，远处巨大的油槽在海边迷蒙的阳光下闪闪发光。我们走到沙滩的尽头，看到眼前一片夹带沙子翻滚的浪花，大海和薄雾合而为一。我后来才发现，马托西纽什和康尼岛的地理位置几乎完全相对：马托西纽什在北纬四十度，康尼岛位于北纬四十一度。在康尼岛的海滩，伊丽莎白将头枕在我的腿上，我兀自想象，如果离开阿斯特丽德，会出现怎么样的局面。离开伊丽莎白六个月之后，我再次和阿斯特丽德并肩站在另一处海滩上。两个分别位于新旧世界当中的海滩，中间隔着大海。许久之前，人们怀抱着无限希望横越这个海洋，把世界当作分离的小宇宙，却不知世界其实是个处处相连的大空间。那年春天我从纽约回家时，阿斯特丽德第一次没到机场接我。这时，伊丽莎白留给我的记忆已十分模糊，像是虚幻的残留影像。阿斯特丽德没来接机让我松了一口气，我本来还担心会看到阿斯特丽德牵着罗莎；西蒙站在她身后，头戴棒球帽，挂着随身听，摆出烦躁不堪的表情。因为对一个十六岁的青少年来说，到机场接继父实在有失尊严。在入境大厅里，我忙着为这次的重逢做心理准备，没时间预想是否还会有其他情况发生。会发生什么事吗？我在飞机上打瞌睡，越来越清楚地认识到自己的背叛行为。尽管我独自坐在数千英尺的高度，理当将大西洋当成闸门，将秘密关在身后，但是我实在难以将过去三个星期以来在东村发生的一切当成一段简单的婚外情。

我当然知道，这样一段感情十分寻常，就像成人带着微笑看着自己年少时状似无辜、双颊稚嫩、衣着过时的照片。我很清楚，这种事应该以无伤大雅的方式带过，没有必要增加阿斯特丽德的负担，或是引起不必要的痛苦。如果把发生在纽约的故事全盘告知阿斯特丽德，她的反应必定很剧烈，但是一想到自己必须保持沉默，这种折磨一样深刻。三个星期之前，我一直是那名因为和阿斯特丽德共同生活而出现的男人，我之所以会成为那个男人，是因为我相信阿斯特丽德没有错过他的任何生活点滴。我从来就没想在她面前保有任何秘密。相反，我总担心自己没能够在她面前表明这个想法，或是她没有完全明白我的意图。我只敢仰赖她对我的爱，希望在她知道我所有的缺失之后，还能继续爱我。从那年冬天我在厨房里第一次亲吻她，距离现在已经过了十年，当时的出租车司机只是出于好意为那名奇特的女郎提供了一个安身之处。三个月之后，阿斯特丽德告诉我她怀孕了，我不顾后果地回答“有何不可”。我把握机会，逃离孤寂，与阿斯特丽德共同生活，不管是在她眼中，还是在他人眼中，我都已经成为这个世界的一分子。艾妮离开我之后，我仿佛陷入了魔咒。这和我小时候离家出走的经验截然不同。当时，在倾塌的废墟里，我躺在发霉的沙发上，看着鸟从屋顶的大洞飞入室内，我只梦想自己不要成为任何人。这个魔咒和我童年的自负不同，也不同于我背下的诗句：“当个名人很可怕，任何人都认识你，像只青蛙……”艾妮对我那段不幸热情的惩罚，以最残酷的方式将我变成黏糊糊的丑陋蟾蜍，只能与孤寂为伴。得到阿斯特丽德的亲吻之后，尽管我仍然与他人不同，但我已恢复人形。我不但顺势成为她命运中的男人，还当机立断地决定这个随她召唤而现形的男人就是我。黑暗迅速笼罩大西洋，坐在飞机上，我这么想：原来我就这样关上心门。我就这样背弃了废墟。在废墟中的我，比身在任何地方都更忠于自己，因为我只需要老鼠和野猫陪伴，无须获得任何人的眼光来防止我消失。坐在飞机上，看着窗外云朵上方的天色逐渐转为深蓝，我想到，虽然我已现形，却丢失了自我，迷失在混杂着众多面孔与形体的世界，在迷宫般的机缘中随波逐流。

飞机在早晨降落。我回到家时，家中空无一人。阿斯特丽德在厨房桌上留了张字条给我，说她帮我准备了咖啡和面包。罗莎送我一幅自己画的画，是一个身穿花外套的男人站在只比他高一个头的摩天大楼之间微笑。她以童稚手法描绘出帝国大厦，顶上还站着一只穿泳裤的黑猩猩，它咧嘴人笑，手臂夹着一个长发飘舞、看似芭比娃娃的小人儿。我睡了一整天，醒来时，太阳已经下山。罗莎用小手拉扯我的胡子，阿斯特丽德低声喊她。我睁开眼睛，卧室光线昏暗，我刚好在两人离开之前看到她们的身影。我继续躺了一下，听到母女在厨房里说话，隔壁的房间也传来西蒙看电视的声音：尖锐的刹车声、高亢的美式对白。我觉得自己好像在观赏原来暂停的影片，重新开始之后，出现了相同的演员和不变的情节。我瞥向闹钟的荧光绿指针，纽约现在应该是十二点半。前几天我看到伊丽莎白在为新的作品做准备，所以她此刻可能正在作画，或者也可能独自快步走在第一大道上，长长的头发在阳光下飘扬，犹如风中的旗帜。我起身，到客厅找西蒙。他茫然地抬头看我，仍然沉浸在电视剧情当中，接着他略带害羞地起身拥抱我，似乎觉得自己已经过了拥抱的年纪。西蒙开口问我是否一切顺利。他身后的电视屏幕上，有个眼神狂乱的男子抓着直升机的脚架，吊挂在曼哈顿的半空中，直升机上的另一个男人用靴子猛踹前者泛白的指节。我回答他“很好”，然后让他继续看影片。他带着歉意笑着说，电影正放到精彩的地方。我回给他一个笑脸，然后进到厨房。罗莎一听到我的脚步声，就直接冲向走廊，猛地扑进我的怀抱，差点把我撞倒。我亲吻罗莎，抱着她进到厨房，阿斯特丽德正在削马铃薯。她手拿刨刀对着我们笑，我放下罗莎，上前拥抱她。我感觉她瘦了些，看起来很漂亮，既漂亮又丝毫没有疑心。她站在那儿看着我，似乎看出该看到的一切。每次我结束旅程回国，总会把在异乡的见闻告诉他们，然后拿出带回来的小礼物。当天晚上，我十分惊讶，阿斯特丽德竟然什么也没发现。我表现得很急迫，似乎想让自己隐身在粗暴的动作之后，想赶紧结束，以惩罚她的毫不知情，好将自己的罪恶加诸她的身上。事后她说：“好久没有如此美好的体验了。”我亲吻她的眉眼，她睁开慵懒的长眼，微微扬起嘴角，露出挖苦的微笑，然后说她希望我常出远门，好带着这般热情回来。

在昏暗的房间里，我就这么清醒地躺在她身边，很久之后才熄掉小灯。她沉沉睡去，湖边偶有车子经过。我想起西蒙，看着惊险刺激的影片，羞涩地起身拥抱我；想起罗莎，她张开双臂扑向我的兴奋之情；而阿斯特丽德在厨房里看着我的眼神，像是要唤起我在她记忆当中的面孔。伊丽莎白这时可能正在吃从日本餐厅外带来的寿司，迎视白猫冷漠的眼神。究竟是什么因素让她成为这个转折点？是她诚恳的声音、蓬松的长发，还是做爱时兴奋的低吟？是她冷漠的外表，还是她忘我作画时慢慢沉积在她简朴公寓墙角的灰尘？或者，是因为我们同样喜爱罗斯科和莫里斯·路易斯，我们的想法完美契合，我的评语也正是她的反应？还是说，这全是因为我们之间有令人讶异、波长相同的思想频道，所以才会如此容易地就找到彼此？也可能这只是个毫不相关的偶发性机缘，让我睁开双眼看见自己疏忽许久的事物，迫使我回答那些没有解答的疑问？一两年前，当艾妮在阿尔玛广场地铁站与我吻别时，她的问题随她一起走入地铁。我快乐吗？这种经得起日晒雨淋、耐得过日常琐事的中产阶级朴实的快乐，是否只是一个安慰？当初面对阿斯特丽德毫无预警地宣布怀孕，我随意回答“有何不可”，是不是错误的？阿斯特丽德带给我一个孩子，也为我毫无意义的忧郁人生带来意义。真正的欺瞒是不是发生在那一刻？难道是我的胆怯、自怜、孤独，让我攀附住阿斯特丽德？阿斯特丽德呢？她快乐吗？还是我浪费了她的光阴？我真的爱她，还是只是看似如此？艾妮离开我之后，有没有在我内心留下一个锁住的空间？我是否当真相信可以收拾起消沉的意志，在新生活的忙碌和温情的职责中忘记自己？伊丽莎白是不是突然找到一扇门，开启我封锁已久的空虚内心，而这扇隐藏妥善的密门，竟然连我自己都不知道？

第二天，我以为阿斯特丽德发现了这件事。我早上醒来走进浴室，看到她正在整理脏衣物，我在刷牙的时候，从镜子里看见她从我的衬衫上捡起一根白色猫毛。我漱口之后告诉她，黎巴嫩心脏外科医生的猫陪伴我写作。我说，它可能和我一样寂寞，因为它的主人老是留在女友的住处，于是它搬进客房和我同住。我就站在那儿这么说着谎，嘴角还残留着牙膏泡沫。我设想出白猫在橘街窗口晒太阳的场景，对于自己的说法如此可信，也感到十分讶异。阿斯特丽德笑了，说她以为我不喜欢猫。这倒是真的，罗莎好几次提出养猫，都被我拒绝，因为我可以想到最后负责换猫砂、处理恶臭排泄物的人会是谁。我说这只猫很讨人喜欢。我想象猫儿在布鲁克林高地的大宅里来来去去，或是坐着看我写作，摆出骄傲又神秘的姿态。日子过得越久，规避事实就越容易。戏继续上演，我继续扮演自己的角色，毕竟我已经把台词背得滚瓜烂熟。我完全清楚自己应当如何表现，也知道他人对我的期待。此外，我的个性本来就有点心不在焉，有时候甚至恍惚，阿斯特丽德觉得这个特性很可爱，就算我恍惚过了头，她最多也不过是用深情的语气开我玩笑。这时我得自问，究竟是因为过度专心于工作，还是出于某种在阿斯特丽德面前的尴尬笨拙，才让我在这些年越来越难集中精神。我依然可以用自己正在写的书当作心不在焉的借口，接下来的几个星期，我一直待在书房里写作。除了写作，我同样忙于家务，在晚上，甚至花比以往更多的时间陪伴孩子们，也许这是出于良心不安。只有在我和阿斯特丽德独处的时候，我才会感觉有些疏离，行为也较为木讷。但是，她将这些反应当作我专心工作时的正常表现。她也注意到我宠溺小孩的举动，却将其归为我为了工作而疏忽孩子所产生的焦虑。

对阿斯特丽德而言，我的学术领域从一开始便离她十分遥远，不管是否出于尊重，或是没有兴趣，她从来没有想过干涉。当我坐在书房看着窗外的湖水时，她更从来不曾来打扰。对于她的缺乏兴趣，我从不介意。遇见她的时候，我觉得她将我从独行的天性中解放出来，她引领我进入无须烦忧的宁静境界，即使在她最艰难的日子里，她也从未面露难色。日常生活中重复出现的琐事，轻快流畅地被解决，我们两人间温暖的爱意便是让一切顺利进行的动力。我从不希望她闯入我工作上的封闭范围。似乎将她留在这个范围之外，她才能继续担任我与真实世界之间的平衡点，让我不至于与世隔绝。说来微妙，但是思想领域上的孤寂为我换来了实质的伴侣。因此，在写书的时候，我从未想到阿斯特丽德，反而是伊丽莎白不断地出现在我的脑海里。想着伊丽莎白，与书写有关纽约画派的画家，其实是同一件事，这不仅是因为我们对这些画家有相同的看法，更因为这么多年来，我首次重拾梦想：也许工作和生活真的可以完全契合。我们在东村共度的那几天，让我见证了这个可能性。那些犹如肥皂泡的日子十分脆弱，却具备让我无法忘怀的璀璨光彩，我无法不去想：也许，我还能吹出永远存在、更新更大的肥皂泡。有些栩栩如生的梦境，让人在清醒的时候，依旧难以放下。我记得听她提起回哥本哈根的念头，这让我更放肆地沉溺在另筑爱巢的梦想当中，她绘画，我写作，我甚至还想让她认识罗莎和西蒙。这的确是个令人欢欣鼓舞的想法，况且阿斯特丽德从来不碍事，从未出现在我的妄想当中。

与伊丽莎白见面之前，我就已经发现：身在黎巴嫩心脏外科医生位于布鲁克林高地的住处，我很难清楚地描绘出阿斯特丽德的样子。我可以想象出家中的日常活动，但她总是模糊难辨，我想离近一点，更清楚地看她，但是出现在眼前的，总是一些僵硬刻意的姿态，隐藏的秘密比显露在外的信息来得多。我脑中的阿斯特丽德并不是那种具有清楚定义、从时光中撷取而出的瞬间影像。这是因为这么多年来，她一直陪在我身边，我没办法清楚地看她，四处都有她的踪影。我没有办法将她的面孔从任何影像中抽离出来，因为她已经和我对于这些年来毫不间断的活动的散漫记忆混合为一体，分分秒秒以极快的速度前进，发生在我们生活中的一切事物也一气呵成。而伊丽莎白的形象则非常清晰，我们在纽约肯尼迪机场离别后，时间越久，她就越清晰：她闭着双眼，坐在汤普金斯广场咖啡厅前的人行道上，对着阳光向后仰着头的姿态；她由唇间呼出袅袅蓝烟，如薄纱般透明的影子映在她脸上的情景；还有她背光站在画架前方，画布上的颜色犹如金属闪闪发亮，而她整个人只剩下灰色轮廓，头发松松地绾在颈后，长腿上映照着斑驳的深黄和绯红；以及她迎着阳光，大大咧咧地坐在窗前的地板上，将我的手稿摊放在面前，一边吃奶酪，一边俯身阅读，她太过投入，以致忘了抹去上唇一道如同不经意的僵硬微笑的白渍。我坐在窗边，看着湖畔树木新生的枝丫，脑海里清晰地浮现出伊丽莎白的模样。过了两个星期，我终于放弃坚持，某天中午，趁西蒙和罗莎尚未放学回家时，我打了个电话给她。她的声音带着浓浓的睡意，那时纽约时间是早晨六点半。我问她正在做什么。她说，猫咪躺在她的肚子上，看着外头窗台上的鸽子。我说我想念她。她说她也想念我。话语像是我们之间的障碍，不但没有串起两人，还拉开了距离。她表示接到艺廊邀约，将举办个展；我则谈起我的书——这些对话似乎都太切实际了，无法表达离别后的思念。她问我回到家有什么感受，我告诉她很困难，而且我十分想念她。她说她也一样。她不是才刚说过这句话吗？我说自己将会再去纽约，时间还没确定，但是绝对会成行。她说，那么我们会再见面。此时，电话中出现一阵沉默，一阵通过卫星传达的长长沉默，有些咝咝的杂音，像是想象中在外层空间的沉默场景。我再次告诉她自己想她，才终于打破两人之间跨越了大西洋的那阵沉默。我们很快就挂断了电话。

阿斯特丽德离开我之后，我才有办法和当年回家后清晰地看见伊丽莎白一样，清楚地看见阿斯特丽德。我只有这些影像，并且不断地翻出来重新审视，只怕它们会就此消失。然而，我看得越清楚，影像就越难懂，因为她的故事必然和我的说法不同。阿斯特丽德倘若没有离开，应该会告诉我那些被她藏起的故事。如今她人不在，我也只能说出自己的版本，只是，越是没有她的说辞，我的故事就会越长。但是就算文字用竭，我也要说出我的故事，直入核心，划分出两个不同的阿斯特丽德——一个是出现在这篇叙述当中的阿斯特丽德，另一个则是隐藏在照片后方的阿斯特丽德：夏日的早晨站在阳台上，看着远处湖边的绿树，似乎在思考自己生命的阿斯特丽德；穿着外套站在卧室门口静静地看着我，几秒钟之后转身离开的阿斯特丽德；戴着墨镜，站在前往卡西利亚什的一艘渡船上，身边环绕着河面闪烁的倒影，正对着眼前的里斯本微笑的阿斯特丽德；还有在午后耀眼的阳光之下，站在上城区和阿法玛区鳞次栉比的屋舍前，将双眼藏在墨镜后方、脸上堆着灿烂笑容的阿斯特丽德。

8

那一年，我和阿斯特丽德、孩子们准备在海边过夏天。我人还在纽约时，她就已经安排妥当，订下我们共度第一个夏天的海滨小屋，也就是她怀着罗莎时我们住过的房子，后来我们也曾多次重回这个地方度假。这里本来是个低矮的渔人小屋，十多年前扩建为两层楼，客房数量不少，足以应付夏日人潮。但是小房间里的贴纸如今已经褪色，床铺嘎吱作响，地板的沙子怎么也清理不干净，室内的摆饰风格不一，整个地方看起来就像窗外的大海一样，不受时间左右。我努力表现出热切的态度。然而，当我再次站在玫瑰花丛旁、通往海边的楼梯上方，我却觉得眼前的海水呆板单调。时间流逝得似乎比以前慢，救护车拉走阿斯特丽德已经是很久之前的事了。那一天，她几乎要失去罗莎，如今，罗莎已经十岁，长腿晒成浅棕色，发辫也被太阳晒得褪了色。她一边在海边奔跑，一边对哥哥丢掷捞起的水母。西蒙一把抓起她倒泡在海水里，吓得她发出十足戏剧化的尖叫。我曾经坐在一片玫瑰花丛旁，点燃抽过的烟蒂，在心里对着仍在医院里的阿斯特丽德说话，仿佛她听得见我的声音，仿佛说出那些微不足道的“撑住，撑住”就可以改变一切。然而这个时候，我却准备放手。我满脑子只想着伊丽莎白，却得假装自己是因为写纽约画派的书碰到瓶颈，才会如此心不在焉、情绪烦躁。事实上，书在几个星期前就已经完成，只欠结语和润色。但是在家中时，我仍然坐在书房里盯着窗外的湖面空想，或是像现在，当其他人在海滩上晒太阳的时候，我留在房间里瞪视空洞的大海。在我下笔评论伊丽莎白和我一样喜爱的画家时，我觉得与她十分接近；当我在哥本哈根时也有相同的感觉，也许那是因为哥本哈根离机场很近。

在海边度过一个星期之后，阿斯特丽德的皮肤晒出好看的棕色，当她夜里躺在我身边时，还能闻到海水和海风的气味。我的皮肤仍然苍白，身上除了烟味，只有浓重的咖啡味。她的耐心不只令我讶异，甚至有些恼火。伊丽莎白介入我们两人之间，显然已经成为定局。而对于阿斯特丽德的爱抚，我非得集中心智才能有所反应，偶尔还得勉强自己配合，以免她起疑心。然而，这些努力其实并无必要，阿斯特丽德似乎以为我将心思完全放在工作上，才会表现得如此疏远，她甚至还试着安抚我、鼓励我，但这只会让我的脾气更加恶劣。除了想着伊丽莎白之外，我首次有了这个念头：阿斯特丽德从来不知道怎么让我兴奋激动。除了她丝毫没有意识到我的不忠之外，我还觉得，她对占去我大半辈子的绘画世界毫无所知，而我却经常和她说起她剪辑的影片，告诉她导演处理手法的灵感来自哪些绘画作品。突然间，我觉得我们并不是在共同生活，只是待在彼此身边，各人有不同的世界，唯一的共同目标只有孩子。我留在阿斯特丽德身边，是不是为了孩子？越是这么想，我就越难以自拔，最后只好将自己藏身于写作和画作之后，因为这些想法只会引我走进死胡同，只会让我想起阿斯特丽德和我从一开始就面对着不停重复运转的现实生活。我们是不是当朋友就好？当这个男人深爱着另一个女人，阿斯特丽德是否还能与他共同生活？

我无法再为自己辩驳。我究竟是真的爱上了伊丽莎白，或者只是着了魔，渴望完全不同的新生活？我在脑中描绘着伊丽莎白：她在汤普金斯广场住处窗边的阳光下；她坐在画架前俯身阅读我的手稿，上唇沾着奶酪——既清楚又神秘的伊丽莎白刺痛我的心，却无法回答任何问题。我心里明白，只有一个方法可以得到解答。我回丹麦之后曾经提过一两次，我可能会再去纽约待一星期左右，搜集补充资料。阿斯特丽德看我这段时间阴晴不定的表现，于是开口建议："既然你在纽约时工作极为顺利，那么是否应该再次成行？"她当真就这么讲了，我也无法隐藏快乐的情绪，马上高兴地亲吻她，心里却对自己这种藏在笑容之下的感激心情厌恶不已。但也许，她并不如我想象中的那么好蒙骗，可能早就嗅出端倪。她这个突如其来的慷慨建议，是不是出自高尚的教养，就像我们那些厚颜无耻的友人想用尖酸刻薄的言辞击碎她冷静的外表时，她却露出优雅的笑脸？也许她已经看透一切，与其拉住一个已经不爱她的男人，不如就此放手。我坐在阴暗的房间里看着灿烂的大海，心里想：她甚至也可能注意到了我们两人之间的间隙，并且和我一样，也厌倦了日常反复的生活，一旦明白这种生活模式，未来也就毫无惊喜可言。另外的可能性就是，她等着我踏出欺骗的第一步。就我目前的状况来说，这个想法十分诱人，就像是嘴里含着糖果，糖果慢慢融化之后，在口中留下甜腻以及一丝羞愧的感觉。

有天下午，他们全去了海边，我再次拨电话给伊丽莎白。我之前试过给她打电话，但不是碰到西蒙或罗莎冲回家，就是我在最后一刻又失去了勇气。在之前共度的三个星期当中，我们总能轻松自在、天南地北地闲聊，相比之下，拨电话给她实在太困难。耳边传来她字正腔圆的纽约式英文，低沉的声音十分严肃，我正要开口，才发现传来的是录音，表示她八月底才会回家。我将听筒贴在耳边，这时刚好看到阿斯特丽德出现在玫瑰花丛间，她只套件外袍，将泳衣拎在手上，像个孩子一样边走边甩出水花。她低头走过窗口，沉溺在自己的思绪中，没有注意到我。她的小腿和脚踝沾了沙子，美好的胸部比脸和双腿还要白皙，正随着脚步轻晃。我为什么没和她到海滩上去？何不在孩子们仍在海滩上玩耍的这个午后，带她到房里温存？为何不忘掉这段毫无前途的感情，竟然还坐在屋里握着电话，听伊丽莎白那段显然已经有数星期之久的录音？她完全没对我提过要离开纽约，但是话说回来，她独身又独立，随时可以做任何决定。她独自旅行，还是有人为伴？其实我对她了解不多，更不认识她身边的人。她一定有其他朋友，也许我并非她生活当中唯一的男人。“她的生活”，听似神圣。在这个夏天，我难道不是只和她度过几个星期而已？难道我只是诸多选择中的其中一人，不具特殊意义？我开始想象，这个时候她可能就坐在摩托车后座上，穿越加州北部的莫哈维沙漠，双手环住骑士的腰，而这名骑士正是某个常驻东村酒吧、身穿黑色皮夹克、戴着窄框墨镜、愤世嫉俗又抱负远大的年轻艺术家。而我呢，坐在破烂的海滨度假小屋里，不过是个饥渴难耐的已婚男人。这还不可笑吗？我竟然为了自己的外遇对象吃起醋来。

几天后，我开车进城与编辑碰面，接着去参观一处在周末报纸广告上看来的出租公寓。屋主是个挺着大肚腩、上唇冒着汗的记者，他即将调派到莫斯科，至少为期一年，于是想暂时将房子出租，并附带家具。他一边说话，一边带我参观室内。屋主独特的品位无疑是一种鼓励，磨砂玻璃桌和酒棕色的皮沙发更坚定了我充满危险的决定。只要将粗俗的摆设稍做调整，伊丽莎白和我便可各自拥有一个工作室，她甚至还可以拥有朝北的阳台。如果要求太高，卧房还可以兼做起居室。我问起暖气的费用和公共设施的支出，不禁佩服起自己的大胆。我无凭无据，却一心相信伊丽莎白会回到哥本哈根，并且愿意与我同住。记者带我到浴室，骄傲地指着色彩搭调的棕色瓷砖和桃花心木马桶座，他抹去上唇的汗水，赞许地看着我。参观过之后，我似乎得到他的认可。他开口问：“你打算离婚，还是只需要一处‘秘密爱巢’？”他真的用了这个字眼。我无言以对，想起常听人说起的话：通常，人们脑袋里的摆设和家中装潢不会相差太远。我含糊带过，说孩子们长大了，我需要自己的工作空间，但他只是随意咕哝道，这其实不关他的事。他的浴室一片棕色，恐怕他的内心也好不到哪里去。他让我留下电话号码，我说我整个夏天都不会在家，会再主动与他联络。他边流汗边笑着说：“祝你好运。”用洞察一切的眼神看着我慌乱的脸，然后关上门。我边开车往北去，边安慰自己：记者色眯眯的笑脸和棕色的室内装潢绝对不至于影响我和伊丽莎白，不管住在哪里，我们的感情都不会有所变化。但是，我究竟在幻想些什么？我们的新生活会是什么局面？伊丽莎白时常散漫到忘了系鞋带，她能不能像个母亲一样照顾罗莎？她和阿斯特丽德可能成为“朋友”吗？她会取代阿斯特丽德，和我一起出席友人的晚宴吗？我实在很难想象伊丽莎白穿着破旧的皮夹克和洗得发白的牛仔裤，和我一起到北郊的别墅里，坐在一群凡夫俗子之间闲谈聊天。午后的阳光斜射过来，柏油路上的车影被拉长变形，我这才了解，我要抛下的不只是阿斯特丽德，也是以往的整个生活。也许让我困扰的不只是伊丽莎白，而是放下一切。想到再次成为一个没有身份的人，丢掉自己在人们眼中的特质，就像蜕去外皮的蛇；想到让空虚的空气再次穿透我的毛孔以及那些让我感到眩晕的其他可能性，我对于未来的那些打算就有些不确定了。

那天正好是仲夏夜。我完全忘了阿斯特丽德邀请了客人。回到小屋时，餐桌已经摆放在玫瑰花丛旁，美术馆馆长夫妇和我的母亲都已经拿着饮料坐在屋前。他看到我后，远远举杯致意，摆出一副快乐时髦人士的姿态，而我母亲热情的吼声活像刚看到迟到六个小时的圣诞老人。我走到屋边，刚好阿斯特丽德端出一盘开胃点心，她羞赧地把脸颊凑向我，似乎想掩饰母亲看到我所表现出来的过度夸张和喜悦。她笑着说，她以为我躲了起来。我急忙摆出笑脸响应她的取笑，然后坐下来。太阳缓缓落下，海滩上的人们纷纷离开，微风吹动众人踩过的沙坑。我看到海中金黄色的光影之间有两个小小的身影，是罗莎和西蒙，他们也很快上岸来了。我难道真想离开他们？新的人生正要开始，机会就在面前闪烁，这些机会是为他们而来，不是我。孩子们穿过沙滩向我们跑来，湿漉漉的身子在夕阳下泛出光彩。我要怎么对他们解释，在他们准备妥当、踏出家门去寻找自我之前，我就要先离开他们？美术馆馆长提议先去泡泡水，再用晚餐，于是我上楼拿泳裤。从窗口往下望，我看到屋前的一小群人。西蒙和罗莎把毛巾当披风披在冷得发抖的身体上，头发还一直往下滴水，嘴唇冻得发紫，正对大家诉说自己的见闻。阿斯特丽德帮孩子们按摩脖颈，母亲则靠过去听他们说话，并摆出一贯的老师姿态跟他们说话，仿佛把他们当作落后学生。看到我穿着泳裤、脖子上搭条毛巾下楼来，阿斯特丽德似乎有些惊讶，扬起嘴角笑弯了眼。看起来，我得格外小心，不能着凉。

水温还真是有些凉。美术馆馆长用标准的都市人姿态，准备面对夏天的第一次下水，他先用双手掬起海水在身上摩擦，而后才泡入水中。冰凉的海水像巨大的手掌一样环起我的身子，我享受着这种喘不过气的感觉，很快地游向远处的沙洲，观赏眼前炫目的光影。美术馆馆长气喘吁吁地追上我，我们仰躺在水上，就像俱乐部里躺椅上的绅士会员一样悠闲。“你在纽约有没有碰到什么有趣的人？”他仍然戴着眼镜，在太阳光的反射之下，我看不清他的双眼。我说：“大部分的时间，我都是自己一个人。”他露出诡诈的笑容：“你有没有打电话给伊丽莎白？”我说：“我们一起喝过咖啡。”接着，我便转身游向圆石堆起的小码头，这里曾经是渔民停靠小船的地方。“你不喜欢我直呼她的名字。”他跟在我身后游过来，“她颇为迷人，不是吗？”我转身面对他，一边踩水，一边尽量轻松地回答：“她很甜美。”然后继续对美术馆馆长说：“你没说错，她的确也很有才华。”我已经透露太多信息了。“那么，你看到她的画作了？”我背对阳光，在一片圆石搭起的海湾中，我不过是其中一道阴影，但是他脸上依然挂着笑容，似乎看得见我的表情。他说他就知道，她绝对是我喜欢的那个类型。“这话什么意思？”他再次诡笑：“你不必担心，只有我和你知道，毕竟，我们是好友，不是吗？”我往外游，他再度跟上，游到我身边。“没什么好害羞的，像你这样好看的男人，当然不可能只身留在纽约。此外，你也不是唯一欣赏她才华的人。我自己也曾经拥有这等荣幸。据我的了解，她少不了男人。”我向岸边游去。屋前其他人的身影模糊不清，只看到母亲宽大的草帽檐，阿斯特丽德弯身倒饮料时，深色的头发往下垂。我们站上沙滩，美术馆馆长亲昵地拍了拍我的肩膀：“我很高兴，你在纽约如鱼得水。”他拿起眼镜，用毛巾擦拭，然后对我眨了眨近视的双眼：“任何人都得试试新玩意儿，对吧？”

夕阳躲入大海后方，傍晚的天色为海平面镀上一层浅绿，玫瑰的色彩仿佛日本纸花，浮现在薰衣草蓝的空气当中。进餐时，美术馆馆长的妻子问起我书本的进度，我则借机大谈纽约画派的艺术家。我所说的一切既肤浅又了无新意，但是她拼命点头表示同意。我则同时自问，在过去几个月里，除了这些陈词滥调，我是否还有其他收获。她和阿斯特丽德一样，对丈夫在背地里的行为浑然不知，对隐藏在和谐舒适的生活中的暗门也一无所知。在桌子另一头，母亲正在跟美术馆馆长诉说目前让她很伤脑筋的事情，在为新角色做准备的过程中，她不得不去面对自己不愿示人且痛苦的一面。美术馆馆长边聆听边点着秃头表达敬意，施展出谄媚的笑脸，仿佛打算勾引她。他专注的神情让她更热情，对他尽情倾吐身为演员每天都得在观众面前掏心掏肺的艰辛。阿斯特丽德领着孩子们进进出出准备晚餐，不时带着爱意看向我，似乎是为我高兴，因为我总算在自我封闭了许久之后，再次探出头来与外界接触。我侧过头看着美术馆馆长，对他的妻子解释波洛克在不同绘画时期的发展。直到现在，我还不清楚伊丽莎白究竟有没有在他们之间的关系上欺骗我。如果他在我们一起于夕阳下游泳时说的话是真的，那么这难道就是一两年后趁我出国，他在友人家的晚宴后送阿斯特丽德回家时，将手放在她膝盖上的原因？也许他说出我和伊丽莎白的关系，来作为把手放在阿斯特丽德膝上的借口。如果是这样，那么阿斯特丽德对我隐瞒这件事还真是聪明的做法。但是在那个夏日傍晚，我完全无法相信他。即使他如知心朋友般的说辞中有一丝事实，那些话也只能存在于酒吧或更衣室里，不能放入我和伊丽莎白在东村度过的三个星期的记忆中。在那段日子里，我们两人就如同飘浮在硕大的肥皂泡中，与世隔绝，沉浸在我们随时可能破灭、只有彼此以及我们的工作的世界里。就算她当真曾与美术馆馆长共度良宵（这个可能性微乎其微），也绝对和她与我共享的时光完全不同。我们的这段感情无可取代。我想着伊丽莎白，像谈论例行公事一般地述说波洛克的绘画，同时观察美术馆馆长狐狸般的笑脸、他妻子温和又容易受骗的双眼，以及母亲随着话语而变化扭曲的夸张面孔——她想说服的人似乎不止美术馆馆长一人，还有她自己。

当夜稍晚，我们到海滩的远处去参加仲夏夜焰火晚会。我让罗莎坐在我肩头，尽管她已经很重了。我踩在松软的沙滩上，脚下每有颠簸，罗莎就紧紧拉扯我的头发。罗莎不停地催促我加快脚步，说火都快烧到巫婆的衣服上了。于是，我拔腿奔向营火，跟在我身后的几个人听到罗莎的吆喝，不禁大笑出声。海滩上有不少人，我沿路看到好几张熟面孔，和周六晚上走在哥本哈根的大街上没什么两样。我穿过人群，这些人身上的白色衣服在海边半透明的光线中十分亮眼。从远处看去，这些面孔不易辨认，和沙丘后方的暗黑松林几乎融为一片，整个效果看起来就像空中飘荡的浅色衣服，像极了一群说说笑笑的幽灵。我们往前挤去，靠近焰火。焰火冲向空中，摇曳的光影在四周的面孔上映照出类似陶土般的红棕色，像是我最近才在照片中看到的中国秦陵兵马俑，这些人俑从帝王的陵墓中被挖掘出来，虽然个个相貌不同，却又十分形似，都有相似的红棕色面孔。阿斯特丽德揽着我的腰，美术馆馆长不知对母亲说了些什么，逗得她放声大笑。西蒙站在另一边，十分有礼貌地和一名肩上也坐着个小女孩的灰发男人说话。过了一会儿，我才认出那是他的导演父亲。他当然也会出现，每个人都会来参加仲夏夜晚会，即使这时看到艾妮和伊丽莎白夹杂在身穿夏日连衣裙的女人当中，脸颊被火光映照成红棕色，被焰火熏得眯起眼睛，我也不会吃惊。阿斯特丽德扶着罗莎下到地面，表示要先带她回小屋，为大家准备热咖啡。她可能不想和导演面对面说话，后者正和他第二段婚姻中生的儿子说话，而他的小女儿则坐在肩膀上拉扯他的头发，年轻的新任妻子则羞涩地站在后方。不知道几年后的仲夏夜晚会中，我的肩头是否会坐着新报到的孩子，然后是伊丽莎白羞涩地站着看我并问起罗莎的课业——不知和罗莎巧遇，她是否也会感觉有些尴尬呢？

第二天，天空阴沉。我醒来时，美术馆馆长夫妇已经离开了。我从窗口看出去，母亲仿佛电台播音，以字正腔圆的清晰发音大声念故事给罗莎听。我得说，她扮演祖母的角色的确是得心应手。罗莎坐在她的腿上，玫瑰花丛围绕在她身边，她染了色的头发上甚至还系着一条褪色围巾，犹如俄国农村妇女。阿斯特丽德和西蒙在较远的草地上，问罗莎是否要和他们一起去购物，随后三个人很快就上车离开。母亲仍然坐在长椅上，合起童话书放在腿上，凝望眼前的大海：海水和天空一般灰暗，还带着点墨绿，沙底长了海草的部分，颜色还要更深。上次看她独自安静地坐着，不知是多久之前的事了。她的脸上依旧看得出过去的美貌，但是当她面对着大海、以为没有人看到时，脸部肌肉便完全放松下来，不但双颊下垂，嘴角也同样下垂——那双唇一度美丽，亲吻过许多男人，吐出无数台词。我去厨房喝了杯微温的咖啡，然后走向母亲。她微笑地看着我，不发一言。我站着观看无人的海面，风将浪花打上海滩。她提议一起去散步。海滩上没有别人，我们沿着海边走，脚下的沙子潮湿坚实，我们经过码头和昨夜的焰火灰烬，来到了松林旁边。一开始，我们都没有说话，只听见海浪扑打沙滩的声响。海水卷上倾斜的沙滩，往后退去，先是闪闪发光，接着就被沙子吸收了。我们沉默地走了好一阵子之后，她才终于看向我。

许多年来，母亲尽管虚荣又肤浅，但是她锐利的眼光却一再让我惊诧。在她面前，我什么也藏不住，这次当然也不例外。她的语调缓和镇定，几乎可以说是轻柔，完全没有平常夸张的戏剧效果。她问我是否遇上了什么人，我试图辩解，想保留颜面。“你怎么会有这种念头？”她露出了丝毫没有挖苦意味的微笑，“如果你不想提，就不必说。”我知道自己最好放弃辩解。我说：“我不知该如何是好。”她说：“你错了，你完全知道该怎么做，这就是你犹豫的原因。”“你是什么意思？”浪头差点打上我的鞋，她拉起我的手往旁边带，接着说，她曾经也有犹豫，因为她知道自己将会面对什么，也明白必须付出代价。这个说法听来可怜，但是这一次，她的语调完全不带悲伤。她让我说出对象是谁。我稍有迟疑，主要是因为我不知从何说起。接着，我说出自己如何认识了伊丽莎白，说起我们立刻发现原来陌生的两个人，竟然会在思想上完全契合。我描述伊丽莎白的画作、我们在东村共度的几周光阴，以及见到她之后，我才发现，尽管在许多年前自己早已跨越心口上的裂缝，但是在过去几年间，裂缝再次出现。和伊丽莎白共处，让我清楚地看到这道早已忘到脑后的裂缝。我说话的时候，母亲只是浅浅微笑，接着我突然停下来，因为话语无法精确地表达出我内心的感受。她一路拉着我的手，我们穿过海滩，走上沙丘，穿过被海风吹弯了腰的松树林。我看着奇形怪状的松树干，不知让松树继续生长的是否就是造物者本身的固执。在这里听不到海浪的拍打声，只听得到阵风呼啸着吹过灰绿色松针。

“她的长相呢？”母亲看着我的目光十分阴郁，甚至有些不祥。我告诉她，伊丽莎白有一头波提切利画作中的秀发，这与她朴实的生活方式形成极大的对比；我也提到她对色彩和物体的敏锐度，比方说索霍区一个生锈的钉子，或是从韩国杂货店买来的南瓜，光是放在桌上用纤细的手指去抚摸，都会触发她的灵感；伊丽莎白在前一秒钟还冷静自持，下一秒却突然冒出随性嬉闹的念头，像个孩子一样，甚至曾经一大清早叫我起床，只是为了去布鲁克林大桥看日出。事实上，我对她的了解不多，但我知道这绝对不是一般的肉欲，因为我们在她日式睡铺上的热情翻滚，甚至称不上是难以忘怀的美好经验。伊丽莎白让我无法忘怀的是，在我们共处时，我感觉到周遭的一切——动作、地点、事物、光影——都能唤醒我想存在于世间的渴望。我就像是在熟睡多年之后突然清醒，然后发现自己就置身于梦寐以求的世界当中。母亲扬起眉头，看得出来，连她也觉得这个说法实在有些夸张。我继续坚持，事情的确如此，在伊丽莎白身边的感觉就是这样，仿佛我沉睡了十年——在艾妮离开我之后，我便抓住眼前第一个随着机缘出现的女孩匆匆成婚，仿佛担心有所耽搁。母亲久久地看着我，点燃香烟，缓缓呼气。我告诉她，松林里不能抽烟，怕引燃火灾。她却歪着头，把烟灰弹向落在地上的松针。“其实，这是一种迷恋吧？”接着她没再说话。“伊丽莎白难道不是在你有妻子之后，第一个出现的女孩？”对这个说法，我无法否认。“当初，阿斯特丽德活泼的天性、美丽的面孔和随性的念头，不也都和伊丽莎白的波提切利式长发一样独特？”我盯着自己的鞋子说。母亲说：“没错，她们俩很相像。”接着她看了我一眼，把烟蒂丢到地上，以夸张的姿势用力踩熄。我们继续往前走，松林的尽头出现一片阔叶林。

母亲说，我也许不会相信她，但是她却看出事件的必然性。对阿斯特丽德这样的女人来说，我太过复杂——她的说法没有贬低阿斯特丽德的意思，让我别误会。相反，她一直担心我总有一天会伤害阿斯特丽德。她说打从她小时候起，心里就隐藏着阴暗的一面，由于藏得太好，因此在这些年中，黑暗面反而越来越强大，不但他人无法探知，连自己也无从理解。她说这些话，就像她在那些电视节目中的台词，通常只要一出现，我就会立刻转台。她又说，她一度以为我躲入自己的阴暗面，无法看清自己，全都得怪罪她。但是她终于得到一个结论，她其实不必为我这种闭锁的隐匿个性负责，我只有眼鼻遗传自她，这我必须谅解。同样，她也无法责备自己当初离开我的父亲。如果她能够理解我现在的状况，那也是因为她曾经经历过我面临的抉择。我必须仰赖伊丽莎白的协助，才有办法决定。对伊丽莎白而言，我这段婚姻之外的短暂假期，可能只是一件平常韵事。母亲表示她自己绝对是了解我的，她知道我对任何事都有比旁人更深的感受。她离开我的父亲，并不是因为爱上了别人。她离开，是因为无法继续隐藏。这个集聪慧才智苦行和性感于一身的伊丽莎白只是个契机，就像母亲自己的许多韵事一样，对过往的那些事，我现在应当可以了解才是。但是，她能够了解，她和我有同样的问题，心中同样有一片阴影。我当然不会相信她这番话，她很清楚，我看不起她的装腔作势，但这是她忍耐一切的方式。她知道在阴影中摸索的痛苦，了解我多么期待某个陌生人会敲开这扇门，让阳光洒入黑暗的境地。但是拿她当例子吧，她等了许多年，才终于慢慢了解，这个敲门的人根本就不存在。当内心的黑暗面太过强势时，人得自己走出去——至少偶尔一试。她就是这样离开我那个只会哀叹的软弱父亲，选择为自由付出代价。如果我找到足够的勇气，离开美丽的妻子、心爱的孩子和舒适的生活，我也会面临同样的挑战。但是，这都是我自己的决定，我们应该就此打住。

在此之前，我和母亲之间从未这样交谈过，此后也没再发生。即使两人独处，我们也没再谈起这个话题。她说得没错，《基督山伯爵》里的那个伯爵也一样，我就曾经为西蒙和罗莎朗诵过其中的章节：对付任何恶魔都有两种利器——时间与沉默。母亲和我回到小屋时，阿斯特丽德已经准备好午餐，母亲还是一样说话夸张。她说炸鲱鱼不只好吃，简直让人回味无穷，更何况是出自阿斯特丽德“这么”美丽迷人的厨师手中。她也像往常一样，极力赞美这顿午餐带给她许多绝无仅有的美好经验，以及让人欢欣不已的惊喜，几乎把她的生命推进崭新的绚丽高潮。几天之后，当她迫不得已回城参加“专为她敲定的排练”时——她总是这么讲，仿佛导演和其他演员只配景仰她超凡的演技——我们早已筋疲力尽。后来，每当我想起在海边松林的这次谈话，仍然难以忘怀她深入的洞察力和浅薄的理解力。她的每句话都给我带来十足的震撼，但是我无法不去想：说出这些话的人，就是我的母亲。她不停地重述我们的相像之处，是不是想让我成为她的共谋，好纾解她不安的良心？如果我重蹈覆辙，是否等于免除了她的罪恶？否则，她何必急着要我离开阿斯特丽德和孩子们？她自找台阶，说并非为了某个男人才离开父亲，而是为了诚实面对自己。我倒是认为她为了不止一个男人离开，所以她的说法不算错误，她只是顺着自己贪得无厌的天性一路走去。离开父亲之后，她不曾有超过两个星期的空窗时间，拜倒在她裙下的崇拜者一向络绎不绝，呼之即来挥之即去。直到年华老去，她才明白何谓寂寞。也许就是这个新近出现的感觉，才使得她在松林间以英雄般义无反顾的语气来叙述自己的故事：传统家庭的女主人为了追求自我而离开男主人。只不过这个故事有个真实版本，就是当男主人被一脚踢开之后，留下来的女主人将原来的家变成了妓院。如果在那个夏天之后我们有机会再谈起这件事，她一定会对我留在阿斯特丽德身边的选择大肆批评，她一定会嘲笑我在她眼中的怯懦表现——但是她和我一样，选择让时间和沉默来解决我的小问题。这么多年来，我认为她根本忘了这次谈话，也忘了我们曾经并肩走在海边的松林中。

夏天接近尾声时，我越来越懂得隐藏自己的情绪，不显露在外。阿斯特丽德似乎认定“写作危机”造成了我的痛苦与躁郁，她甚至还问起我何时要再去纽约，完成我的书。我表示可能在九月，因为八月天气太热。我学会与自己的背叛行为共处，并且缓和自己对阿斯特丽德的不满，以减轻自己的罪恶感，我甚至利用她的信赖来隐藏对她爱抚的无所反应。我抗拒一切，至少抗拒自己再次对她，或对“我们过去拥有的一切”心生温柔。我试着以充满罪恶感的欲望来自我保护，在床笫间表现激烈，甚至粗暴，似乎以为这样就可以暂时忘却伊丽莎白。慢慢地，我也成功地将自己的内在分割成两个世界，完全没有重叠。也许大家说得没错，人可以适应任何事。也许，想到我的母亲，对整件事也有帮助。她说阿斯特丽德有“活泼的天性”，并且对阿斯特丽德这样的女孩来说，我实在过于复杂。然而，在说完话的十五分钟之后，当我们回到海滨小屋，她却又对阿斯特丽德抛出一连串虚伪的赞美之词。她对阿斯特丽德的诋毁几乎让我对这个遭自己背叛的女人恢复忠贞，在那天之后的几个星期当中，我对阿斯特丽德特别体贴，甚至溺爱，仿佛把她当成个不知自己已经病入膏肓的患者。我一大早起身，不吵醒她；我会陪孩子们游泳玩耍，让她尽情晒太阳；碰到天气不佳，我还会主动带孩子们外出骑车。有时候，我发现自己几乎忘了去思念伊丽莎白，到了晚上，周遭一片沉默之时，我坐在玫瑰花丛间，在北国明亮的暮色下看着大海，这时小屋才再度成为陌生的场所，我又成了一个不属于这里的人。

我再次有这种感觉，是为了公事回城里，打开家门的那个瞬间。公寓已经有一个多月没有使用了，门一打开，里面不但有灰尘，空气也不流通。对我来说，这个地方不仅是密闭了一整个夏天的地方，还是已经像是个不可能再回来的地方。我拨打伊丽莎白的电话，手上拿着发黄的报纸，日期正是我们驱车前往度假小屋的当天。录音机这回并没有启动，但是电话响了许久都没人接，我正打算挂掉，突然就听到她的声音。她上气不接下气，听到电话铃响时，正好在爬楼梯。她表示很高兴听到我的声音，之前，她一直担心自己会忘了这个声音。她上个星期刚从墨西哥回纽约，她独自前往尤卡坦半岛，这个旅程十分恐怖。她途中病倒，孤单一人躺在破烂肮脏的旅馆里，里面的蟑螂大若犰狳，从四面八方围向她。她躺在床上，只希望我在身边，因为担心我再也听不到她的声音。这时，我不禁哑然失笑，因为想到自己那个充满妒意的幻想：她坐在摩托车后座穿越莫哈维沙漠。她告诉我，纽约这时的天气就和墨西哥一样，又热又湿，实在令人难过，她几乎什么也做不成，只能坐在电风扇旁吹凉风。我开始想象，她蓬松的头发飘散在床单上，清楚地看见她小小的乳房、细瘦的身躯、纤细苍白的长腿，以及毫无畏惧的一双灰眸。她突然离我好近，不只是想象中的影像，而是活生生的伊丽莎白。我说："我们很快就会再见。""你要来纽约吗？"她的语调既惊又喜，像是我们再次为了某种原因可以再次巧遇。我说，没有她的日子很难过，我对这段感情想了很多。她停了一下才说她也一样，语气十分认真。"你什么时候到？"我说："就在九月。"我没有提起自己在不久前去参观的公寓。我想一次处理一件事，慢慢来。也许我担心吓到她，也许我已经有所怀疑，知道这个浴室贴着棕色瓷砖的公寓不过是海市蜃楼。我还没办法知道伊丽莎白是否只是如母亲所说的，是一名不慎推开暗道的陌生人，而我只是在阳光的突然照射之下，感到一片眼花缭乱。我心想，必须再次和她见面才能确定。我向她温柔道再会，仿佛话语具体可见。

九月的一个夜晚，我抵达纽约肯尼迪机场。走进入境大厅后，我四处张望，没看到伊丽莎白，不禁焦躁起来，不确定她是否听到我登机前在录音机里的留言。我站在互相推挤的旅客当中，失望地到处看，这时一个女人面带微笑地向我走来。我先是认出她的笑容。她剪了头发，波浪般的鬈发还不到肩膀，身穿黑色西装外套和短裙，脚下的高跟鞋让她比我高出半个头。我从来没看过她穿裙子，应该说，没看过她着如此盛装。我们相拥时，我甚至想起现代艺术博物馆雕塑花园里的优雅黑衣女郎。她是为了我才如此打扮，不想用随性的波西米亚装束造成和衣着整洁的中产阶级爱人的太大对比，还是她想让我知道，她也可以融入我的世界，随我前往任何地方？是不是哪个人提醒她，应当要注意自己的装扮？难道她想吸引其他男人的目光？我们站在混乱的人群当中相拥，我在她的颈际嗅到一丝陌生的香水味。在出租车上，她对我的惊讶反应大笑不止，我抚弄她细嫩的脖颈，她问起书本的进度，也谈起她稍早举行的画展，以及尤卡坦半岛之行——这趟旅行这会儿听起来像是有趣的异国之旅，并且少了身体不适的插曲。突然间，一切十分真实。我们坐在出租车里谈天说地，外面就是布鲁克林区，简直太过真实。她的美丽几乎让我心生惧怕，崭新的冷静优雅让我相当不自在，虽然她将头枕在我的肩上，但这就像是第一道警讯，通知我一切将不会按我的计划进行。然而，重逢带来的兴奋感却让我们觉得自己像是背着世人，躲开了所有在过去几个月里阻挠我们见面的因素；也让我们觉得，这段车程实在太长了，令人几乎等不及。直到深夜，我们才放开彼此的身子，双双满身大汗、气喘吁吁。她走进浴室，我留在床上，长途飞行和兴奋的重逢让我疲惫不堪。白猫无声无息地在地板上漫步，好奇地嗅着我们堆在地上的衣服。我听到浴缸放水的声音，一开始是流水落在金属上的声响，接下来是哗啦啦的泼水声。远处传来警笛，街上有人用西班牙语呼来喊去，偶尔经过的汽车则飘出刺耳的电子舞曲音乐。这天很暖和，对面楼房的窗户大开，尽管时间已经过了凌晨一点，还是有个男人站在窗后刮胡子，另外一个窗口则传出皮亚佐拉热情洋溢的手风琴乐声，我大概有好几年没听到这首曲子了。我走进浴室，伊丽莎白躺在浴缸里，脸上盖着一条毛巾。她泡在水里的身躯有些扭曲，看起来就像平面的照片，潮湿的毛巾贴在她的鼻头和眼窝上，仿佛一张面具。我在浴缸边缘坐了下来，告诉她：她之前提过几次想回哥本哈根，我一直在想这事。水龙头的水滴答落下，为这段沉默计时。小水滴在水面激起水波，扭曲了水中她静止的身体。我说我爱她，想和她在一起，而且决定离开阿斯特丽德。水滴继续滴答计时，一滴水代表一秒钟。我轻手轻脚将她脸上的毛巾往下拉，露出她的面孔。她双眼紧闭，过了许久才再次睁开，用浅灰色的双眼盯着我看。

结果就是这么一回事，我们共度的美好时光毕竟没有任何特殊结果。令人难以置信的相同感受、油然而生的亲密关系，并不代表对于未来的允诺。这些感觉并非环环相扣，也没有谱出故事，不过是寻常的插曲。五个月前，当我在哈得孙河边握起她的手，完全没料到在这个晚上会出现未完成的对话。七年之后，我在索霍区的艺廊里，驻足欣赏伊丽莎白冷静的黑白抽象画作，有个年龄与我相仿的男人走上前来，问我是否看过她的作品。我说，我是她的老朋友，只是很久没有联络。他自我介绍，说是她的经纪人，于是我们谈了起来。她现在和丈夫以及小儿子住在佛蒙特的郊区。她的丈夫是一名雕刻家，才华横溢。我点头表达对她画作的兴趣。她的经纪人带我去办公室，向我展示布告栏上的一幅照片——一栋刷了白漆的木质房屋沐浴在夕阳下，白色的油漆和屋角后方橙色的天空形成奇特的对比。我想起霍普笔下那些夕阳里寂寥的美国住宅。照片里的人物都有着闪烁红光的双眼，一个是晒了一身健康色的黑发小男孩，一个是蓄着黑胡子的黝黑男子，他就站在男孩身后，将手放在他的肩膀上，而伊丽莎白则站在两人身边，身上穿着保守的夏日花连衣裙，微低着头，与丈夫脸颊相触。她依然是一头短发，岁月并没有在她身上留下太多痕迹，她对着镜头露出笑脸。这个面带笑容的女人的确是伊丽莎白，却不是七年前的九月躺在浴缸里用毫无表情的灰色眼眸看着我的女人。我仍然感到讶异，当年，我打算颠覆自己的生活，只为了和她在一起。然而，我们对彼此所知甚少，只在春天共处了几个星期。对于自己的身份和归属，我的了解竟然如此浅薄，与无足轻重的影像和话语相差无几。

她曾经体贴地对我解释她并没有这种打算，这并不是因为她不想和我共同生活，只是她觉得自己适合独处。当然，这对我并不好过。另外，她决定继续留在纽约。我编织的美好愿景甚至还赢得了她的泪水，我吻去她的泪珠，努力让自己振作。也许，美术馆馆长是对的。我开始幻想，自己不过是那些焦躁男人中的一个。我一直没有深究，因为这么做已经不再有任何意义。第二天，我住进小意大利区的一家廉价旅社，但是我们偶尔仍然一起外出用餐，闲聊一开始就拉近两人距离的纽约画派或其他话题，我们的思想频道的波长依然相同。我们就当作我从来没有提出那个完全不恰当的计划，甚至还在白猫漠然的注视下，在她的睡铺上翻滚了好几回。她的确喜欢我，我们的交流也的确愉快。事情仅止于此，没有别的发展。分手时，我并不觉得特别难过，反而有些麻痹、有些解脱。准备离开纽约的那天中午，我们又回到斯普林街上两人初次见面的餐厅用餐。餐后，我们站在西百老汇街的转角等待出租车。如果当时她另做决定，一切都可能改观。但是，她只是亲昵地拍拍我的胸膛，让我好好照顾自己。我本来也想说些类似的话，但最后还是带着微笑亲吻她的前额，坐进出租车。司机用带着巴基斯坦口音的英文说“漂亮的好女孩，可惜太瘦了点”，将车驶向西百老汇街。我回答：是啊，很好的女孩。我转过身子，对着她细瘦的身子投去最后一瞥，看到她快步向前走，随后便融入流动的人影。

9

阿斯特丽德在波尔图只待了一夜，便继续南行。根据银行对账单的记录，她在阿威罗市郊的加油站稍事停留，接着就到科英布拉用午餐。当天晚上，她住进里斯本的葛萨旅馆，一待就是一个星期。七年前的秋天，我第二次从纽约回到哥本哈根之后，若无其事地与阿斯特丽德来到里斯本，同样住在葛萨旅馆，从房间窗口就可以看到整个城市和塔霍河。她离开波尔图之前，可能也同样开车前往马托西纽什，在油罐、废弃商店和小更衣室旁边的无人海滩上漫步。她可能走在我们当时吹着海风并肩同行的沙滩上，咸咸的海水和海草味道依旧相同，震耳欲聋的海浪拍打上岸，卷起沙子又退回大海。当天可能也是个阴天，她看不到远处的海平面，波动的海面闪烁着古铜色的光芒，在氤氲的雾气下，海天连成一色。她来哥本哈根机场接我，一上车，我就提议一起前往葡萄牙，就两个人去。我不知道为什么选择葡萄牙，也许是因为我们都没有去过。我是在回程的飞机上突然起的念头，当时我翻阅机上杂志，研究世界地图，摊开来的东西两个半球仿佛展翅的蝴蝶，航空公司标记的红色航线将它们串连起来，这些航线穿越彼此，在各个大城市聚集交会。我将指尖放在纽约的康尼岛外侧，对照着大西洋彼岸的北纬四十一度，正好对上波尔图。我说："这一年过得很紧张，不只写书，还有其他各种压力，我们该好好独处。也许可以请母亲来家里住，虽然她晚上得去剧院，但是西蒙也长大了，可以照顾罗莎。"阿斯特丽德的笑容中透着惊讶，她一边开车，一边说："有何不可？"

我坐在飞机上，云层上方的天色越来越暗，气流不太稳定，麻痹的感觉逐渐退去，我却开始满心疑惑：这一切究竟是怎么开始的？我怎么会将自己的生命献给一个几乎陌生的女人，任她纤细的双手尽情塑造？伊丽莎白是否只是我的借口？这几年来，我是不是一心想离开阿斯特丽德，只是自己不知情？我回想起和母亲在海滨松林间的对话。也许母亲是对的，也许我该租下浴室贴着棕色瓷砖的那处公寓，坐在棕色的沙发上，思考那些没有解答的问题。但是，这并不能为我带来快乐，也无法为阿斯特丽德带来快乐。棕色的瓷砖究竟为何会让人如此沮丧？想到自己得用另一个男人的微波炉一边加热冷冻食品，一边孤零零地瞪着窗外的雨水，孤苦无依，虚度余生，实在凄凉。但是，两个人在一起，难道就会比较快乐？我又想起艾妮在阿尔玛广场旁的咖啡厅里提出的问题：和阿斯特丽德在一起，你是否快乐？日子一天天过去，这个问题却依然存在，萦绕在我的心里，仿佛夜间开车时，挂在车窗外苍白的月亮，尽管路边的树丛呼啸后退，满脸坑疤的月亮却依然不动如山。就是这如利刃般的问题，让我相信拔腿抽身的时刻已经来临。但是，提问的人是谁呢？我放眼审视自己的生命，不免有了怀疑：伊丽莎白难道只是艾妮的替身？莫非我将她当作迟来的报复，补偿许久之前那段年少轻狂的挫败？我是不是将阿斯特丽德当作艾妮，将满腔怨恨发泄在她身上？许久之前的那个冬天，一名年轻抑郁的男子站在窗边，看艾妮走进雪花当中。他会是我吗？我用双手捧住阿斯特丽德的脸庞之后，是否等于背叛了这个年轻人？将他当成最忠实的自我，难道是我最大的错觉？如果真是如此，那么我不过是众多女人眼中，既短暂又扭曲的影像。难道我只是个不断变化的影像？也许我太过疲惫，也许是大西洋上方的乱流让我神志不清，不同的思绪一个接着一个盘旋浮现，藏身在我层层的自欺念头后方。

阿斯特丽德可能在傍晚左右抵达里斯本。如果房间窗外的景致不错，她应该会到阳台上，靠着外墙往下观看里斯本和塔霍河，河面十分宽广，要是下起雨，对岸会是一片朦胧。我想象她闭起眼睛稍站一会儿，她面向光线昂起头，雨水落在发梢，顺着前额滑下脸颊，打湿了她的衬衫，让她想起冰冷指尖触动自己肩膀的感觉——她就这么站着呼吸潮湿的尘土气味；稍后，她才进到房间，没有换衣服，直接躺到床上。尽管天气有些凉，我仍然任凭阳台拉门敞开着，先帮她脱去鞋子，然后再在她身边躺下。

我们还没解开行李。我伸出手臂环住她，把脸埋进两人之间的阴影。她疲倦地笑着说，里斯本是终点站，这次欧洲之旅的最后一个城市。顺着高速公路，穿过水泥丛林，我们终于来到此地。她轻拉我的头发，温暖的鼻息刷过我的脸颊，带着淡淡的甜蜜香气。我们静静地躺着，我将手放在她的后腰，掌心感受到她和缓的呼吸。衬衫下，她的皮肤暖乎乎的。我不晓得她是否已经入睡。在我的沉默之下，她有没有发现任何异状？她的思绪间，有没有任何冷风得以灌入的裂缝？从表面看来，另外一个陌生世界吹来的微风，似乎与我俩熟悉的微风没有不同。我的世界包容了她的世界，然而她的世界里却没有我的位置。差异已经出现，我们的认知不再相同。我要如何做，才不至于贬低阿斯特丽德？既然我们各自拥有不同的世界，我难道不该离开她？我那可悲的自我，是不是已经浪费了她太多的时间？我至少可以说出实情，让她来决定是否可以在我的世界里呼吸——眼前的阿斯特丽德闭起眼睛，贴着我的脸颊，似乎已经入睡。那个十月的傍晚，就在里斯本，我躺在床上听着雨点打在阳台的瓷砖上，对面的店家已经拉起铁门，街上的摩托车呼啸而去。其实，我可以说出一切，然而我却没有作声，这便是我最深沉的背叛。这背叛也不是因为我本来打算离开她，去与另外一个女人共同生活，而是我竟然回到她身边，与她一路开车来到里斯本。我心藏秘密，挫败地回家，把这件事当作毫不重要的机器故障。我们一路来到终点，我却躺在这里没有开口，似乎无须做任何说明。我为什么没有离开阿斯特丽德？我的大胆行径无疾而终，就像个错失的机缘，我为什么还垂头丧气地回到她身边？只为图个便利？因为我还清楚地记得孤寂所带来的沮丧？这的确是实情，但不是唯一的理由。

里斯本的那个雨夜，旅馆房间里光线阴暗，我躺在阿斯特丽德的身边打瞌睡，长途驾驶让我十分疲倦，我不知道自己究竟是从梦中醒来，还是在连续几个月的清醒之后，再次跌入梦乡。我遇见阿斯特丽德的时候，仿佛从年少时充满艾妮的梦中醒过来。遇见艾妮，就像摆脱童年的旧梦。和伊丽莎白的相遇，让我以为自己竟然沉睡了许多年。我再次回到阿斯特丽德身边，这次我明白自己梦想中的新生活终究还是一场梦，那双启动梦境的浅灰色眼眸清楚地看出我的本质。一个有妇之夫向她伸出双臂，也许是出自对生活的厌倦，也许是因为心中的绝望，也许一切只是因为她正好出现在眼前。我这一辈子可能只是一场梦，或许我们每个人也都是如此，直到最后一刻，才醒来面对空无。也许，这一切根本无法逆转，我们都活在梦中，尽管与身边的人交缠入眠，每个人的世界仍然各自不同。七年前，夜凉如水，我人在里斯本，雨水落在灰蓝的暮色中，温暖的阿斯特丽德在我身边，我脑中只有这个念头。她睡得正熟，皱着眉头喃喃低语些我听不出来的梦话，接着面部表情又放松了。我不知道她是不是在做梦。我放在她身下的手臂开始发麻，于是我小心地抽回手，站起身。阴暗的光线下，她的面孔模糊难辨。我到阳台抽烟，看向闪烁明灭的路灯和车灯。这个时候已经看不见河流了，但是黑暗中的灯火清晰地映入我的眼帘。

伊丽莎白、她的丈夫以及面露微笑的小儿子站在佛蒙特的白木屋前方，闪光灯下，他们的眼睛都闪着红光。我久久地看着照片，也许太久了。我记得她的经纪人这时清了清喉咙，问我是否想记下他们的地址。我说："不必了，谢谢。"接着便离开伍斯特街的这处画廊。我走进电影院，虽然这里有人，但我不必说任何话或做任何事。稍晚，我去了一家日本餐厅用餐。傍晚，我就坐出租车直接回到列克星敦大道上的旅馆。假如阿斯特丽德在哥本哈根的家中等着我，假如我从旅馆房间给她打电话，假如我确信她会接听电话，因为这个时候她通常都会在家，那么，谁知道呢，也许对伊丽莎白生活的一瞥会给我留下更深刻的印象。然而，在眼前的情况下，那张照片里的女子不过是我曾经认识的一个人，对我来说，她陌生的程度不亚于那个成为她丈夫的男人。事实大概也就是这么平凡，丝毫不带有特殊光彩。当某张面孔出现在自己的希望中时，人们便会赋予它特殊的意义，但这种意义维持不了多久。这次看到伊丽莎白的照片，我完全不觉得痛苦；几年前我和阿斯特丽德在电影院里看到艾妮时，感觉也是一样。倘若我对旧日的激情尚有一丝哀伤，不仅是因为它消失殆尽，还因为它消失得如此轻易。我曾经被爱情灼伤，虽然我不记得痛苦的程度，却记得自己曾经受伤。此刻让我心焦难安的，只有阿斯特丽德。我拿起话筒拨号，谁知道呢，也许她会接听电话。电话铃声连续不断地响，我在漆黑的电视屏幕里看见自己的倒影：床沿坐着一个弓着背的灰色人影，背景是一间普通的旅馆房间。我拿起遥控器打开电视，好驱散屏幕上的倒影。我按下静音键，心不在焉地看着新闻节目。屏幕上出现泛滥的河流，我看不出是哪里，泥泞的河水间，偶尔出现一些树木、路标和屋顶。我何不挂掉电话？我想象着空无一人的公寓、窗外的湖面，以及对岸亮着灯的一排窗户。如果阿斯特丽德肯回家就好了。军用直升机在河面上盘旋，转动的螺旋桨激起一波波的碎浪，一艘小船摇摇摆摆地划向露出水面的屋顶，屋顶上有个老婆婆正垂挂在吊架上，吊架缓缓地旋转。突然，有人接听电话，是罗莎。我吵醒她了，家里的时间是早晨六点。听得出来，她仍然乐于接到我的电话。我问她是否搬回家里住了，她笑着说，那些男朋友让她有些厌倦。“这么说，你有好几个男友啰？”她还是大笑：“你还真爱管闲事！”我问她，阿斯特丽德是否跟她联络过。电视里的记者站在水里，对着镜头无声发言。罗莎说她之前打过电话到斯德哥尔摩找葛妮拉，想知道阿斯特丽德何时会返家，但是无人接听，所以她们两人大概还在北岸的小岛上。罗莎觉得我们分开旅行是个好主意，可以给彼此一些空间。戴着耳机的记者站在及腰的水中，嘴巴不停地张合。倒是西蒙从意大利打了电话回家，他在波隆纳，迷上了当地的女孩。所以，我们大概会有一阵子听不到他的消息。罗莎表示会去机场接我，我拿出机票，将航班号码和抵达时间告诉她。

我坐在电视机前，看着不停切换的全球场景和说个不停的人物。时间不早了，我也很累，但是我知道上床无益，反正睡不着。我想起人们常说，时间就像河流，看似毫无变化，却永远奔流。七年了，阿斯特丽德和我开着车去里斯本，在上城区和阿法玛区老城的街道并肩漫步，老旧的电车轰隆作响，路边建筑的瓷砖上满是脏污。我试图回想这七年的点点滴滴。时间就这么流逝，没有任何特殊事件发生，孩子们渐渐长大，岁月在我们身上留下痕迹，阿斯特丽德仍然剪辑影片，我还在写画家评论。在这段时间里，我们——我和阿斯特丽德——并非特别清晰，时光流动的方式仿佛无形的浪花，我们两人只存在于片段的时刻当中，忙进忙出，犹如风中的枯叶。我想起伊丽莎白，我们的故事无异于所有的老生常谈，听者先是摇头，接着耸肩表示无奈。这段经历与电视上经常出现的情节似乎没有不同。故事的主角真是我吗？或者我只是短暂地心智失常，在终于成长之前，历经一段为期六个月、难以治疗的病痛？我十分庆幸自己没有对阿斯特丽德说出这个出轨行为。既然我能战胜自己对新生活的幻想，那么又何必让她受到不必要的折磨？我这么自我安慰。有时候，阿斯特丽德细长的双眼与我相望，我仍然会感到一丝困窘。让我感到羞愧的原因，不只是我的背叛，还有我竟然会相信我可以逃避，脱离这个多年来与阿斯特丽德和孩子们共同生活的男人。如果我不和阿斯特丽德住在湖边公寓里，那么我应该置身何处？随着孩子们开始独立生活，日子渐渐变得越来越长，不再如以往一般充实。当夜晚降临时，我们在安静的公寓里羞怯互望，无法了解时间为何就这么消失。此时，分离与相聚的节奏也逐渐缓和，突然到手的自由让我们各自支配时间，不再需要准时回家。

最后，我也不再自问是否快乐。这个问题不但没有必要，也不会有什么帮助。毕竟，任何人都不可能毫无间断地保持快乐，从一早醒来到入睡之前，全都处在因快乐而浑身震颤的情绪当中。我想到母亲，她老是试图发出活火山般的极乐声响。也许她曾经是座火山，但如今不仅已经休眠，火山口更是早已干涸。也许，这个问题从一开始就没有问对。我快乐吗？我想要伊丽莎白，是不是以为她会为我带来快乐？应该说，因为一时的幽闭症发作，我才会想逃离快乐，与她共处吧。即使在我小时候，只要听人说起《圣经》中的天堂，也会感到烦躁。我认为处在柔和甜美的光线中，绝对会无聊难耐，也许就是这个想法让我无法安宁。我可以看见自己和阿斯特丽德以及孩子们共同的未来，也明白西蒙和罗莎离开后，只有阿斯特丽德和我独处。日子只剩下工作上的挫败和胜利，以及婚姻生活中的单调插曲，比如周末郊游、与友人相聚的晚宴、或深或浅的谈话、度假旅游、参观博物馆、观看电影等。这些等同于周末报纸分类版上的“嗜好活动”，看似丰富，实际却十分贫乏。这就像坐在咖啡厅当中，只要举杯或是点香烟，就会在墙上的玻璃上看见重叠出现的相同影像。幸好这只是个幻想，我在阿斯特丽德身边醒来，尽管每日例行工作一成不变，但绝对不可能重复面对相同的一天。同样地，我和阿斯特丽德也不可能没有丝毫改变。在一场失败的逃脱之后，我回到阿斯特丽德身边，逐渐了解到改变不再是为了弥补距离，也不是为了拉近不同的世界和生活。

改变并不代表我们正要朝哪个方向移动，改变只会在我们的身上和心里发生，速度缓慢并且难以察觉，从不断重现的单调旋涡中出现——正因如此，每经过一段时间，我会发现罗莎原来平坦的胸部开始有了曲线，西蒙的唇边突然出现胡楂，阿斯特丽德栗棕色的发丝中夹杂缕缕灰发，或者某天我在刮胡子的时候，发现自己的人中竟然比记忆中来得深长。时间在我们身上留下痕迹，只是我们自己并没有发现，这也许是因为我们同时生活在许多时空当中。阿斯特丽德仍然是那个在冬夜里带着儿子安适地坐在出租车后座的女人。我还是在夏天夜里坐在海岸的玫瑰花丛旁低语“撑住，撑住”的年轻人。她同时是我打算抛弃，却又回头寻找的女人——我这个男人，有时视她为救赎，有时又当她是狱卒，既是解放我，又是将我困在日常琐事中的人。当她和住在斯德哥尔摩的葛妮拉通电话闲聊的时候，我会摇头叹息，自问：这样的女子，怎么会成为我生命中的女人？当她穿着外套走入客厅，将一束纠结的白色郁金香摆在窗台上，望着窗外波动的湖面深思时，我也会不禁纳闷，自己怎么可能想过要离开她。有时，我走进卧室，看到她赤裸地躺在床上，用毫无掩饰的大胆眼神看着我，我会想背对着她躺下，然后呼呼大睡。然而，当我们相约在咖啡厅见面，看着她走在雨中，拂开额头上潮湿的头发，突然涌起的强烈欲望让我不得不将报纸摊在腿上来遮掩。这不只是电话闲聊、郁金香，或是她赤裸的身体和邀请的神情，不完全是她拂过湿发的手，更不是我心里的任何想法——这个差别，来自外界环境和心理层面的互动，来自我们每次相见的不同场景和我变化多端的无常记忆。

我的想法为什么会突然发生转变？搭乘飞机前往美国时，我下定决心离开阿斯特丽德，将自己从重复的日常琐事中拯救出来。但在短短的一周之后，在返家的飞行途中，我突然决定和她一起前往葡萄牙。那天，在西百老汇街上，伊丽莎白的身影消失在人群当中，我的心中仍有一丝温柔；几个星期后，我环着阿斯特丽德躺在里斯本的旅馆房间里，窗外的雨声滴答，相同的柔情油然而生。她的双唇与温暖的肌肤柔情地呼唤我的唇与手，我们躺在彼此身边，窗外越来越暗，这种感觉却越来越熟悉。柔情占了上风，击退我对她、对于我俩的想法。我的手掌熟悉她躯体的每道弧度，这么多年来，我们的双手和躯体塑造出彼此的线条。比起等待回答的问题，我的爱抚更像是毋庸置疑的真相，在我们温柔交缠的时刻，为何而爱已经不是重点。关于伊丽莎白，以及伴随我一路走来的每件事、每丝犹疑、所有没有解答的问题和模糊的希望，我无法得知她究竟了解多少，也不再清楚自己该做何感想。也许她也和我一样，发现道路和面孔本身并没有意义。道路通向未知，而迎面而来的面孔呢，对那些陌生的目光来说，我们什么人也不是。她可能同样也得勉强承认，一开始，自己选择哪条道路、相伴的是什么人，都不重要，因为心中的爱足以让自己在这条道路上与相伴的人尽情奔跑。她可能也了解，身边的人并非一本敞开的书本，故事必须缓缓道来，在说出口之前，没有任何人有办法预测故事的发展。不管说话的人语气犹疑或是态度坚定、信心十足或心怀忧虑，所有的故事都一样急不得。然而，阿斯特丽德也有无法坚持的时刻，她同样也会自问，自己是否随着错综复杂的机缘，投入在错误的男人怀中，任由盲目的爱欲领入错误的途径。于是，那个早晨，她收拾行李，穿上外套，站在门口等我起床。

阿斯特丽德是否曾注意到，在我的眼中，她一度极为渺小，完全消失在背景当中？她几乎有二十五年的时间未曾独处，在我疏离的目光中，她渺小得近乎不存在，是否因为如此，她才必须离开我独处？也许她也发现，她一度以为自己在我的目光中能够尽情奔跑，然而这个空间却越来越狭隘？她有没有看出来，我将她塑造成在我身边共同生活的伴侣？她是什么时候发现，在她的体内，有个我从未见过的陌生女子想突破重围、自由呼吸？某天，她看着镜子里熟悉的自己，却发现那名陌生女子的眼神乍现。这双眼眸顺从地观察阿斯特丽德慢慢成形，似乎一切都在睡梦之中发生。也许她一路南行，就在圣地亚哥-德孔波斯特拉、波尔图和里斯本的旅馆房间里看到了这双充满怀疑的陌生眼睛，让她不得不自问：她是否爱过身边的这个男人？是否依然爱着他？但是，她为什么等了这么久？为什么她没有早点离开，去寻找镜中的女子？她是不是怀疑一旦脱去熟悉的面貌，这个女子便无法独自存活？难道她一直期待着我再也按捺不住，自己说出沉默的原因？或是说，她等着我承认自己并非她所熟知的男人？也许，她只是下定决心。她之所以留下，也许是为了孩子，而如今孩子们各自独立。我们在里斯本上城区的狭窄坡道上来来回回地走，如同所有观光客一样带着迟疑。当时，她在我的脸上看出了些什么？也许她比我想象的要敏锐。我们之间隔了一整座城市，里面有闹哄哄的电车、肮脏的瓷砖，以及闪闪发光的河流，还有小贩叫卖着栗子、炭火烤炉上蹿出的袅袅烟雾，我希望能在这个城市再次发现阿斯特丽德。里斯本离故乡遥远，我们没有太多眷恋之处，两人之间只有话语相连，然而话语也迅速隐入一片浓烈的沉默当中。在旅馆房间里，我们拥有彼此的身躯，我犹如落水的水手紧紧环住她，耳边的雨声清晰，光线暗去，凉风袭入屋内。

她快乐吗？我曾否带给她快乐？一开始应该有，当阿斯特丽德把怀孕的消息告诉我，当时的我年轻又不顾一切，以“有何不可”作答的那时候，她应该是快乐的。那个时候，我驾驶出租车独行了好几个月，在自己封闭的轨道上运行，借由这个匆促的回答，我跃进了陌生的世界，并且出乎意料地，双脚竟然稳稳落地。那个夏夜，我坐在海边的玫瑰花丛旁，恳求我们的孩子要“撑住，撑住”。我想，接下来的几年，我的确给她带来过欢乐。罗莎还小的那几年，我心无旁骛，也许就因为这样，那几年的时光在我的记忆中才会如此模糊不清。罗莎学步、说出第一句话，我既快乐又疲惫，彻底投入光阴的洪流。我觉得自己置身于生活的中心点，我和阿斯特丽德一路走来，从未享受过这种感受。她在那几年间一定也有相同的感觉。几年之后，她才发现我们之间有了变化：我开始为别人失神，她开始注意到我沉默当中的疑虑、闪烁不定的眼神，以及夜里与她相伴时，突然出现的笨手笨脚。

我应该是睡着了。当我在旅馆房间里睁开眼睛时，外面一片漆黑。原来她暖暖地躺在我身边，现在床单上却有凉意。我开口喊阿斯特丽德，她不在房里。我在床边坐了一会儿，阳台下方的里斯本灯火通明。其实，这与任何其他城市并无不同。我穿上鞋子走到旅馆柜台，接待人员告诉我，阿斯特丽德在半小时之前离开旅馆。这是个安静的住宅区，街道十分狭窄。我四处闲逛，心想也许可以碰到她，她应该走不远。路上行人不多，两名中年妇人穿着围裙站在门口低声聊天，一对情侣骑车经过，女孩的脸颊贴在男孩的背上。突然，有股凉意落在头发和脖子上，抬头一看，原来有个老人家在阳台上浇花，他对我举起手，半是招呼半是道歉，口中念念有词，但是我完全听不懂。不远处的小广场上，几个男孩在几株树木间的碎石地上踢球玩耍。街灯的橘色光晕穿过弯弯绕绕的树枝照在碎石地上，光影虚幻缥缈，刺眼的光线照亮邻近屋舍，仿佛舞台布景。楼上的百叶窗后方有人开了电视，震耳的隆隆声响中，夹杂着瓷器清脆的碰撞声。我坐在树下的长椅上，点了支烟，倾听孩子们在碎石地上笑着踢球，以及异国阳台后方传来的居家声响。她应该只是和我一样外出散步，然而我心中却充满对她的思念，仿佛我再次独自在异乡旅行，将她留在家中照顾孩子。

我假想自己离开阿斯特丽德，不但没有提议这趟葡萄牙之旅，甚至在她来机场接我的时候，将纽约发生的事情和盘托出。我开始想象，我在车上，或是稍晚孩子上床后，在卧室里告诉她实情。我不知道她会做何反应。她会崩溃吗，还是会用与那天带着行李站在门口的相同眼神看着我，似乎她已经知道一切？我假想自己将事情也告诉了孩子们，罗莎开始啜泣，西蒙有些尴尬，没有说话。我在离开之前犹豫了一下，紧紧拥住罗莎。我会租一处公寓——也许就是当初假想和伊丽莎白同住的那处公寓——重新装潢，把原来准备做伊丽莎白画室的房间留给罗莎。接着，一如灰发导演将西蒙接去郊区的别墅度周末一样，将她从湖边的公寓接来同住。罗莎会提个小行李箱，手里还抱着玩偶，就在她与阿斯特丽德吻别前，我别无选择，只能和阿斯特丽德对视。如果真是如此，我们会怎么想呢？罗莎是我们之间唯一的联系，也是我们曾经相爱并迈入平淡生活的证明？我是否会在租来的公寓里，坐在咖啡色的皮沙发上大声念故事给罗莎听，而心里却又把她当成一个错误、一次误判和冲动的结果？从我坐在葛萨广场看着孩子们踢足球到现在的七年之间，我仍然会自问：我是不是为了孩子才留在阿斯特丽德身边？在她离开我之后，我发现自己心中的疑惑逐渐消失，取而代之的，是时光加诸我们身上的责任、耐人寻味的温情和两人对望时那种不期而遇的惊喜。

如果我真的离开阿斯特丽德，可能还是会前往里斯本，这会是我十年来第一次只身前往陌生的城市。我会看小男孩在碎石地上踢球，街灯将他们小小的身影映在地上，周边房屋仍会传出夹杂着碗盘碰撞和电视节目的声响。我坐着，聆听陌生人的生活。我在哪个城市并不重要，不会有所改变。我不知道我在树下的板凳上坐了多久，可能有大约五分钟。我听到身后某个地方的大喇叭里传出断断续续的大喊大叫声和男人低沉扭曲的声音。我转过身，后面酒吧入口的珠帘后方，一个年纪与西蒙相仿的男孩弯腰靠向闪烁的电视屏幕。阿斯特丽德就坐在男孩身后的吧台旁向我挥手。我朝她走去，她看了我许久。“你上哪儿去了呢？”阿斯特丽德耸耸肩，扬起嘴角露出笑容：“就在这里啊。”我伸手将垂在她额头上的发丝往后抚去，手掌顺着她的脸颊往下滑——我认出自己的手势，许久之前，我们面对面站在厨房里，我第一次伸手碰她脸颊时也是这个动作。她一定也记起了这个抚摸，微笑着将脸颊贴着我的手掌，低沉的声音仿佛轻暖的气息，轻抚我的喉头。她问：“你呢？你又上哪儿去了？”我回答：“就在这里。”她抬起头，用询问的眼光看着我，随后再次微笑。但是，这个淡淡的微笑还没展现就消失无踪，似乎她另有所思，遗忘了这抹笑容。

我道晚安，罗莎笑了出来。既然我把她给吵醒了，她打算去外面买点面包。我想起两人的距离不免也觉得好笑，她在湖畔公寓，而我却远在列克星敦大道上的旅馆中。我翻阅手边惠特尼美国艺术博物馆举办的爱德华·霍普特展手册，目光停留在其中一幅画作上：一名年轻女郎坐在床上，阳光通过窗口照在她的身上，她看着外面的屋顶，脸色平淡，可能正在思考平凡的大道理——无边的天空之下，世界便是如此。整幅画就是这么简洁，毫无累赘。我躺在床上，熄掉灯光，唯一的光源只剩下电视屏幕，以及对面办公大楼遥远的灯光，室内的摆设只剩下无色的线条。躺在昏暗当中，我将阿斯特丽德看得更清楚，我眼前那些片段时刻的余光逐渐淡去，因为我所看到的，不过是早已消逝的光线。我想起方才在电视上看到的景象，直升机盘旋在淹水地区的屋顶上空，树林和田野全泡在水中。我心想，时光不只是一条河流，还时常泛滥，在河水淹没一切之前，人们必须撤离，离弃家园，空手逃入未来，而河流却冲刷着我们胼手胝足、一步一个脚印辛勤得来的成果。我们在早晨睁开双眼面对新的一天，为我们抵挡住未知事物的，只有自己的惰性，以及虚幻的记忆和惯性。我们在每个早晨踏上未知的道路，凭借微弱的记忆，才知道自己可能是什么人。我们往前行走，踏入了新的世界，过去的经历只剩下支离破碎的记忆。我们必须设法克制恐惧，才不至于频频回首忧虑坎坷的路途——前途茫茫，充满无法理解的未知，我们只能逃出这一片混乱，最后借由口中的故事，来诉说自己失去的一切。

我以为只要写出自己的故事，就能找出阿斯特丽德疏离我的确切时间点，但是我的一切词句不过是一种逃遁，而她却躲向另一个方向。我以为自己写出了阿斯特丽德、艾妮或伊丽莎白，但其实笔下只有自己。我试图回想这些年来的感受，却只能说出伊丽莎白、阿斯特丽德和艾妮三人轮番飘过我孤寂内心的身影。我以为自己认识阿斯特丽德，然而在多年前的那个冬夜里，当她站在厨房，放下手边正在洗涤的餐盘，凝望自己在玻璃上的倒影时，她可能已经开始消逝。这个有双细长眼眸、嘴角总是挂着微笑的陌生女子坐上我的出租车，来到我家，只因为我们都不知道她是否还有别的去处。当她转身面对我，我伸手抚摸她的脸颊，想更进一步地认识她的那一刻，她可能变得更陌生。也许我遮蔽了自己的视线，也许我的话语淹没了沉默。鲜活的沉默，它可能正是另一个人的声音。淹没自己沉默之声的人，可能是阿斯特丽德她自己，她以轻松的方式叙述自己的生活片段，生命仍然继续进行，然而她的说法却好像整个生命已经成为过去。在她将话语说出口之前，我早已知道内容，因为那全是我们互相倾吐过的故事。有些事，我从来没对她提过，我相信她也一样。我既然有自己的秘密，她一定也有不想对我提起的人或事。她将我从充满艾妮的梦境中解放出来，许久之后，我却幻想伊丽莎白会再次解救我。我曾经深信阿斯特丽德对我无所不知，甚至比我对自己的了解更深，她可以清楚地看见真实的我，当我在她身边醒来、低声呼唤她的时候，我也以为自己完全了解她。也许我们互望的那一刻，也正是最盲目的时候。我们曾经拥有一段故事，里面包含所有过去的片段，于是到了最后，就只剩下对过去共同生活的回顾。然而，在说出口的故事之外，一定还有更多话语无法捕捉的内涵，变成开口之前的犹豫或转开眼光时的沉默。人只要离开世间，就只剩下故事；然而阿斯特丽德离开时，却在我内心留下一片空虚。也许我应当安静地保持原状，然而我选择以话语来填补。如果没有话语，我就无法在话语的停顿之间听见她的沉默。她退出了我的故事，一如她在很久之前的冬夜牵着男孩的手现身。

我从纽约返回丹麦，罗莎来机场接我。离开入境大厅之后，我打算走向出租车乘车处，但是她却笑着摇动手上阿斯特丽德的车钥匙。我在国外这段时间，她考到了驾照。这下，她真的长大了。她开车的方式仍然不太熟练，换挡也不是很顺手，但是我没有多说什么。她问我是否可以借车给她，两个星期就好，“反正你也不太用车，不是吗？”她打算和男朋友去柏林。这阵子，每个人都在旅行。“你又有了新的男朋友？”她笑着摇头，说还是同一个人，她决定再试一次。我想起剃了光头的装置艺术家，一个星期之前，他还愁云惨淡地坐在我的厨房里瞪着我熨衣服。“我可以借车吗？阿斯特丽德说可以。”“阿斯特丽德？”罗莎本打算超车，却又猛然退回原来的位置，以免撞上迎面而来的急速行驶的车辆。我十分震惊，一方面是刚与死神擦肩而过，另一方面则是为了她方才不当一回事的回答。“阿斯特丽德打过电话回来吗？”罗莎耐心地微笑，她一定觉得我太过疲累。“是啊，阿斯特丽德昨天才打电话回家。”“从哪里打来的？”罗莎不知道，“应该是斯德哥尔摩吧，要不然还会是哪里？”“你有没有把我回家的时间告诉阿斯特丽德？”她皱着眉头想了想：“没有，阿斯特丽德没问，我们聊了些别的事。”“阿斯特丽德有没有说什么时候回家？”罗莎稍有犹豫：“我忘了问。”罗莎送我到门口，说她得走了，装置艺术家在等她。她亲吻我的脸颊道别后，我焦急地站着目送她驶入车阵当中，老远还听得见她换挡的声音。阿斯特丽德打了电话，她一定会再打来，也许她还没说出最后的一句话。

我捡起走廊上的一沓信件，走进书房，一再查看银行对账单上阿斯特丽德使用信用卡的时间和地点，这无异于写着名字和号码的旅行记录。她跳出现在的生活轨迹，带我踏上旧时路，然后在里斯本抛下我，只留下旧日记忆与我相伴。我没脱外套，坐在书桌前方，外面就是湖水——此刻她可能在里斯本的旅馆里刚醒来。也许她会在床边坐一会儿，欣赏窗外的城市一角和河水；也许她会赖会儿床，然后再起身穿衣，走出我脑中的画面。在我的想象当中，阿斯特丽德坐在床边，阳光洒在她身上，她盯着窗外错落的屋顶、宽阔的河面和对岸的景色。阳光照亮了行经对岸的车子，车窗亮晃晃地将光反射照入她的房里，像是突兀的莫尔斯电码。也许她正在细细思量，考虑事情是否有转机。我想起了七年前在里斯本的阿斯特丽德。阿斯特丽德独自走在我们曾经踏过的土地上，我却看不见自己，只看到当阳光照亮斜坡上的电车轨道时，她眯起了眼睛。我们到达里斯本后，并肩穿过葛萨广场，广场市集的棚架已经拆卸下来。我们漫无目的地散着步，从倾斜的街道望过去，蓝色的河流清晰可见。里斯本的照片上没有我，只有阿斯特丽德，好像我并不在场。她坐在广场边的咖啡厅里，电车发出刺耳的噪声，阳光穿透炭烤栗子架上的烟雾，阿斯特丽德低头看着咖啡杯，若有所思。她就在我的前方，走在植物园的小径上，阳光穿透树廊，在她的浅色外套上泼洒出点点黄斑，她抬头往上看，小鸟在浓密的树荫间拍动翅膀。阿斯特丽德站在小渡船上，我们要去卡西利亚什，她戴着墨镜，脸上笑容灿烂，洁白的牙齿辉映着身后的白色城市。她只帮我照了一张照片，就在卡莫教堂的废墟前方，这处废弃的教堂已经没了屋顶，麻雀在覆着青苔的墙间自在飞行。我站在哥特式拱门下的草地上，背着阳光，只呈现出粗略的轮廓。我对着阿斯特丽德——镜头外的摄影师——微笑，但是她花了太长时间调整焦距，我都笑僵了。事实上，照片中的我根本没有微笑，脸上只是挂着受到逼迫的痛苦表情。看着我的眼睛，我发现照片中我的视线似乎直接略过了摄影师。通过直视我的双眼，我似乎打开了一个阿斯特丽德遁形其中的空间。

图书在版编目（CIP）数据

沉默的十月 /（丹）J.C.龚达尔著；苏莹文译.— 北京：北京联合出版公司，2019.10

ISBN 978-7-5596-3172-5

Ⅰ.①沉… Ⅱ.①J… ②苏… Ⅲ.①长篇小说－丹麦－现代 Ⅳ.①I534.45

中国版本图书馆CIP数据核字（2019）第070772号

北京市版权局著作权合同登记图字：01-2019-2403号

沉默的十月

作　　者：［丹］J. C. 龚达尔

译　　者：苏莹文

责任编辑：楼淑敏

北京联合出版公司出版

（北京市西城区德外大街83号楼9层　100088）

天津旭丰源印刷有限公司印刷　新华书店经销

字数163千字　880毫米×1230毫米　1/32　印张8.25

2019年10月第1版　2019年10月第1次印刷

ISBN 978-7-5596-3172-5

定价：45.00元
